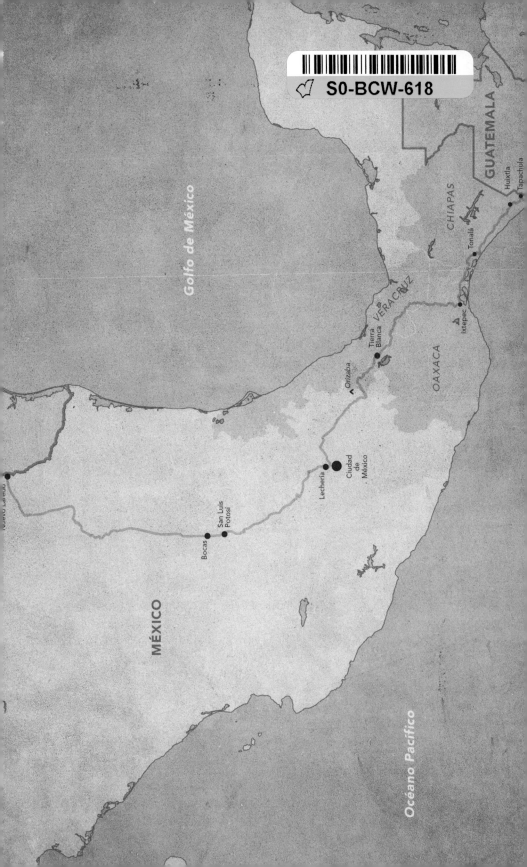

LOS NIÑOS DEL TREN

blok

DIRK REINHARDT

LOS NIÑOS DEL TREN
LA BESTIA Y EL SUEÑO IMPOSIBLE

Trad. de Paula Lizeth Mora Castillo

B DE BLOK

MÉXICO · BARCELONA · BOGOTÁ · BUENOS AIRES · CARACAS
MADRID · MONTEVIDEO · MIAMI · SANTIAGO DE CHILE

The traslation of this work was supported by a grant from the
Goethe-Institut which is funded by the Germany Ministry of
Foreign Affairs.

La traducción de esta obra fue apoyada por una subvención
del Instituto Goethe que es financiado por el Ministerio
Alemán de Relaciones Exteriores.

Los niños del tren

Título original en alemán: *Train Kids*

Primera edición, octubre 2016

D.R. © 2015, Dirk Reinhardt
D.R. © 2015, Gerstenberg Verlag, Hildesheim, Germany
D.R. © 2016, Ediciones B México, POR LA TRADUCCIÓN
    Traducción de Paula Lizeth Mora Castillo
D.R. © 2016, Ediciones B México, S.A. de C.V.
    Bradley 52, Anzures CX-11590, MÉXICO
    www.edicionesb.mx
    editorial@edicionesb.com

ISBN 978 - 607 - 529 - 060 - 7

Impreso en México | *Printed in Mexico*

Para Felipe, Catarina, José y León
(Donde sea que se encuentren)

—Cuando estemos sentados del otro lado del río —dice Fernando—, entonces estaremos en la guerra. ¡No lo olviden!

Él señala del otro lado. Trato de reconocer algo en la orilla opuesta, pero no hay nada que ver, por lo menos nada amenazante o peligroso. Incluso el río se ve totalmente inofensivo al fluir, tan apacible, con muchas balsas cargadas sobre el agua en la temprana luz matutina.

Guerra. Eso suena a muertos y heridos, a bombas y fusiles. ¿Acaso bromeó Fernando? Se voltea hacia mí y me mira a los ojos. No, no era broma. Está muy serio para tratarse de eso.

—Hazlo sólo si estás seguro de que quieres hacerlo —dice—. Si no, mejor lárgate de regreso. Es la última oportunidad, hombre.

Por un momento me siento inseguro. Hasta ahora todo era tan lejano: la frontera, el país detrás de ella y el largo camino que atravesar. Ahora están ahí, frente a mí. ¿Qué me esperará del otro lado de la frontera? En el fondo, no tengo la más mínima idea, pero cuando me fugué, juré a mí mismo que no habría marcha atrás. Nunca más.

—No puede ser de otra manera —me escucho decir—. Lo debo hacer. He prolongado esto por mucho tiempo.

Fernando se voltea y mira a los demás. Ellos no dicen nada. Sólo asienten con la cabeza en silencio.

Apenas han pasado algunas horas desde que los conocí. Y no mucho tiempo más desde que me escapé de la casa. Sin embargo, me parece como si fuera una eternidad. Mientras tanto, nuestra pequeña casa en Tajumulco ha quedado tan lejos, entre las montañas de Guatemala. Mi hogar… tal vez nunca más lo vuela a ver.

No sé cuántas veces me había propuesto largarme y buscar a mi madre. Interminables veces. Ella nos dejó hace seis años, a mi hermana Juana y a mí, y nunca regresó. Yo tenía ocho años en ese entonces y Juana, cuatro. Al principio, era muy joven para irme. Después, no tenía el valor para hacerlo… hasta antenoche. Ya no había de otra, después de todas las cosas que pasaron, tenía que irme.

Mientras nos encontramos ahí observando el río, me vienen las imágenes de aquella noche. Lo veo frente a mí: cómo me levanto, despierto a Juana y le cuento lo que tengo planeado hacer. Ella me quiere detener. Cuando se da cuenta de que es inútil, saca sus ahorros de debajo del colchón y me los ofrece. Yo no quiero aceptar el dinero, pero me amenaza con despertar a nuestro tío y a la tía; así que lo tomo. Pero me juro que se lo devolveré –algún día, cuando nos volvamos a ver. Entonces la abrazo y salgo a hurtadillas.

Hace frío y el cielo está estrellado. Sobre la ciudad se ve el blanco pico del volcán. Camino para calentarme. Más tarde, cuando ya está claro, me levanta un camionero. Viajamos a través de las montañas hasta la llanura, y a mediodía estoy más lejos de casa de lo que nunca había estado. Por la tarde, el camionero me deja. Continúo a pie hacia Tecún Umán. En Tajumulco me habían contado de ese lugar. Es la ciudad junto al río en la que se encuentran todos los que quieren cruzar la frontera hacia México.

En la calle le pregunto a un muchacho por el camino. Me dice que debo ir al albergue para migrantes, que es el único lugar seguro en la ciudad. Ahí podría dormir por última vez en una cama y desayunar algo antes de cruzar. «A la bestia», dijo él.

En el albergue duermo en un dormitorio. Todo es tan extraño que apenas puedo cerrar los ojos. Para el desayuno, me siento en una mesa vacía y ahí se unen los otros, uno tras otro. Nunca los había visto, a ninguno de ellos.

Nos damos cuenta de que todos tenemos el mismo objetivo: atravesar México hacia el norte, hasta los Estados Unidos. Cuando terminamos de desayunar y cada quien iba a tomar su propio camino, Fernando propone que hagamos esto juntos. Así tendríamos más oportunidad que si cada uno tratara por sí solo. Yo lo pienso por un momento y después digo que estoy de acuerdo; los otros también. Y así es que estamos aquí todos juntos, en cuclillas, al lado del río Suchiate, el río fronterizo, escondidos detrás de un arbusto, pensando cómo es mejor cruzar.

No sé mucho sobre los otros. Sólo lo poco que contaron en el desayuno. Fernando es el mayor de nosotros, con 16 años o algo así. Viene de El Salvador y quiere llegar a Texas con su papá. Él es el único que conoce México porque ya ha tratado de hacer el viaje algunas veces. Qué fue lo que salió mal y por qué nunca lo logró, es algo que no me atreví a preguntar. Pero él sabe un montón sobre ese país. Por lo menos conoce más que yo y los demás. Aunque nosotros sabemos lo mismo que nada.

Los otros son Emilio, Ángel y Jaz. Emilio es de Honduras; no ha contado nada más sobre él. De cualquier manera, se nota que es indígena. Ángel viene de Guatemala, igual que yo. Pero él no es de las montañas, sino de la ciudad. Tiene 11 o 12 y quiere abrirse paso para llegar con su hermano en los Ángeles. Y Jaz, en realidad, se llama Jazmina. Ella es de El Salvador, se cortó el cabello y se vistió como chico. «Para que no la acosen en el camino», dice ella.

Estamos en cuclillas uno junto al otro y, a través del arbusto, abajo vemos el río. Es bastante amplio y tiene una corriente muy fuerte. La orilla de nuestro lado es fangosa; su pestilencia llega hasta nosotros, probablemente debido a las aguas residuales que se arrojan ahí. Del otro lado se eleva la niebla y yace como una cortina sobre los árboles. De algún modo, se ve misteriosa. Mientras la veo, me pasa nuevamente por la cabeza el muchacho que encontré en Tecún Umán.

—Oye, Fernando —le doy un codazo—. ¿A qué se refieren con la «Bestia»?

Fernando titubea.

—¿Por qué lo preguntas?

—Pues, encontré a un chico allá en Tecún Umán que me contó del albergue. Me dijo que ahí podría descansar por última vez antes de que cruzara. «A la bestia», dijo él. ¿Qué significa eso?

Fernando se queda con la mirada fija del otro lado y después escupe.

—Chiapas. Eso significa. La región al sur de México donde debemos pasar primero. La gente la llama la Bestia y tienen toda la condenada razón. Es el infierno. Al menos para tipos como nosotros.

Ensimismado, pone cara de disgusto. Por un tiempo hay silencio, sólo se escuchan los ruidos del río. Jaz alza la cabeza y me mira, luego se baja la gorra que trae puesta hacia la cara aún más. Tengo la sensación de que ella tampoco sabe muy bien lo que debe pensar sobre Fernando y su actitud.

—Cualquiera que quiera ir al norte, debe pasar por Chiapas —dice Fernando—. Y la única posibilidad para lograrlo son los trenes de carga. Así que ahí se juntan, a lo largo de toda la línea del ferrocarril, los canallas más crueles que se puedan imaginar. Ya le echaron un ojo a su lana, o incluso, a ustedes mismos. Además, las vías del tren están totalmente fregadas. Seguido hay accidentes, la gente se cae debajo de las ruedas. Por eso se llama también el «tren de la muerte».

Se sienta, dándole la espalda al arbusto y se pasa la mano por el pelo.

—La última vez conocí a uno que me contó que de cien personas que cruzan el río, apenas diez consiguen pasar por Chiapas, tres hasta la frontera en el norte y sólo uno logra atravesarla —niega él con la cabeza—. En realidad, no quería contar esto, pero así son las cosas.

Él se aparta, hay algo raro en sus ojos. No sé por qué, pero no sé qué pensar de él. ¿Sólo quiere ponernos a prueba? ¿Le gusta contar historias de terror? ¿O es realmente así, como él dice?

—Creí que tendríamos más oportunidades —murmuró Jaz desde el otro lado—. Porque somos cinco y no vamos solos.

—Ay, no te hagas ilusiones —dice Fernando—. Solos o no, al final cada quien tiene que ver por sí mismo. Debes aguantarte y ver cómo subsistes. Todo lo demás son fantasías.

Señala el río.

—En todo caso, es hora de cruzar, si no, nos deja el tren. Así que, quien todavía quiera largarse, que se largue. Quien quiera ir conmigo, que venga conmigo. Pero después no digan que no les advertí.

Fernando se arrastra a través del arbusto y nos deja atrás. Nadie dice nada. Emilio se pone en marcha después. No parecen interesarle mucho las historias de Fernando. Se ve como si nada le afectara o como si de cualquier manera siempre hubiera esperado lo peor.

Jaz y Ángel no se mueven. Tengo la sensación de que esperan a ver qué hago yo. Así que me armo de valor e igualmente los sigo a rastras.

Del otro lado del arbusto nos espera Fernando. Cuando ve que todos lo siguen, se hinca rápido y señala hacia el río. Las balsas sobre el agua ahora se pueden reconocer mejor. Hay docenas de ellas. La mayoría consiste en un par de tablas de madera, clavadas a llantas de tráiler. Están llenas de gente y de cosas que pasan de contrabando de una orilla a la otra. Algunas están tan cargadas con cajas y costales que casi se parten en dos.

—Cruzaremos con el gordo de ahí —dice Fernando, después de tener un rato fija la mirada en el río con ojos entreabiertos.

Señala a un balsero que recién regresa de la otra orilla y dirige su balsa con un palo largo. Se ve gracioso cómo lucha contra la corriente. No aguanto la risa cuando lo veo. Su barriga brota debajo de su playera; me recuerda a una medusa.

—¿Por qué precisamente él? —pregunta Ángel.

—No lo sé —dijo Fernando—. De alguna manera, el tipo me agrada. Calculo que podemos regatearle hasta cien pesos por cabeza. Denme lo suyo de una vez. No debe enterarse todo el mundo dónde lo guardan.

Mi dinero está escondido en el zapato, entre la suela y la plantilla. Es todo lo que poseo; además de los ahorros de Juana, que están hasta adelante, donde seguramente nadie los puede encontrar. Saco cien pesos, dejo el resto dentro y vuelvo a ponerme el zapato. Los demás también le dan el dinero a Fernando. Él asiente con la cabeza y nos echamos a correr.

Cuando llegamos al río, el hombre está amarrando su balsa en la orilla. Fernando se dirige a él y le pregunta si nos puede llevar del otro lado. El hombre simplemente sigue trabajando; realmente no nos mira.

—Cinco son demasiados —refunfuña simplemente.

Fernando niega con la cabeza.

—Todos o nadie —dice Fernando y señala a Jaz y a Ángel—. Y los pequeños de allá pagan sólo la mitad.

Jaz, ofendida, frunce la cara. Es de la misma edad que Emilio y yo, sólo que un poco más pequeña. Pero es evidente que no por eso quiere ser comparada con Ángel.

—Además, no traemos equipaje —añade Fernando.

Es cierto, apenas traemos algo con nosotros. Yo sólo tengo una mochila pequeña con una botella de agua, mi toalla, una segunda playera y un poco de ropa interior. También están las cartas de mi mamá; me tatué su dirección en la planta del pie un día antes de mi partida. Los otros tampoco traen mucho más consigo.

El balsero se endereza y mira a Fernando.

—¡Madre de dios! —suspira y pela los ojos—. ¡Santa madre de dios! Bueno, está bien por mí. Pero te lo digo de una vez, muchacho: todos pagan el precio completo. Doscientos pesos, con o sin equipaje. Ésa es mi última palabra.

Fernando niega y ofrece veinte. No creo lo que escucho. ¿Veinte pesos? ¡No puede ser en serio! El balsero lo ve como si quisiera ahogarlo en el río y dice una grosería entre dientes. Fernando hace como si no hubiera escuchado nada. Sólo mira al hombre con ojos grandes y sin culpa.

Por un momento todo permanece en silencio. Luego se escucha una segunda grosería e inmediatamente después el balsero comienza a negociar con Fernando. Yo observo a los dos. ¡Qué genial es Fernando! Da igual lo que el balsero le eche en cara, a Fernando parece no importarle para nada. El juego va de aquí para allá entre ambos hasta que, al final, quedan de acuerdo exactamente en los cien pesos que quería Fernando. Saca el dinero y le da la mano al hombre.

El balsero dobla los billetes y los guarda en la bolsa del pantalón. Después desata nuevamente su vehículo y nos indica con señas que debemos subir. No nos lo tiene que decir dos veces. Nos subimos a las tablas, nos sentamos y vemos como el balsero clava el palo en la tierra y lo empuja contra ella. La balsa se separa de la orilla y flota en el río. Fernando la empuja hasta que el agua le llega a la cadera y entonces también se trepa y se sienta con nosotros.

—Todo bien hasta ahora —susurra en voz baja para que el balsero no pueda escuchar—. Esperemos que ya no haya ninguna mala sorpresa.

La corriente nos lleva, la balsa comienza a balancearse sobre las olas. Volteo hacia abajo para ver el agua; me da miedo el agua sucia, turbia y café. ¿Qué tan profundo será el río? Yo no sé nadar. Por si acaso, me agarro con fuerza a una de las tablas. Fernando, que está sentado junto a mí, parece no preocuparse por la balsa. Él sólo examina suspicazmente la otra orilla, como si desconfiara de la tranquilidad que hay ahí.

Hay un par de remolinos en el agua, pero el balsero parece conocerlos y pasa alrededor de ellos. Sólo en una ocasión hay problemas, cuando el palo se queda atorado en la tierra. El balsero se tambalea y pierde el equilibrio; la balsa comienza de inmediato a voltearse. Antes de que yo entienda lo que pasa, Fernando se levanta de un salto y le ayuda. De algún modo logran sacar el palo y poner la balsa de nuevo en su curso. Cuando Fernando regresa con nosotros, me parece como si tuviera una leve sonrisa burlona en su rostro.

Después de algunos minutos, dejamos ya la mitad del río atrás y nos dirigimos hacia la orilla mexicana. Repentinamente aparece ahí una patrulla fronteriza, como si hubiera crecido de la nada. Alrededor nuestro comienza el alboroto. Varias balsas se paran, todos miran fijamente a los policías que se plantan en la orilla. Por un instante es casi como si todo el mundo hubiera contenido la respiración.

—¡Mierda, lo suponía! —exclama Fernando y se levanta de golpe—. ¿Y ahora qué?

El balsero piensa por un momento, sorprendentemente parece estar muy tranquilo.

—Cuando lleguemos, los arrestarán —dijo él—. Mejor nos damos la vuelta y vamos de regreso. Pero no puedo devolverles su dinero. Ya cruzamos la mitad.

—¿Estás loco? —Fernando le echa bronca—. ¿Nos vemos como si tuviéramos algo que regalar?

El hombre alza los hombros.

—Así son las reglas —dijo él—. Yo no las inventé.

Fernando se acerca a él:

—Tus reglas de mierda me dan igual. Cruzaremos a la otra orilla, ¿entiendes? ¡A ver qué se te ocurre!

—Bueno —sonríe maliciosamente el balsero—, ahora que lo dices, tal vez exista otra posibilidad. De pura casualidad conozco a estos policías.

—¿A qué te refieres con que los conoces?

—Me refiero a que justo a ellos los conozco. Yo estoy aquí todos los días. Aquí uno se encuentra a veces con unos, a veces con otros.

—Bueno, ¿y? ¿Nosotros qué ganamos con eso?

—Depende totalmente de ustedes. Si, por ejemplo, les pasamos disimuladamente un pequeño obsequio, probablemente les dé tanto gusto que… probablemente… no los notarán.

—¿Quieres decir que hay que sobornarlos?

El balsero no contesta. Se voltea hacia un lado y escupe en el agua.

—Pues, bien —dice Fernando—. Aceptado, así le hacemos. ¿Cuánto necesitas?

—Oh, no mucho. Digamos que otros cien pesos por cada uno.

Fernando lo ve fríamente a la cara.

—Ahora todo me queda claro. Tú sabías que los tipos aparecerían súbitamente. Es probable que incluso seas su cómplice.

El balsero frunce la cara, ofendido.

—Yo no soy cómplice de nadie. Yo sólo quiero vivir. Y mi esposa y mis hijos también quieren vivir. Si no captas eso, no puedo ayudarte.

Por un momento tengo la sensación de que Fernando se quiere lanzar sobre él. Pero se contiene, se aparta y viene hacia nosotros.

—¡Qué cabrón! —dice Jaz entre dientes—. Podría matarlo.

—Sí, pero no justo ahora —dice Fernando—. Pongan atención: cuando estemos en la orilla, cada segundo cuenta. Debemos esfumarnos de inmediato, antes de que noten qué pasa.

No entiendo para nada de qué habla.

—¿Qué planeas hacer? ¿No estarás pensando en darle el dinero? ¡Porque así muy pronto estaremos tronados![1]

Fernando pone su mano sobre mi hombro.

—Simplemente haz lo que yo digo —murmura él—. Entonces se dirige hacia el balsero y le azota un par de billetes en la mano.

—¡Oh, gracias, mi amigo! —dice el hombre y sonríe burlonamente—. Mis hijos orarán por ti.

—Deja a tus hijos fuera de esto —dice Fernando—. Y ahora deja de decir tonterías y llévanos a la orilla.

El balsero hace lo que él dice. Cuando nos acercamos a la orilla, le hace señas con la mano a los policías. Ellos, condescendientes, asienten con la cabeza. La mayoría de las otras balsas ya está de regreso. Algunas todavía flotan a la mitad del río; sólo la nuestra y dos más continúan hacia delante.

Me palpita el corazón hasta la garganta. El balsero se dirige directo a los policías. Yo trato de no mirarlos. Ahora ya estamos ahí. No esperamos a que el hombre amarre la balsa, sino que brincamos de inmediato en el agua, fangosa y poco profunda, y corre-

---

1 En Guatemala significa sin dinero, arruinados.

mos. Llegamos a los arbustos por encima de la orilla sin que nadie nos detenga.

Ahí me quedo parado por un instante y volteo. Abajo, en el agua, puedo reconocer al balsero; está con los policías y les ofrece un cigarro. Platican riéndose y señalan hacia nuestra dirección.

—¡Vamos, sigamos! —murmura Fernando.

Corremos a través de los arbustos alejándonos del río tan rápido como podemos. En algún momento aparecen casas. Ésa debe ser Ciudad Hidalgo, la ciudad fronteriza mexicana que se encuentra al otro lado de Tecún Umán. Apenas ahora, Fernando comienza a ir más lento. Lanza una mirada sobre el hombro y luego comienza a reírse.

—¿Qué tienes? —le digo todavía sin aliento—. ¿Qué es tan gracioso?

Fernando saca un fajo de billetes de su bolsa y nos lo pasa alrededor.

—Seguramente ya se dio cuenta de que ya no lo tiene. Pero ya no nos pescará nunca más.

—¿Te refieres al tipo del río? ¿Acaso tú le...? —Fernando no contestó.

—Yo lo vi —grita Ángel desde atrás con su voz aguda —. Tú lo tomaste de la bolsa del pantalón cuando lo ayudaste a llevar la balsa nuevamente a su curso. ¡Fue tan rápido! —hace un movimiento de mano relámpago.

Fernando ríe irónicamente:

—Desde el principio supe que tú eras un chico inteligente.

Jaz se queda parada:

—Ey, un momento —dice ella—. ¿Significa que le pagaste al tipo con el dinero que le habías robado antes?

—Pues, obvio—responde Fernando—. ¿Crees que yo le daría el mío?

Jaz, estupefacta, niega con la cabeza. Por lo visto está igual de desconcertada que yo.

—¿Cuánto es, entonces? —pregunta ella.

—Por la premura no pesqué todo —dijo Fernando—. Tal vez mil, tal vez más. De cualquier manera, podemos aprovechar el pisto[2] de maravilla.

Él quiere continuar, pero nosotros titubeamos. Entonces se voltea y nos mira irónicamente de arriba a abajo.

—No tendrán algo de remordimiento por eso, ¿o sí?

Como nadie contesta, él va con Jaz y le tiende el dinero.

—Aquí lo tienes, tómalo. Llévaselo, si quieres.

Jaz no reacciona. Fernando se dirige a mí y trata de hacer lo mismo. Yo retrocedo un paso; de cualquier modo, estoy totalmente confundido. ¿Realmente es correcto lo que hizo? No lo sé. Sólo una cosa es segura: estoy contentísimo de que Fernando esté con nosotros. Y es cierto lo que dijo: estaremos necesitadísimos de dinero. Así que sólo niego con la cabeza.

Fernando asiente con la cabeza.

—¿Qué les dije antes, sobre Chiapas y eso?

—Bueno, que es el infierno.

—Exacto.

—Que de cien personas, sólo cruzan diez.

—Pues así es.

—Que ninguna persona te ayuda.

—¡Jodidamente correcto! Aquí todos los quieren atacar. Y no crean, para nada, que pueden hacer algo que muestre amabilidad o simpatía. Si alguien quiere darles gato por liebre, lo mejor es que ustedes le paguen con la misma moneda.

Él deja que los billetes se deslicen a través de sus dedos.

—Los miserables puercos lo consiguen todo estafando y, además, siempre con el mismo truco. Cuando el tipo casi llega con su balsa del lado mexicano, aparecen de repente los fronterizos. Él asusta a la gente y los extorsiona con más plata.[3] Seguramente los fronteri-

2 En Guatemala, El Salvador, Honduras y Chiapas significa dinero.
3 En Guatemala, El Salvador, Argentina, Honduras, etcétera significa dinero.

zos se quedan con la mitad y él con la otra. Así que, si se mira con exactitud, él fue quien robó. Y por eso nosotros podemos volver a quitárselo sin que nos caguemos por tener la conciencia sucia.

Él nos mira, luego niega con la cabeza y suspira.

—Todavía tienen bastante que aprender. Pero ahora, vamos, estamos en México. ¡El tren no nos espera!

Estamos en la estación de trenes de carga de Ciudad Hidalgo desde hace más de una hora, escondidos en un paradero detrás de un par de vagones oxidados, observando qué sucede en los rieles. Poco después de llegar, apareció también el balsero con los policías para buscarnos en la estación de tren. Estamos en cuclillas debajo de uno de los vagones, ocultos entre las ruedas. Por suerte no nos encontraron y se retiraron después de un rato. Pero ahora los guardias están desplegados por todos lados y a lo largo de las vías.

—El comando de recepción entra en función —dice Fernando y lo señala.

Desde donde estoy, puedo identificar bien las vías entre las ruedas de los vagones viejos. Los trabajadores ferroviarios ensamblan un tren de carga; un vagón tras otro es enganchado. Los guardias están parados ahora en ambos lados, formando largas filas desde la punta del tren hasta el final. Cuando los veo con sus porras, de repente me invade un mal presentimiento.

—¿A quién esperan? —pregunto a Fernando.

—Pues, a nosotros —dice.

Todos los miran; él se ríe.

—Por supuesto que no sólo a nosotros. También a los demás. Ustedes no pueden verlos, pero apuesto que alrededor de la estación hay en este momento algunos cientos de personas al acecho.

Es que de aquí sale un solo tren al día. Quien lo pierde, se queda en el bote.[4]

Me volteo y examino la periferia de la estación. Primero no puedo reconocer nada, pero después, entre los cachivaches, llama mi atención un movimiento rápido y silencioso. Observo con más detenimiento. Un par de hombres están agachados ahí y miran fijamente las vías. Repentinamente, dejan su escondite y salen a hurtadillas hacia el tren. Pero los guardias ya los descubrieron, uno de ellos grita que deben quedarse quietos. Los hombres corren en todas direcciones y algunos de los guardias los persiguen. Ya no puedo ver qué pasa después.

Fernando niega con la cabeza.

—Idiotas —murmura él—. Es demasiado pronto para subirse al tren.

—¿Cuándo es el momento correcto? —pregunta Ángel.

Fernando señala a lo largo de los rieles.

—En el trayecto hacia Tapachula hay solamente una vía. Deben esperar el tren que viene en sentido contrario; antes no pueden salir. El momento en que llega ese tren es el correcto, porque entonces reina el caos.

—¿Y sabes cuándo es eso?

—No. Pero no te preocupes, lo puedes notar en los guardias. Poco antes de que llegue, se ponen nerviosos. Parece, por tanto, que todavía falta.

Poco tiempo después está terminado el enganche de los vagones; el tren está ahí, listo para partir. Tiene muchos metros de largo, con docenas de vagones. Algunos son vagones-tanque con gasolina o gas, otros son contenedores, de los cuales no se sabe con qué están cargados, en cambio, hay otros abiertos, llevan arena, cemento o piedras.

Fernando señala uno de los vagones abiertos.

---

4 En México, El Salvador, Guatemala, Honduras, etcétera significa cárcel.

—Ése de allá —dice—. Ése está hecho como para nosotros. A ése debemos subir.

No me queda muy claro cómo llegó a eso. Para mí, el vagón se ve como todos los demás. Está cargado de madera, pilas de tablas, ripias y vigas, y se encuentra en medio del tren, justo ahí donde hay muchos guardias.

—No tenemos ninguna oportunidad contra esos tipos —dice Jaz—. ¡Te puedes ir sacando ese vagón de la cabeza!

—¡No me voy a sacar nada de la cabeza! —dice Fernando—. No soy ningún maldito marica. ¡Vamos!

Él se levanta y se va hacia un costado, agachado y a hurtadillas. Los demás lo seguimos, aunque no tenemos idea de qué tiene planeado. Siempre escondidos detrás de los vagones viejos, continuamos a lo largo de las vías. Una vez que estamos más o menos donde termina el tren, y también la fila de los guardias, Fernando se queda parado detrás de un montón de cemento.

—Fíjense —dice—. Esperamos hasta que los tipos se distraigan con alguna cosa que suceda allá, más enfrente. Entonces nos escabullimos delante de ellos. Pero no nos subiremos directo al tren porque entonces nos descubrirían cuando se volteen nuevamente. No, nos arrastraremos y luego seguiremos por debajo del vagón hacia delante. ¿Todo bien?

—Pero si el tren avanza y nosotros todavía estamos abajo —dice Ángel, y yo puedo escuchar el miedo en su voz— nos aplastará.

Fernando se inclina hacia él.

—¿Confías en mí?

Ángel titubea.

—Sí, claro.

—Pues, entonces, te lo digo: nadie va a ser aplastado. Yo iré primero y tú te quedas directamente atrás de mí. Yo te cuido, ¿ok?

Ángel asiente con la cabeza. Fernando se voltea hacia los demás.

—Nos arrastramos hasta el vagón que les enseñé —dice—. Ahí esperamos hasta que llegue el tren en sentido contrario; entonces el diablo se suelta aquí. Cuando todos los guardias estén ocupados, nos trepamos y nos escondemos entre la madera. Eso es todo.

Lo dice como si fuera la cosa más fácil del mundo. Pero no lo es, es condenadamente peligroso. Me horroriza el pensamiento de arrastrarnos debajo y a lo largo del tren, en medio de los guardias. Jaz y Emilio tampoco se ven exactamente felices. Pero entonces pienso que Fernando en el río supo qué era lo correcto. Además, no nos queda nada más que seguirlo. Debemos subirnos a este tren... ¡Debemos! Sólo él nos puede llevar al norte.

Nos ponemos en cuclillas y esperamos. Cada vez más seguido, la gente trata de llegar al tren, pero los guardias los atrapan y los hacen retroceder. Algunos tienen ahora sus porras en las manos.

Entonces, un par de hombres logra abrirse paso y entrar en uno de los vagones. De inmediato, los guardias se suben tras de ellos, los pescan y los tiran violentamente de regreso a los rieles. Los hombres vociferan, hay un barullo escandaloso. También los vigilantes cerca de nosotros, al final del tren, se voltean hacia adelante.

—Ahora —cuchichea Fernando y se echa a correr.

Corremos tan rápido como podemos sobre las vías, de espaldas a los guardias. Por suerte, el tumulto de más adelante ahoga cualquier ruido que hacemos. Completamente sin aliento, llegamos al último vagón y desaparecemos por debajo. ¡Lo logramos! ¡Nadie se dio cuenta! Nos arrastramos hacia enfrente sobre los codos y las rodillas. Fernando toma la delantera, detrás va Ángel y Jaz, después yo, y al final Emilio.

Hace mucho calor debajo del tren, apenas puedo respirar. Por todos lados hay piedras entre los rieles que penetran profundamente en la piel. A veces duele tanto que debo tener cuidado de no gemir fuerte. Además, es tan estrecho que apenas podemos avanzar. Y en ambos lados están los guardias; casi puedo tocar sus botas si estiro el brazo.

En algún momento Fernando se detiene. Por lo visto hemos alcanzado el vagón con las pilas de madera. No sé cómo lo reconoció, para mí todo se ve igual desde abajo. Estoy tan agotado como si hubiera corrido por horas, recuesto la cabeza sobre el suelo y cierro los ojos. Huele a gasolina y a goma quemada. Estoy embarrado de arriba abajo con aceite y hollín, mis rodillas y mis codos sangran.

Después de unos minutos de haberme recostado, de pronto comienzan a vibrar los rieles. Me asusto muchísimo porque temo que el tren pueda avanzar. Pero, entonces, resuena un fuerte silbido: el tren en sentido contrario está llegando a la estación. Frena con agudos rechinidos e inmediatamente después se desata un ruido ensordecedor de todos lados. Primero no capto qué está pasando, luego me queda claro: la batalla entre los guardias y ofuscados pasajeros ha comenzado.

Fernando vocifera algo. Ésa es nuestra señal: nos deslizamos a la intemperie. Trato de no poner atención en lo que sucede alrededor de nosotros, sino de darme vuelta de inmediato y de treparme al vagón. Llegado arriba, desaparezco en el primer mejor lugar que puedo encontrar entre las pilas de madera.

No se trata más que de un pequeño hueco entre las tablas y la pared externa del vagón. Por suerte, estoy lo suficientemente delgado para caber. Me agacho en el suelo. La herrumbre ha corroído un hoyo en la pared por alguna parte por donde estoy sentado. Me inclino hacia adelante; la gente corre sobre las vías en todas direcciones. Muchos son adultos, pero muchos otros son tan jóvenes como yo. Los guardias ya no pueden detenerlos: al principio pueden hacer retroceder todavía a algunos, después quedan totalmente fuera de combate.

De un tirón, el tren se pone en marcha. Las pilas de madera se tambalean y crujen, y me aprietan en mi rincón. Grito porque tengo miedo de que puedan caerse sobre mí, pero por fortuna la presión cede. El tren emprende el viaje como si quisiera huir del tumulto.

Miro nuevamente hacia afuera, no puedo concebir qué pasa. Por doquier hay rostros gesticulantes de las personas que corren detrás del tren. Oigo los broncos sonidos de cuando saltan a los vagones, se aferran y buscan un asidero. Y escucho los gritos contrariados cuando se resbalan y caen tan peligrosamente cerca de las aplastantes ruedas que trituran todo lo que va a parar ahí abajo.

El tren comienza a ir más rápido, deja la estación detrás de nosotros. Las casas y calles desfilan allá afuera. De repente, está casi silencioso. Pero los gritos de la estación de trenes resuenan todavía en mis oídos.

Me dejo caer y pongo los brazos sobre las rodillas. ¿Por qué me embarqué en esto? Apenas hace un par de horas que estoy en México y ya me siento completamente miserable, y he visto cosas que pueden realmente hacer polvo a uno. Yo mismo quise que fuera así, nadie me obligó a venir. Estoy por mi voluntad aquí, en el tren hacia el norte.

Recargo la cabeza contra la pila de madera y cierro los ojos. Ya no hay regreso: el viaje ha comenzado.

Por un largo tiempo me quedo en mi escondite, sin moverme, siempre con miedo de que alguien me pueda descubrir. Entonces pienso en los demás. ¿Lo habrán logrado todos? Después de un rato, no aguanto más y subo. Cuando asomo la cabeza al descubierto, veo a Fernando: él está sentado apaciblemente sobre las tablas y con el dedo sacude una viruta de madera de su camisa. Algunos metros después Emilio aparece repentinamente, y Jaz y Ángel no tardan mucho en salir por algún rincón e ir hacia arriba.

—¿Todo bien? —pregunta Fernando mientras nos ve.

—No —dice Ángel y se pasa la mano por el cabello—. ¡Allá abajo hay un montón de arañas! Las quería ahuyentar, pero no se dejaron intimidar.

Fernando se ríe.

—Si no tienes otra preocupación más que ésa, no te va tan mal —dice—. Por lo menos no fuiste aplastado, ¿o sí? ¡Así que el plan funcionó!

Me levanto y busco cuidadosamente un asidero fijo sobre las tablas. El río, la estación de trenes y la ciudad se desvanecen en la lejanía. Por todos lados prolifera un verde mar de plantas junto a las vías, los rieles se extienden a través de él como un sendero y, sobre éste, pasa el tren resoplando y galopando. Y todos los vagones, tan lejos como alcanzo a ver, están llenos de gente. Cuelgan de las escaleras y de los estribos, y están sentados sobre los techos. Son docenas los que lo lograron, quizás, incluso, cien o más.

El tren toma una curva. Truena, traquetea y las ruedas rechinan. Nuestro vagón se balancea tan fuerte que pierdo el equilibrio. Rápidamente me siento de nuevo.

—¡Esto es una locura total! ¿Cómo cuántos irán viajando aquí en el tren?

—Ay, miles —dice Fernando—. Nadie los ha contado nunca y, además, nadie puede contarlos.

—¿Y todos quieren ir al norte, como nosotros? ¿A Estados Unidos?

—Claro, si no, ¿a dónde? —Fernando se recarga en los codos—. Seguro que no están de vacaciones. Todos buscan su gran fortuna allá arriba.

—No pensaría que habría tantos de nuestra edad —dice Jaz en voz baja. Parece estar noqueada. Por lo visto, las escenas en la estación de tren la dejaron exhausta.

—Ay, y cada vez habrá más —responde Fernando—. Primero se mudan los viejos porque están hasta las narices de la miseria y allá arriba, en un año, pueden ganar tanto como aquí en toda su vida. Pero después ya no es tan fácil como piensan. A la mayoría les dan gato por liebre. El primer año se convierte en dos, luego en tres y luego ya no regresan nunca más. Los *niños perdidos* se ponen entonces en camino; no se les nombra así en vano. Y se pone en marcha la siguiente oleada.

Cuando lo escucho decir eso, me pongo a pensar en mi madre. Con ella sucedió exactamente así. «Sólo un año, Miguel», dijo ella. «Sólo un año, Juana. Después estaré nuevamente con ustedes, tal vez incluso antes, si todo sale bien.» Pero esa fue una maldita mentira. Ella nunca regresó; ni después de un año, ni de dos ni de tres. En cada carta lo prometió y nunca lo cumplió, lo cual, al final, fue peor a que si nunca más hubiéramos sabido algo de ella nuevamente.

Sigo con la mirada los árboles que se van quedando tras el tren. Apenas ahora caigo en la cuenta de que entre la gente que vi en el tren y en los vagones, hay pocas mujeres o chicas. ¿Cómo habrá cruzado mi mamá a través de México? Nunca gastó saliva al respecto.

—¿Qué sucede con las mujeres? —le pregunto a Fernando—. ¿Qué camino toman?

—Ah, es raro que haya mujeres en el tren. Es demasiado peligroso. He escuchado que los coyotes pasan a la mayoría a través de México, en camiones o así, escondidas entre el cargamento… En caso de que tengan suficiente dinero o que puedan pagar de alguna otra manera.

—¿Por qué no nos permiten simplemente ir a donde queremos? —lo interrumpe Ángel con su voz aguda—. ¡Si no le hacemos daño a nadie!

Fernando se ríe despectivamente.

—¿Tú crees que a alguien le interesa eso? ¡Si precisamente no nos quieren! Piensan que les quitamos sus trabajos o que robamos sus casas o que les contagiamos de alguna enfermedad —hace un movimiento de mano despreciativo—. Da igual, no cambiaremos eso.

Jaz suspira.

—¿Quieres decir que nos cazarán por doquier, da totalmente igual a dónde vayamos? ¿No estamos a salvo en ningún lugar?

—¿A salvo? —repite Fernando y resopla de ira—. Esas palabras las puedes tachar de tu memoria. Aquí no hay seguridad en ningún lugar. Ni siquiera cuando estás en cuclillas cagando en un arbusto. Ni cuando —se queda viendo, de repente, hacia enfrente— quieres viajar tranquilamente en el tren. ¡Cuidado con la maldita rama!

Nos asustamos muchísimo. Directamente frente a nosotros, un árbol extiende su rama tan profundamente sobre el tren que casi talla los techos. Fernando se echa al suelo y cubre su rostro con las manos. Los demás hacemos lo mismo. Justo a tiempo: siento la corriente de aire, una de las ramas roza mi cabeza, las hojas me pegan en las manos. Todo pasa en un santiamén. El fantasma se fue exactamente tan de prisa como llegó.

—Árboles de mierda— maldice Fernando, mientras levantamos nuevamente la cabeza—. Una vez vi como una rama pescó a dos personas. Los barrió completamente del tren, justo frente a mí. No fue un lindo espectáculo, créanme.

Jaz se pasa la mano por la cara. Tiene un moretón sangrante en la mejilla. Por lo visto, la pescó más violentamente que a mí.

—¿Hay algo que no nos pueda pasar aquí? —pregunta furiosa.

—Si algo se me ocurre, te lo digo —dice Fernando—. Pero eso de las ramas es pasable, sólo debemos abrir bien los ojos. Lo peor son los *cuicos*, la chota.[5] Seguramente ya escucharon lo que pasó en la estación y que el tren va lleno de gente. Así que estarán al acecho en algún lugar entre aquí y Tapachula, y nos detendrán.

—¿Cómo?, ¿en pleno trayecto? —pregunta Emilio incrédulo.

—Por supuesto que en pleno trayecto —se dirige Fernando a él—. ¿Qué crees? ¿Qué nos desviarán a un fino hotel?

Emilio baja la cabeza. Por un momento estoy tan asustado como él. Ya he notado que Fernando se sale de sus casillas rápidamente, pero a Emilio le habló a gritos completamente. Me pongo a pensar en el desayuno del albergue. Cuando Emilio se sentó junto a nosotros, había una expresión rara sobre el rostro de Fernando; algo sombrío. En ese momento, no pensé mucho más sobre ello, pero ahora me viene otra vez a la cabeza.

—Eso no lo podía saber, Fernando— dice Jaz, calmando la situación—. Para nosotros todo es nuevo.

—Sí, ¿qué pasaría en realidad si los policías nos agarraran? —pregunta Ángel—. ¿Nos echarían a la cárcel?

Fernando se aparta de Emilio, su mirada se vuelve amable nuevamente.

---

5 En El Salvador, México significa policía. Aunque el autor usa cuicos, pero éste no es coloquialismo salvadoreño.

—Con tipos como ellos, no se puede decir. Quizá sólo nos regresen a la frontera, quizá tengan algo más malvado en la cabeza. De cualquier manera, debemos andarnos con muchísimo cuidado para no caer en sus manos.

—¿Y cómo lograremos eso? —le pregunto—. ¿Sabes en qué lugar están esperando?

—Bueno, en los periódicos no lo van a anunciar —dice Fernando—. Debemos esperar. Y cuando sea el momento, hay dos posibilidades: o somos condenadamente rápidos o tenemos un gran escondite —golpea con la palma abierta sobre las tablas—. Por eso escogí este vagón. La madera es lo mejor. Los cuicos son muy finos como para ensuciarse las manos y buscarnos allá abajo. Sólo no tenemos que delatarnos.

El tren viaja tan lento que en este momento podría ir corriendo a su lado, con gran esfuerzo, por un pequeño tramo. Por lo visto, las viejas vías y las carcomidas traviesas ya no aguantan más. Nuestro vagón se sacude y golpea de un lado a otro, como si quisiera saltar de los rieles y atravesar los arbustos.

Nos sentamos uno junto al otro en silencio, observamos los alrededores y tratamos de reconocer algo en el mar de hojas a través del cual viajamos. Pero no hay mucho que descubrir. De vez en cuando pasa rápidamente frente a nosotros algún pueblo, un par de chozas medio en ruinas entre postes de luz chuecos. A veces cruzamos un río que se revuelca, amplio y fangoso, hacia la orilla. Detrás de eso, se vuelven a cerrar las verdes paredes y lo único que aún podemos ver son los vagones directamente frente a nosotros y la gente que está sentada sobre ellos.

Hace un calor bochornoso, mi ropa se pega en la piel. Puedo sentir la corriente de aire. Me agrada que sople sobre mi cara, no sólo porque así se siente más fresco, también porque es algo así como la prueba viva de que va avanzando, de que voy acercándome a mi destino, de que el tiempo de la espera y la duda por fin terminó.

Pero frente a mí no sólo está la esperanza, también está el miedo. Desde que me marché, comprendí que ésas son dos cosas que van de la mano. La esperanza de llegar, del reencuentro, de una vida mejor en algún lugar allá arriba en el norte y el miedo de lo que pueda pasar hasta ese entonces. Las miradas de las personas en el tren también son así: en algunos ojos hay esperanza, en otros, miedo.

Me asusta muchísimo un tirón. El tren frena. Frente a nosotros, los árboles ya no pasan tan cerca de los rieles, el trayecto se vuelve más despejado. A pesar de eso, no puedo reconocer mucho, ahora mismo la locomotora desaparece en una vuelta. Sólo veo que la gente sobre los vagones de enfrente, de un golpe, da un salto y corre confundida.

Fernando golpea con la mano sobre las tablas.

—¡Puta madre! —injuria él—. ¡Maldita sea! Esperan en la curva a propósito, los cerdos. ¡Vamos, para abajo! ¡Y no abran el hocico!

En el instante siguiente él desaparece en su escondite. Yo también me levanto de un golpe y me escabullo en el hueco que descubrí en la estación de trenes. Llegado abajo, me hago tan pequeño como puedo. Al principio todavía tengo la esperanza de que Fernando se haya equivocado y no nos detengan. Pero después me queda claro que es sólo un deseo vano. El tren vuelve a frenar, suena un duro rechinido, después se queda parado.

Con un ojo, miro hacia afuera a través del hoyo en la pared. El tren está detenido a la mitad de la curva, alcanzo a ver un tramo bastante amplio. Los policías esperan a lo largo de las vías mientras sus patrullas están estacionadas más atrás, en la calle. Gordos y esparrancados, traen puesto un uniforme negro, con sus toscas armas en los cinturones que parecen mudas amenazas.

Algunos hombres de los vagones delanteros corren sobre el tren, puedo escuchar y ver sus sombras en el suelo. Saltan de un vagón a otro, al parecer con la esperanza de poder escapárseles en algún lugar. Los policías les avientan piedras. Uno de ellos pierde el equilibrio, grita y se cae en el balasto junto a las vías.

Otros desertan por sí mismos y tratan de huir. Los policías gritan que deben quedarse quietos, pero ellos no les hacen caso y siguen corriendo. Uno es apresado muy cerca de mí y llevado a rastras de regreso hacia el tren. Él se defiende, quiere zafarse y patea. Entonces los policías sacan sus porras y lo apalean.

Eso pasa directo frente a mi escondite. Puedo escuchar los golpes, el sordo porrazo; es un sonido espantoso. Me llega hasta la médula, casi como si me hubieran dado a mí. Hubiera preferido cerrar los ojos y ver para otro lado, pero no podía apartar la mirada. La víctima es un muchacho, tal vez de la edad de Fernando. Se desploma y no se mueve más. Los policías lo levantan de un golpe y se lo llevan.

De repente se escuchan disparos. Un grupo de hombres corre por un campo. Ya no puedo alcanzar a ver más, tampoco a quien soltó los disparos, ni si sólo eran disparos de advertencia o si le dieron a alguien, pues en el instante siguiente, uno de los policías se acercó corriendo directo a nuestro vagón. Apenas alcanzo a bajar la cabeza y agacharme hacia un costado. Entonces escucho cómo se trepa y se mueve ruidosamente sobre las tablas. Con cuidado, me deslizo más profundamente en mi escondite, en el rincón más profundo que puedo encontrar y ahí me agazapo. Por un largo rato escucho los pasos de arriba, se siente como si fuera una eternidad hasta que por fin se tranquiliza todo nuevamente. A pesar de eso, permanezco donde estoy y no me atrevo a moverme, incluso cuando, mientras tanto, todo me duele. Algún tiempo después, suena un fuerte silbido afuera. El tren avanza, el viaje continúa. Respiro profundo, me enderezo y recargo la cabeza contra la pared del vagón. Me siento mal; el ruido de los golpes y balazos retumban en mis oídos. Por supuesto que desde Tajumulco escuché historias sobre las desgracias que les pueden suceder a algunas personas en México, pero por alguna razón nunca las creí. Incluso las habladurías de Fernando las consideré exageradas. Ahora sé que todo es cierto. Cada maldita pequeñez es cierta.

«¿Por qué no simplemente nos dejan ir a donde queremos?», escucho la voz de Ángel en mi cabeza. Sí, a decir verdad, ¿por qué no? ¿Por qué nos cazan como si fuéramos grandes criminales? Si no queremos nada de ellos, sólo queremos atravesar su país hacia nuestros padres. Cierro los ojos y trato de ya no pensar en nada más.

Esta vez pasa mucho más tiempo hasta que por fin me atrevo nuevamente a subir. Fernando ya está ahí, uno a uno aparecen los demás. No sé qué tanto se hayan enterado sobre lo que pasó, pero todos se ven bastante pálidos; el ánimo está decaído. Todavía hay algunos cuantos sentados sobre los vagones. Algunos que se escondieron, así como nosotros, y algunos que, quizás, pudieron escaparse y luego volvieron a saltar al tren: eso es todo.

Fernando maldice y lanza un pedazo de madera hacia los arbustos por los que pasamos.

—Mierda, hombre, pescaron a muchos —dice—. Lo bueno es que el tipo de nuestro vagón estaba ciego, de lo contrario ya se habría terminado nuestro viaje.

Por un rato hay silencio. Entonces Jaz dice:

—¿Escucharon los disparos?

Nadie contesta. Por supuesto que todos escucharon los disparos. Probablemente fue el momento en que cada uno de nosotros comprendió que en México definitivamente podemos perderlo todo, incluso nuestra vida. La cuestión no es dónde estaremos en un par de semanas o si habremos alcanzado nuestro destino o no. La cuestión es si acaso seguiremos existiendo.

—¿Tienen permitido dispararnos? —pregunta Ángel.

—Por supuesto que no —dice Fernando sombrío—. Ellos tienen permitido disparar sólo si son amenazados. Pero no se trata de lo que tienen permitido hacer, sino de lo que hacen. ¿Pero qué les puede pasar si dejan tieso a alguno de nosotros? Nosotros somos *indocumentados*, gente sin papeles. En realidad, no existimos —se ríe afónico—. Aquí nadie nos echará de menos si alguno de nosotros estira la pata. ¡Mala suerte! Y después continúa todo como si nada hubiera pasado.

Estamos sentados ahí, evitando mirarnos. Me pongo a pensar en cuando estábamos agachados junto al río con Fernando. Él nos advirtió. Nos advirtió a todos de ir al otro lado. Pero no queríamos escuchar; lo sabíamos muy bien. Ahora debemos ver cómo fregados terminar esto.

—¿Hay muchas inspecciones como ésa? —pregunta Jaz.

—En Chiapas sí —dice Fernando—. Más adelante, en el norte, menos. Pero si tenemos suerte, ésa fue la única antes de Tapachula y ahí de cualquier manera nos bajaremos por primera vez.

—¿Cómo es eso? —no comprendo qué quiere decir con eso—. Yo pensé que este vagón era el perfecto para nosotros. Tú mismo lo dijiste.

—Sí, es cierto —él titubea un poco, luego hunde la voz—. No les había contado nada sobre esto, pero en Chiapas tenemos algo así como un ángel guardián. Y nos reuniremos con él en Tapachula —me mira a los ojos—. Es un mara.

Me estremezco. ¿Un mara? Ahí de dónde yo vengo, asustan a los niños con esta palabra, y no sólo a ellos. Los maras son criminales, tipos jóvenes que se juntan en bandas y hacen todo lo que está prohibido porque da dinero rápido. Todos les tienen miedo. Si alguien se encuentra a un mara en la calle, cambia de lado a toda prisa. Cualquiera puede contar horribles historias sobre ellos. ¿Cómo diablos se le ocurrió a Fernando que habría que contemplar aliarnos con uno de ellos?

—Sé lo que piensas —dice—. Pero en el tren hay reglas. Quien quiere sobrevivir aquí, no puede ser exigente. Y se los digo, el tipo es lo mejor que podemos tener. Si alguien nos puede llevar sanos y salvos a través de Chiapas, es él.

Los demás tampoco parecen saber qué pensar del asunto. Ángel se ve intimidado. Emilio, ensimismado, mira fijamente, con él nunca se sabe qué es lo que piensa. Jaz me lanza una rápida mirada, después asiente con la cabeza lentamente.

—¿De dónde conoces al tipo? —le pregunto a Fernando.

—Ah, algunos de mis amigos se hicieron maras. *Mara Salvatrucha*, ustedes ya saben, las pandillas de El Salvador. Medité si debía meterme. Me cansé de recibir siempre en la jeta, también quería repartir. Pero luego lo dejé. Da igual. En todo caso, en mi último viaje volví a encontrar a uno de los tipos, en Tapachula, ahí está su cuartel general en Chiapas. Se llama el Negro. Es su nombre mara, por así decirlo, y se dedica al negocio del tren.

—¿Te refieres a que su trabajo es pasar gente por Chiapas?

—Sí, es su trabajo entre los maras. Cobra dinero para protección y lleva a la gente hasta Tonalá. En mi último viaje me fue mal porque fui estúpido y quería lograr todo solo. Por eso me acordé esta vez de él. Hablé con él desde Guatemala. Si queremos, nos puede llevar.

—¿Y el dinero para protección? ¿Qué tanto es?

—Normalmente quinientos por nariz. Pero nos cobrará más barato porque me conoce. Tal vez todavía alcance el pisto del gordo del río, tal vez debamos poner algo más. Pero yo calculo que no mucho.

Él lo dice muy casualmente, como si estuviera muy seguro del asunto. Pero, a pesar de ello, de ninguna manera puedo imaginarme cómo nos puede ayudar contar con uno de los maras cuando los policías inspeccionen el tren. ¿No será más grave todo si está con nosotros uno de ellos?

—Tal vez piensan que lo que acabamos de vivir fue peligroso —dice Fernando mientras ve nuestras caras confundidas—. Pero comparado con lo que nos espera, eso no fue más que una fiesta infantil. Con un poco de escondidillas debajo de las pilas de madera no atravesaremos. Créanme, yo sé de lo que hablo: necesitamos a uno como él. Solos no lo lograremos.

Cuando llegamos a Tapachula, ya es muy tarde, el sol ha desaparecido detrás del horizonte. Antes de que lleguemos a la estación, bajamos las escaleras y saltamos del tren para no encontrarnos con alguna inspección. Fernando nos dirige a través de algunas calles desiertas hasta que alcanzamos el viejo cementerio.

—Ahí es —dice y señala las tumbas—. Ahí encontraremos al Negro.

Jaz se queja.

—¿No pudiste encontrar otro lugar? No me gustan los cementerios.

—Pronto te gustarán —dice Fernando impasible—. Por la noche no hay mejor lugar. Al fin y al cabo, nadie entra ahí en la oscuridad por voluntad propia mas que gente como nosotros —se ríe y nos asiente con la cabeza—. ¡Órale, vamos! Los muertos no muerden.

Mientras tanto ya está totalmente oscuro. Al pasar a través del portón del cementerio, vemos que hay pequeñas lámparas encendidas sobre algunas de las lápidas que proporcionan algo de luz. Entre las tumbas puedo reconocer figuras sombrías que murmuran en la oscuridad. Es un ruido angustiante. Por lo visto Jaz también se siente inquieta con el asunto, se aprieta contra mi costado.

Fernando, al contrario, desfila frente a las tumbas como si fuera la cosa más natural del mundo. Tengo la sensación de que busca algo, algo muy específico. Después de un rato, se queda parado y nos hace señas para que vayamos hacia él.

—Aquí está —dice y señala un árbol.

Primero no puedo reconocer nada, sólo que algo está tallado en la corteza, así que me acerco. En letras grandes dice «MS» y, junto, una calavera. El signo de reconocimiento de los Mara Salvatrucha, ya he oído de eso en Tajumulco. Está tallado profundamente en el árbol y nadie se ha atrevido a colocar algo ahí junto.

Mientras contemplo el signo, aparece de repente una sombra en la oscuridad. Como crecida del suelo, surge una figura frente a mí. Asustado, doy un paso hacia atrás. Entonces me queda claro: debe ser el mara del que habló Fernando. Se ve muy sombrío, tiene la cabeza rapada y está tatuado en los brazos, el cuello y la cara. Hasta que lo veo con más detenimiento, me percato de que todavía es casi un chico –sólo un poco más grande que nosotros mismos.

Va hacia Fernando y lo saluda. Después nos examina de arriba a abajo. A mí me mira con sarcasmo, a Emilio con desdén y a Ángel y Jaz con desaprobación.

—¿Qué es esto? —le gruñe a Fernando y señala a ambos—. ¿Un jardín de niños?

Fernando se encoje de hombros.

—Da igual, hombre. Estamos juntos y nos mantenemos juntos.

El mara frunce el ceño.

—Escúchame, nos conocemos de antes —comienza—, pero eso no significa que tú pongas las reglas. Aquí sólo uno dice lo que se hace.

Fernando alza las manos, como si quisiera disculparse.

—No era mi intención —murmura él. Su voz suena muy diferente a cuando habla con nosotros. Ya no suena tan relajado y con aires de superioridad. Su voz se puso más ronca y cuidadosa.

Él se acerca un paso hacia el mara.

—Está todo bien, los conozco —dice en voz baja—. Inclúyelos. No provocarán dificultades, te lo prometo.

El mara voltea la cabeza hacia un costado y escupe.

—Ellos saben que tú eres el único que nos puede cruzar —añade Fernando—. Harán todo lo que tú digas.

El mara titubea por un momento, luego le tiende la mano a Fernando con un movimiento rápido.

—Dos mil —dice—. La mitad aquí, lo demás en Tonalá. Quien la cague, lo echo del tren.

Fernando se queda pensando por un momento. Pero en esta ocasión no trata de negociar como lo hizo en el río, sino que sólo acepta, saca el dinero de la bolsa y se lo entrega.

El mara señala una casa de piedra que está a un lado, entre las tumbas.

—En la choza de ahí pueden dormir. Nadie los molestará. Mañana temprano los recojo.

De nuevo asiente con la cabeza hacia Fernando, a nosotros no nos echa ni una mirada. En los siguientes segundos desaparece en la oscuridad tan silencioso como súbitamente apareció.

Me tranquiliza que el encuentro con él haya terminado tan rápido. Algo lúgubre y amenazador sale de él. Tal vez sea por la oscuridad o por el cementerio, tal vez por sus tatuajes, no lo sé. De cualquier manera, todo el tiempo tuve la sensación de que una sola palabra o mirada en falso hubieran sido suficientes para que el tipo se pusiera como una furia.

Fernando señala la casa ruinosa de la que habló el mara. Hay muchas de ellas en el cementerio, parecen pequeñas tumbas. Al acercarnos más, veo que en las paredes están los mismos signos que en el árbol. Por lo visto, ambos pertenecen al poderío de los maras. La trepamos y nos sentamos sobre el techo que todavía está caliente por el sol.

—¿Qué se supone que eso quiere decir?: quien la cague, lo echo del tren —cuchichea Jaz—. ¡El tipo está zafado!

—¡Ay! —Fernando niega con señas—. No debes tomarte muy en serio todo lo que él dice. El trabajo de los trenes es lo menos peligroso de todo lo que hacen los maras. Eso sólo lo hacen los que todavía deben demostrar su capacidad para los asuntos gordos o a los que ni siquiera los toman en cuenta para ello.

—¿Te refieres a que él no es tan duro como parece? —le pregunto.

—En todo caso no tan duro como quisiera. En comparación con los muchachos verdaderamente malvados, él es inofensivo. Tan sólo fíjate en su nombre. A los tipos brutales les gusta ponerse nombres lindos, algo así como «el Gorrino, el Cerdito o la Lagartija». De ellos debes cuidarte. Aquellos con nombres tenebrosos son peces pequeños que todavía tienen que hacer carrera.

—Yo pensé que no resultaría —dice Jaz—, cuando él nos vio tan molesto a Ángel y a mí. Así que, ¿tú crees, de verdad, que no va a haber problema por él?

Fernando asiente con la cabeza.

—Simplemente manténganse atrás y déjenme la plática a mí, así todo saldrá bien. Hagan lo que él dice y no lo contradigan. Porque da igual que sea inofensivo o no: pertenece a los maras. Y meterse con ellos no le sienta bien a nadie.

Por un largo rato platicamos sobre todo lo que nos pasa por la cabeza: sobre lo que hemos vivido y todo lo que todavía nos falta, y sobre qué tan jodido ha sido el día, pero, sea como sea, bueno. Finalmente, nos cansamos y nos recostamos. Yo doblo las manos detrás de la cabeza y veo hacia arriba. El cielo está despejado, hay estrellas por todos lados, el viento sopla a través de los árboles y sobre las tumbas. Poco a poco comienza a bajar la temperatura, el bochornoso calor desaparece.

Cierro los ojos y de repente me viene a la mente la nostalgia por las montañas, nuestra casa, mi tía y mi tío, mis amigos, Juana, por todos los que dejé atrás y que ahora parecen estar tan interminablemente lejos. Duele como si alguien me hubiera dado un puñetazo en el estómago con toda su fuerza.

Me volteo apartándome de los demás. ¡¿Qué estoy haciendo aquí, por el amor de dios?! Estoy recostado en algún lugar de un país extraño, donde no conozco ni un alma, en un cementerio olvidado por dios y sin saber ni a dónde pertenezco ni a dónde quiero pertenecer. ¿Más al norte, con mi mamá? ¿En un país todavía más extraño, del que sólo he oído un par de historias que, de cualquier manera, probablemente no son ciertas? ¿O de regreso en Tajumulco, en mi país, en un lugar que no tiene futuro?

En el instante siguiente me siento furioso conmigo mismo. ¡Qué ridículo! Durante años quise irme con mi mamá, volver a verla, preguntarle por qué me abandonó. Y ahora que por fin estoy en camino y que por fin tuve el valor para hacerlo, pienso en regresar después de apenas dos días, como si no hubieran existido todos esos años.

Detrás de mí, escucho la respiración silenciosa de Jaz y Ángel, suena como si ya se hubieran quedado dormidos. Fernando y Emilio están recostados un poco más alejados. No los puedo ni escuchar ni ver, pero yo sé que están ahí, y eso es bueno. No quiero ni pensar en cómo sería estar ahora aquí solo. Solo en esta región donde todo parece tan hostil y con tanta frialdad, donde somos cazados como presos.

Sí, simplemente estoy contento de que los demás estén a mi lado. Ése es el último pensamiento que me pasa todavía por la cabeza. Los conozco apenas desde hoy y, a pesar de ello, son lo único que me queda.

Cuando despierto, está amaneciendo. Me recargo sobre los codos y observo a mi alrededor. Sobre el cementerio cuelgan húmedos y finos velos de niebla, por todos lados están recostados rostros durmientes entre las tumbas.

Jaz y Ángel aún duermen. Pero justo cuando los miro, Jaz abre los ojos y Ángel se rueda y estira los brazos hacia arriba. Emilio, por lo visto, está despierto desde hace rato, está sentado en una esquina del techo y nos da la espalda. Fernando es el que no se ve por ninguna parte, ni junto a nosotros, ni entre las tumbas.

Jaz también parece echarlo de menos.

—¿Dónde está Fernando? —pregunta ella y se endereza.

—Ni idea dónde esté. También me acabo de despertar.

Jaz voltea a ver Emilio y observa cómo Ángel se quita las lagañas de los ojos. Luego se voltea nuevamente hacia mí con gesto pensativo.

—Dime, ¿te has preguntado por qué Fernando hace todo esto?

—¿Por qué hace qué?

—Pues, ¿por qué nos ayuda?, ¿por qué lo hace?

—Bueno, pues porque él… —me detengo, en realidad tampoco lo sé. Para mí, Fernando es un enigma. Sólo se me ocurre algo—. Cuando platicó sobre el mara, ¿te acuerdas? Dijo que la última vez lo pescaron muy feo. Quizás por eso no quiera ir solo esta vez.

—Sí, claro, pero no le somos de ninguna ayuda. En realidad, sólo lo retrasamos, ¿no?

Emilio se voltea hacia nosotros.

—Fernando sabe lo que hace —dice—. Él sabe para qué nos necesita. Todavía falta mucho del viaje.

Lo miro a los ojos. Parece nunca dudar de nada. Pero, de repente, sospecho algo malo:

—Tal vez, digo, tal vez él ya se fue sin nosotros, con el mara, ¿comprenden? Porque tal vez ya se dio cuenta de que le va mejor solo.

Jaz me mira asustada, Ángel pone los ojos en blanco. Para ambos queda claro, igual que para mí, qué tan desamparados estaríamos sin Fernando. Sólo Emilio niega decidido con la cabeza.

—No debes pensar eso —dice—. Fernando se queda a nuestro lado. Confía en ello.

Un par de minutos después, de hecho, aparece Fernando con el mara. Se me quita un peso de encima, pero al mismo tiempo tengo un mal presentimiento. Miro a Emilio, pero él ve hacia otra parte. ¡Espero que no le diga a nadie lo que acabo de decir!

Mientras, el mara pasa frente a la casa sin ponernos atención y desaparece del otro lado entre las tumbas, Fernando trepa hacia nosotros. En algún lugar de la ciudad compró un par de tortillas –o las robó. Ahora las reparte entre nosotros.

Hasta ahora me doy cuenta de qué tanto muero de hambre. Ayer no comí nada en todo el día después del desayuno, pero por tanto nerviosismo no sentí para nada que me rugía la panza. Ansioso, me abalanzo sobre las tortillas que trajo Fernando, los demás hacen lo mismo.

—¿A dónde se fue el Negro? —pregunta Jaz una vez que nos tragamos todo.

—La parte trasera del cementerio hace frontera con la línea de tren —dice Fernando—. Ahí nos espera. ¡Bueno, vámonos!

Nos ponemos en marcha. Ahora hay mucho ruido en todas partes del cementerio. La gente que durmió entre las tumbas recoge sus cosas. En algún lugar hay una pelea porque alguien dice que le robaron, pero nadie se dio cuenta. Todos acuden en masa al muro de la parte trasera del cementerio.

Cuando llegamos ahí, Fernando se queda parado repentinamente y por un momento mira a Jaz pensativamente. Entonces se inclina, recoge un puño lleno de tierra y se lo da a Jaz.

—Toma, embárrate un poco de tierra en la cara.

Jaz retrocede un paso.

—¿Te sientes bien de la cabeza? —dice ella—. ¿A qué te refieres?

—Ningún chico estaría tan limpio como tú —responde Fernando—. ¡Bueno, vamos, hazlo ya! Además, haz también algo con tu ropa.

Jaz frunce la cara.

—Tonto —murmura ella frente a él. Pero luego toma la tierra y se la embarra en la frente y la barbilla.

—Para los maras, las mujeres no valen mucho —aclara Fernando cuando ella está lista—. Desde su perspectiva, ellas sólo son buenas para una cosa, tú ya sabes —señala con el pulgar al otro lado del muro—. Mejor si él no lo nota. Sólo quédate lo más alejada posible de él, ¿sí? —sonríe.

—Es que tus ojos te delatan. Entiendes a qué me refiero, ¿no?

Él se dirige hacia el muro y se balancea hacia arriba, Emilio y Ángel hacen lo mismo que él. Jaz titubea y me ve. Su mirada es altanera, pero de algún modo también busca ayuda. Me llega hasta los huesos. De repente capto que ella está mucho más sola que nosotros, que los demás. Quiero decirle algo amable, pero no se me ocurre nada. Se encoge de hombros, también trepamos el muro.

Del otro lado, se extiende una larga fila de arbustos, entre los cuales ya está escondida un montón de gente. Atrás de eso hay una fosa de aguas residuales y más allá de eso, el terraplén con las vías.

El Negro está arrodillado, un poco alejado de nosotros, detrás de un arbusto. A la derecha e izquierda de él no hay nadie. Seguramente nadie se atreve a acercarse porque todos saben lo que significan sus tatuajes. Solamente Fernando se acerca a él, los demás mejor nos quedamos donde estamos.

El mara habla con Fernando y señala recurrentemente el terraplén. Parece como si hablaran sobre cómo hay que continuar. Luego Fernando regresa con nosotros.

—Fíjense ahora —dice—. Pronto llegará el momento, y ya el asunto se pone serio —señala hacia la izquierda—. Ahí atrás está la estación de tren, ya la dejamos atrás. El tren, que llegará enseguida, no se detiene. Así que tenemos que saltar sobre él mientras pasa frente a nosotros. Adivino que nunca lo han hecho, ¿o sí?

Nos miramos, nadie dice nada. Fernando suspira.

—Bueno, está bien, les explico. Ya se dieron cuenta de que el tren viaja muy lento en Chiapas porque las vías están fregadas. Por eso se puede subir muy fácil, al menos si uno sabe cómo funciona y no es demasiado imbécil.

Él señala hacia la derecha.

—¿Ven el puente allá adelante?

Algunos cien metros adelante, todavía se alcanzan a ver unas oxidadas vigas metálicas rojinaranjas que se extienden sobre un río.

—Antes de llegar a él, el tren va todavía un poco más lento. Por eso aquí es el lugar correcto. Esperamos hasta que el tren esté ahí. Cuando dé la señal, corren. Deben cruzar la fosa y subir el terraplén, lo cual hace el asunto más pesado. Cuando estén arriba, corran a lado del tren. Deben ir lo más rápido posible y no pueden esperar mucho para saltar. Porque si son muy lentos, los arrastrará y la corriente de aire los jalará debajo de las ruedas.

Cuando escucho eso, me vienen otra vez al oído el rechinido y galope del tren que nos acompañaron todo el día de ayer; el sonido de toneladas de metal que aplana los rieles. Tengo que pasar saliva, mi garganta está reseca de repente.

—¿Y cómo logramos treparnos? —pregunta Jaz desde un costado.

—En cada vagón hay dos escaleras —dice Fernando—. Una detrás de las ruedas delanteras, otra frente a las traseras. Ustedes deben tomar, por fuerza, la delantera. Si algo pasa y se resbalan, tienen más tiempo hasta que los alcancen las ruedas. Así todavía lograrán, quizás, apartarse de los rieles.

Me siento mal, tengo una sensación de náuseas en la garganta. También Jaz y Ángel su pusieron pálidos. Sólo Emilio tiene la misma expresión de siempre.

—Agarran la escalera y brincan en plena carrera —continúa Fernando—. Entonces llega la parte más peligrosa. De alguna manera deben alcanzar con los pies el travesaño de hasta abajo, que está bastante alto. Si logran eso, ya no es tan difícil trepar hasta el techo.

—¿Y si uno no lo logra? —pregunta Ángel—. ¿Regresan por él los demás?

—No —dice Fernando—. Quien no lo logre, qué mala suerte. Los demás no pueden esperar.

Emilio señala al Negro.

—¿Él lo quiere así?

—¡Da igual! —Fernando, molesto, niega con un gesto—. Les advertí, ¿o no? Les dije que en el peor de los casos, cada quien ve por sí mismo. Quien no lo consiga, se queda atrás y debe abrirse paso solo.

Todo está dicho. Nos agachamos detrás de los arbustos y esperamos. Mientras tanto, ya salió el sol y se eleva lentamente, con cada minuto hace más calor. Cada vez más gente trepa el muro y pronto hay una larga fila de andrajosos cuerpos en cuclillas junto a nosotros. Ya reconozco un par de rostros, debo haberlos visto en el río o en el camino hasta aquí.

El tiempo se extiende eternamente, todos tiemblan de ansiedad por el tren. Entonces se escucha su silbido, todavía muy lejano. Un murmullo se extiende entre las filas. Todos se levantan y corren en desorden. Vuelve a silbar el tren y en el instante siguiente aparece la locomotora; echa vapor y entra galopando. Los primeros echan a correr y desaparecen en la fosa de aguas residuales.

—¡Ahora! —grita Fernando y da un salto al frente.

Nosotros saltamos igualmente. De reojo veo que la gente sale de todas partes de ese tramo de arbustos. Yo sigo a Fernando que

LOS NIÑOS DEL TREN

ya está atravesando la fosa. El agua sucia, asquerosa y apestosa, está estancada ahí abajo frente a él. De alguna manera, llego al otro lado pesadamente, a grandes pasos. Después escalo el terraplén, respiro profundo y comienzo a correr.

Fernando y el mara van delante de mí. Corren a un lado del tren, agarran las escaleras y se balancean hacia arriba, como si no hubieran hecho otra cosa en toda su vida. Jaz también está ahí, directamente delante de mí. Por la descripción que nos dio Fernando, temí por ella, pero ahora veo que no hay razón para ello. Como una gata, brinca en el tren y lo escala.

Yo sigo después en la fila. Las traviesas junto a los rieles están desvencijadas y desiguales. Me resbalo y pierdo el equilibrio, pero lo recobro, tomo todas mis fuerzas y corro tan rápido como puedo. Justo a mi lado rechinan las ruedas sobre las vías. Ruego para no dar ningún paso en falso, entonces aparecen las escaleras junto a mí.

Cuando agarro las escaleras con ambas manos, la fuerza del tren me empuja fuertemente hacia enfrente. Pero, de algún modo, logro saltar. En el instante siguiente, me pego en la rodilla con el peldaño más bajo, un dolor punzante me estremece. Aprieto los dientes y me jalo con los brazos lo más arriba que puedo para que los pies también encuentren apoyo. Por fin, subo escalón tras escalón.

Llegado al techo, tiemblo por la fatiga y el nerviosismo en todo el cuerpo. Detrás de mí sube Emilio, pero ¿dónde está Ángel?

Nos asomamos por la orilla del techo y lo buscamos. Primero no lo vemos, pero de repente lo encontramos en el vagón de atrás. Está colgado en el peldaño más bajo de la escalera y se sujeta fuertemente, pero parece ya no tener las fuerzas para jalarse hacia arriba. La corriente de aire ya está succionando su pierna en dirección a las ruedas.

Emilio no titubea ni un segundo y se echa a correr, yo corro atrás de él. Con un salto cruzamos al techo del otro vagón. Luego bajamos las escaleras y agarramos a Ángel, cada uno de un brazo.

Apenas tenemos espacio y, mientras, Ángel ya perdió sus últimas fuerzas. Pero por suerte, es pequeño y ligero, y así, de algún modo, logramos jalarlo de un tirón hacia arriba. Emilio hace el mayor trabajo, tiene manos vigorosas y brazos fuertes, y casi por sí solo jala a Ángel escaleras arriba. Apenas llegamos al techo, el puente ya está ahí y el barandal zumba frente a nosotros, tan cerca de la pared del tren que nos hubiera barrido si todavía estuviéramos ahí.

Me dejo caer sobre el techo, se me nubla la vista. Tarda un rato hasta que mejora. Entonces me doy cuenta de que Jaz y Fernando ya están aquí también, que están atendiendo a Ángel. Él está recostado de espaldas y se ve bastante pálido, aunque no parece haberle pasado nada grave. Sólo tiene el pantalón rasgado y sangra del brazo. Él se reestablece y nos mira a Emilio y a mí.

—Gracias —murmura él—. Estuvo cerca.

El tren traquetea sobre el puente, pasa una curva y acelera. El Negro viene hacia nosotros desde el frente. Cruza a nuestro vagón con un salto amplio y se inclina sobre nosotros. Luego mira a Ángel despectivamente.

—Te lo dije, no necesito ningún jardín de niños —le refunfuña a Fernando.

—Pero si sí lo logró —dice Fernando y se para—. Y lo seguirá logrando.

El mara lo fulmina con la mirada.

—Grábate algo: si nos detiene, eso fue todo para él. Y me da jodidamente igual lo que pienses al respecto.

—Él no nos detendrá —dice Fernando—. Yo me encargo. No tendrás problemas con él.

—Eso espero, por su bien —contesta fríamente el Negro. Luego se va a la otra orilla del vagón para ahuyentar a dos hombres que se sentaron ahí. Pero él no tiene que hacer nada. Cuando ven sus tatuajes, se levantan de un salto y desaparecen.

Fernando se sienta nuevamente junto a nosotros.

—Ok, estamos arriba —dice en voz baja—. Todo bien, sí lo lograremos.

—Lo siento, Fernando —dice Ángel con voz aguda—. Me resbalé.

—Lo sé —responde Fernando—. La siguiente vez lo lograrás tú solo.

Se voltea hacia mí y me lanza una mirada de reconocimiento.

—Bien hecho.

Yo niego con un gesto.

—No me debes agradecer a mí. Agradécele mejor a Emilio.

Pero éste niega con la cabeza, incluso antes de que Fernando pueda hacer algo.

—A veces no tienes que hacerlo todo tú solo —Emilio dice en su habitual tono cauteloso y un poco profundo. Mira a Ángel, aunque todos sabemos que en realidad se refiere a Fernando—. Ni siquiera en el peor de los casos.

Pasa un largo rato hasta que hemos descansado de la subida. Después nos enderezamos sobre el vagón. Es uno de los mejores vagones del tren para nuestro propósito. En el techo tiene travesaños longitudinales de los que nos podemos sostener. Los de enfrente y atrás no están tan bien equipados. La gente que está ahí sentada nos mira una y otra vez, pero no se atreven a acercarse. Al parecer porque le tienen miedo al mara, que está parado sobre el techo con aspecto amenazador.

Al dejar detrás la última estribación de Tapachula, nos sumergimos nuevamente en la selva. De entre los árboles se eleva la niebla matutina en velos vaporosos. De vez en cuando se ilumina más, en ocasiones pasamos junto a plantíos de café o cacao, y una y otra vez vemos pequeños pueblos a la orilla del trayecto.

Las vías son viejísimas. En algunas zonas están tan invadidas de pasto que parece como si estuvieran bien enterradas en el suelo. El tren frena y acelera continuamente. Los amortiguadores del vagón se contraen y se liberan una y otra vez, las ruedas galopan y traquetean. A veces se balancea tanto que te tienes que sujetar con ambas manos para no salir disparado del vagón.

Pero en algún momento me acostumbro al ruido y al balanceo, y ya casi no los noto. Me siento junto a los demás, dejo que la corriente de aire sople sobre mi nariz y escucho a Fernando que cuenta algunas historias que ha pescado por aquí y por allá en sus viajes.

—Si piensan que cada tren llega sano y salvo, están equivocados —así empieza, por ejemplo, una de ellas—. La gente dice que tan sólo en Chiapas cada semana se descarrila uno.

—¿Eso quiere decir que se vuelca? —pregunta Ángel, quien todavía está bastante pálido debido a su casi accidente.

—No necesariamente, pero se sale de los rieles —dice Fernando—. Porque las vías están tan fregadas que el tren simplemente ya no encuentra su camino. La locomotora se sale y ocurre un gran choque. Todos los vagones estallan y parece como un campo de batalla, ya se pueden ustedes imaginar.

Al escuchar eso, tomamos instintivamente el travesaño del techo y nos sujetamos con fuerza. Fernando sólo se ríe cuando ve eso.

—Si algo así pasara, no podrían sujetarse —dice—. En ese momento sólo sirve algo: rezar. ¡Porque harían un despegue bárbaro!

Por unos instantes hay silencio, entonces se le ocurre algo nuevo.

—Alguna vez escuché una historia totalmente disparatada. Un tipo mayor me contó que se enteró por alguien más y éste por un tercero… Ahí tienen un tren descarrilado en medio del puente. ¡Imagínense! La gente que viajaba sobre él voló por encima de los barandales del puente y luego cayó al río a muchos metros de profundidad. Se trataba de una parte fangosa y cenagosa. Ellos se volcaron, se quedaron atorados en la tierra y nunca más salieron a la superficie.

Y así sigue, Fernando cuenta y cuenta, ya no hay modo de que pare. Algunas de sus historias suenan a que son inventadas o que contienen sólo una pizca de verdad, a las que se les agrega algo por cada persona nueva que las cuenta. Otras son cortas y oscuras, se puede notar que son ciertas. Pero todas se tratan del viaje, de estar en el camino, de silbidos y trenes, de esperanzas y sueños, y de cómo en algún momento revientan. Hay cientos de ellas, miles, probablemente igual de numerosas que las personas que están en el tren.

Cuando Fernando está harto de contar, el sol ya está arriba en el cielo. El paisaje ha cambiado. La selva ha regresado, en ambos costados del trayecto hay campos abiertos entre setos espinosos. Cuando miro hacia al frente, puedo reconocer que nos dirigimos hacia una ciudad grande. Entonces caigo en la cuenta de que la gente del vagón de enfrente se pone inquieta. La gente se para, algunos van hacia las escaleras y la bajan. Yo codeo en un costado a Fernando y le señalo eso.

—Sí, ya lo sé —sólo dice eso, se levanta y va con el Negro. Ambos hablan rápidamente y después regresa Fernando.

—Prepárense. Tenemos que bajar y alejarnos de los rieles. Les explico después.

Nos ponemos nuestras mochilas y bajamos. El tren avanza a un ritmo lento, ya llegó a la ciudad, a lo lejos se ve la estación. Uno tras otro nos bajamos de un salto, el Negro hasta el final. Él espera hasta que se va el tren, luego se sube a los rieles y se pone en marcha. Fernando nos llama con una seña y lo seguimos.

—Ésa es Huixtla —dice mientras cruzamos las vías—. En mi primer viaje llegué justo hasta este punto. Después se acabó.

Del otro lado de los rieles pasamos a lo largo de un callejón y después giramos. El Negro, que va un par de metros más adelante que nosotros, parece conocer perfectamente el lugar.

—¿Qué sucedió? —pregunto yo.

Fernando niega con una seña.

—El problema no es la ciudad, sino lo que espera después: La Arrocera. Es uno de los lugares más peligrosos de Chiapas, algo que yo no sabía en ese entonces. Es un punto de control de la migra, estos tipos de migración detienen cada tren allá. No se puede huir; por todas partes hay soldados. Y tampoco funciona esconderse; los trenes son registrados de arriba abajo. Ahí me agarraron y a la mayoría de los otros también.

—¿Qué les hicieron?

—Primero me partieron la boca y después me llevaron en autobús de regreso a la frontera. La gente lo llama el «autobus de lágrimas». Y tienen toda la condenada razón; el ánimo ahí dentro está para echarse a llorar. La mayoría están sentados con la mirada totalmente perdida, te puedes dar cuenta de qué tan acabados están. Pero algunos lo vuelven a intentar. Justo como yo.

—¿Y la siguiente vez ya no caíste nuevamente en su trampa?

—Me bajé antes del tren, como ahora. Pero entonces no sabía que en La Arrocera hay peores cosas que los controles. En los matorrales junto a las vías hay bandidos al acecho. Ellos saben que precisamente aquí muchos intentan ir a pie. Asaltan a la gente, le roban y… —él interrumpe brevemente— bueno, les echan bronca. En cualquier caso, la zona es repugnante. Muchos muertos, digamos.

—Pero no pasaremos por ahí, ¿o sí? —pregunta Jaz, quien escuchó todo—. Tomaremos otro camino, ¿no?

—No hay otro camino —dice Fernando— No hay más remedio, debemos cruzar por ahí.

—¿Podemos hacer algo contra los bandidos?

Fernando señala hacia enfrente.

—Ya lo hicimos.

—¿El Negro? —susurra Jaz—. Pero él solo no puede hacer nada contra ellos.

—Si se proponen comenzar una batalla, no. Pero si no son unos completos idiotas, van a dejarlo por la paz.

—¿Te refieres a…? ¿Porque es un mara?

Fernando asiente con la cabeza.

—Los maras son como hermanos, una comunidad totalmente jurada bajo estrictos códigos. Por eso se unen tantos chicos que nunca han tenido una familia real. De cualquier manera, si le haces algo a alguno de los maras, lo mejor es que hagas tu testamento ese mismo día, porque ya no envejecerás más allá de la edad que tienes.

Él voltea a ver al Negro y baja la voz.

—Los maras no matan a la gente simplemente, eso no asustaría lo suficiente. No, ellos torturan lentamente hasta la muerte. Eso también lo saben los tipos que están al acecho allá adelante. Así que nos dejarán en paz al Negro y a nosotros —trató de sonreír, pero no le salió del todo—, por lo menos así es en teoría.

Continuamos a través de los arrabales de la ciudad. Puedo sentir que Fernando está nervioso. Por primera vez desde que lo conozco, luce inseguro. Me gustaría preguntarle qué vivió en su primer intento por pasar el punto de control, pero de alguna manera tengo la sensación de que no recibiría ninguna respuesta.

Pasamos por un río, la ciudad queda detrás de nosotros. Un poco más adelante hay un grupo de personas que seguramente también se bajó del tren, ellos corren a través de un campo y desaparecen en un matorral. A la derecha de nosotros se extiende en la lejanía la línea del tren. El tren no se alcanza a ver, seguramente ya está en el punto de control.

Nosotros también corremos a través del campo. Por todos lados hay parvadas de cornejas. Entonces, llegamos al matorral en donde hay un sendero para adentrarse y esperamos.

—Permanezcan siempre muy juntos —dice Fernando, su voz suena tensa—. Y grábense algo: da igual lo que pase a derecha o izquierda, no volteen a verlo. No pueden cambiar nada y después ya ni se acordarán de ello.

Nos adentramos en el matorral. Hasta adelante va el Negro. Se quitó la camisa, ahora se pueden ver bien los tatuajes que cubren todo su torso. Atrás de él sigue Emilio, yo me mantengo entre Ángel y Jaz. Fernando está al final.

Por un tiempo avanzamos sin que nada pase. A nuestro alrededor todo está tranquilo. Estoy tan nervioso que tiemblo. Siempre que un arbusto cruje o un pájaro vuela, me estremezco y espero lo peor. Pronto corre el sudor por mi cara. Hace un calor sofocante entre los arbustos, y tengo miedo.

Tomamos una curva. De repente hay cuatro hombres junto al sendero, como salidos del suelo, inmóviles, como si sólo estuvieran esperándonos. Portan machetes, medio escondidos detrás de la espalda, pero de tal forma que se pueden ver.

El Negro también se queda parado. Él y los hombres se ven fijamente, con miradas verdaderamente penetrantes. Ninguno de ellos dice nada, ninguno se mueve. Sólo las manos de los hombres hacen un movimiento brusco, como si apenas se pudieran controlar.

Dura una eternidad, casi no me atrevo a respirar. Entonces los hombres se apartan lentamente del Negro. Las manos con las que sostienen los machetes se relajan. Escucho a Fernando exhalar. Uno de los hombres le hace una seña al otro, se dan la vuelta y desaparecen.

El Negro, quien no frunció el ceño ni una sola vez durante todo ese tiempo, nos sigue guiando. Mi corazón descansa. En los rostros de los hombres hay algo crudo y brutal que me cayó como un puñetazo.

Poco después se abre el matorral y llegamos a un claro. Y entonces comprendo lo que nos pasaría sin el Negro. Veo a la gente que corrió por el campo antes que nosotros. Están tirados sobre el suelo, desnudos, boca abajo, brazos y piernas abiertas. Un grupo de hombres está parado junto a ellos. Uno de ellos alza su machete, amenazante, y les grita, otros dos registran su ropa, que está en el suelo, y un cuarto golpea a uno de ellos que probablemente se atrevió a defenderse.

El Negro continúa, sin levantar la cabeza. Pero nosotros no tenemos su sangre fría. Uno tras otro nos vamos atrasando, no podíamos evitarlo de ninguna manera.

—¡Adelante! —cuchichea Fernando desde atrás. —¡Continúen, no vean hacia los lados!

Una mano me da un empujón hacia enfrente. Dejamos atrás el claro y seguimos un nuevo sendero, todos trotan cabizbajos. Me gustaría gritar, sacar a gritos todo el asco. Todo en mí se resiste a continuar. Me gustaría regresar corriendo, hacer algo, lo que sea, pero al mismo tiempo sé que no tendría sentido. Me siento inútil; inútil y humillado.

Andamos a través del matorral todavía por un largo rato. Un par de veces, escucho ruidos provenientes de los arbustos, gritos y golpes, que se asemejan a los del claro, pero ahora de verdad no volteo a ver. Sólo quiero alejarme.

Entonces las vías se encuentran ahí, otra vez frente a nosotros. ¡Por fin! Me parece como si fuéramos buenos viejos conocidos. Cuando las veo, tengo la sensación de que, en este corto tiempo desde que cruzamos el río fronterizo, se han convertido en algo así como nuestro hogar. En realidad, son lo único con lo que nos podemos orientar, por ahora. Lo único que nos puede dirigir a través de este país grande, ajeno y peligroso.

Fernando señala hacia enfrente, donde los rieles se extienden por un río fangoso.

—El puente Cuil —dice—. Cuando estemos allá arriba, lo más difícil habrá quedado atrás.

Corremos a través del puente y nos dejamos caer en el pasto a la orilla del terraplén. Todos estamos totalmente exhaustos. Miro a los demás, pero nadie responde a mi mirada. El Negro no lo hace de cualquier manera, él está recargado en un árbol, un poco más alejado, y hace como si nada le concerniera. Fernando y Emilio se ven abatidos. Jaz y Ángel están cabizbajos, tienen lágrimas en los ojos.

—La gente allá atrás —dice Jaz después de un rato—. ¿No debemos hacer algo?

—¿Qué? —responde Fernando—. A ver, dime, ¿qué quieres hacer?

—No lo sé. ¿Qué hay con la policía?

Fernando resoplan despectivamente.

—¿Tú crees que ellos no saben lo que pasa aquí? Apuesto lo que quieras a que ellos ganan bastante con esto. No mueven ni un dedo, de eso puedes estar segura.

—Pero...

—Olvídalo. La justicia y la ley no valen para gente como nosotros. Somos pájaros libres. Cualquiera puede hacer con nosotros lo que quiera, a la chota no le importa un carajo. Al contrario, están contentos de que alguien les quite trabajo.

Él señala la dirección en la que llegamos.

—La única oportunidad que tenemos pasará pronto por el puente. ¿O acaso alguien de ustedes está hasta las narices y ya no quiere seguir?

Nadie se mueve. Todos están totalmente acabados, pero ¿qué podemos hacer? Ya no hay marcha atrás. Detrás de nosotros es exactamente igual de peligroso que delante, por lo menos hasta donde hemos llegado.

Así que permanecemos sentados junto a los rieles y esperamos. De vez en cuando salen otros grupos de los arbustos. Algunos tuvieron suerte y están ilesos. Otros, se nota de inmediato que cayeron en las manos de los bandidos. Están sangrando y cojean, algunos están descalzos y lo perdieron todo.

Fernando hurga dentro de su mochila. Saca una playera y se la avienta a un hombre que está del otro lado de las vías, agachado, desnudo y con heridas abiertas en todo el cuerpo. Emilio me mira. También nosotros sacamos nuestras playeras y se las damos a dos chicos que están sentados en el arbusto, un poco más adelante. Cuando regresamos con los demás, cacho una mirada del Negro. Él levanta la ceja y se aparta de nosotros.

El tren se deja esperar, por lo visto los inspectores hacen su trabajo minuciosamente. Yo me encuentro entre Jaz y Emilio. Del otro lado del terraplén, alejado por un largo tramo, puedo ver un campesino que cultiva su tierra. Él va detrás de su arado tirado por un buey y da la impresión de que no tuviera la más mínima idea de todo lo que pasa a su alrededor. El polvo que levanta el animal flota en el aire como si no quisiera aplacarse nuevamente.

En los árboles trinan los pájaros. Hasta ahora no los había notado, aunque seguramente estuvieron ahí todo el tiempo. De repente, todo parece tan pacífico, apacible e inofensivo, casi increíble. Como si hubiera dos mundos que nada tienen que ver el uno con el otro y sólo por casualidad se encontraran en este lugar. Pero ¿cuál es el mundo real y cuál el verdadero?

Antes de que pueda reflexionar acerca de eso, escucho el tren. Los demás se levantan de un salto y corren hacia las vías. Yo agarro mi mochila y los sigo.

Cantan. Al principio era débil y pensé que mis oídos se habían vuelto locos, pero ahora se escucha claramente. Fuerte y claro en la oscuridad. Quizás también ésa es la razón: cantan *porque* está oscuro. Oscuro, peligroso y desierto. Porque tienen miedo y deben hacerse los valientes. Y porque quieren olvidar lo que vieron en el camino hacia acá.

Desde hace algunas horas estamos sentados de nuevo en el mismo vagón del que saltamos a mediodía. La mayoría de la gente de los otros vagones ya no está ahí, ha sido víctima del control fronterizo y de los bandidos de La Arrocera. Donde temprano se sentaron hoy, ahora está vacío. Desaparecieron fácilmente, como si nunca hubieran existido. Sólo tengo algunos de sus rostros en la cabeza.

Hace algunos minutos comenzó a caer la tarde, ahora está oscuro. La noche está ahí. La primera noche que pasamos en el tren.

De alguna manera es un sentimiento extraño: estar ahí sentado y sacudirse en medio de la oscuridad, sin saber qué va a pasar ni lo que se queda atrás. Ciegos y expuestos a todo, así me parece. Sin embargo, también es bello. Las luces del pueblo y de la ciudad resplandecen sobre nosotros e intento imaginarme a la gente que vive ahí. La idea de que, aquí, ellos están en casa, de que en realidad existe algo como el hogar, es tranquilizador y triste al mismo tiempo.

Nos acercamos un poco más. Luego nos acostamos porque los árboles están junto a las vías, espesos, y las ramas susurran por encima de nuestras cabezas. De vez en cuando se escuchan gritos de dolor que vienen de los vagones delanteros y entonces los gritos:

—¡Ramas! ¡Cuidado! ¡Ramas!

Cuando escuchamos eso nos apretamos fuerte sobre el techo, nos ponemos las manos sobre la cabeza y esperamos que sólo nos rocen un par de hojas y que, en medio de la oscuridad, no recibamos ningún golpe.

—Estoy cansado —dice Ángel, tras un largo rato en el que todo se quedó tranquilo y bosteza—. ¿Podemos dormir aquí?

—Mejor no —dice Fernando—. Aquí en Chiapas no se puede confiar en la tranquilidad. De alguna manera aguantaremos la noche.

Así que luchamos contra el cansancio tan bien como podemos. Escucho a Jaz y a Ángel que cuentan historias de sus países. También hay muchos ruidos en la oscuridad. El rechinido y el traqueteo del tren son más fuertes que en el día. De vez en cuando pasamos sobre un puente, entonces el ruido se hace más ligero y puedo oler el hedor del agua, y a veces escucho un par de ranas croar.

Ahora una canción. Viene de uno de los vagones de enfrente, a veces más fuerte, a veces más quedo, según como esté el viento. Cesa brevemente, pero de inmediato comienza una nueva.

—Se oye bien —dice Jaz, después de que escuchamos por un rato. Ella está acostada justo a mi lado.

Fernando ríe.

—Lo van a escuchar más seguido. Me acuerdo de un tren en el que todos cantaban en cada vagón. Al principio iban todos desordenados, después se unieron en una misma canción. Era como un coro gigante que rodaba a través del país.

Me giro sobre la espalda y miro hacia arriba. No hay mucho que reconocer en el cielo, aquí y allá hay un par de estrellas, al parecer las nubes se interponen. Pero aquellas que puedo ver, son las mismas que las de allá, de donde vengo. Al menos no han cambiado, se me ocurre. Al menos se quedan idénticas siempre, como la mierda que pasa aquí abajo ahora.

Otra vez una canción nueva. Me parece conocida. No puedo entender la letra, pero ya he escuchado la melodía. Por un momento, una imagen borrosa me viene a la cabeza, como si mi madre me hubiera cantado esa canción, en aquella época, como si ella aún estuviera ahí. Pero no lo sé, tal vez sólo la escuché por ahí en la calle.

Ahora las palabras se hacen más claras, el viento las trae hacia nosotros. Cantan *Sueño loco*. Es una canción sobre un sueño deschavetado. Un sueño completamente loco que cambia de rumbo y nunca se realiza. Además, sería muy triste y aburrido si uno no tuviera un sueño.

«¡No se queden dormidos!», me pasa por la cabeza. Me pongo a pensar en lo que dijo Fernando. En no quedarme dormido y despertar con los huesos rotos a un lado de las vías. Abro los ojos. ¿Por qué está iluminado? Por un momento estoy confundido y después me viene a la mente: debo haberme dormido toda la noche.

Me siento a toda prisa y miro alrededor. Parece que no ha pasado nada malo. El tren galopa y resopla, y devora un kilómetro tras otro. En el extremo posterior del vagón está el Negro como una estatua sobre el techo y nos da la espalda. ¿En verdad el tipo nunca tiene que dormir? ¿Nunca está cansado o hambriento o sediento o fatigado? ¿No sabe lo que se siente? ¿O sólo ha aprendido a no demostrarlo?

Fernando y Emilio se sientan a cierta distancia, medio despiertos, medio adormilados, Ángel duerme entre los jabalcones del techo. Jaz está sentada junto a mí y se estira. Al parecer ella tampoco puede mantener los ojos abiertos.

—Buenos días —murmura, cuando ve que estoy despierto—. ¿Dormiste bien?

—No sé —estoy hecho polvo. Tengo las piernas entumecidas, las froto para que la sangre vuelva a fluir—. Justo como un ave migratoria.

Jaz se ríe muy fuerte. Después, asustada, se pone la mano frente a la boca y mira hacia el Negro, pero él no le presta atención. Ella baja la voz.

—Sólo soñé con catástrofes —susurra—. Seguro salieron de las historias de terror de Fernando.

Más bien del verdadero terror que hemos pasado, pienso, pero mejor lo guardo para mí.

—Yo casi no soñé —le digo y después siento cómo me ruge la panza—. ¿Tienes hambre?

—Sí, pero ya no me queda nada —dice Jaz—. ¿Y tú?

Hurgo en mi mochila. Todo lo que encuentro es un pedazo de tortilla mordido. Despertamos a Ángel y nos sentamos con Fernando y con Emilio. Entonces juntamos nuestras provisiones y las compartimos. No es mucho, pero algo ayuda contra la peor de las hambres.

—Ojalá que el tren se detenga pronto –dice Fernando–. Entonces debemos encontrar con urgencia algo para morder. De otra manera nos caeremos del techo de pura debilidad sin que necesitemos de las ramas.

Desafortunadamente el conductor del tren no nos hace el favor. En cada sitio hacia donde nos dirigimos, esperamos que se detenga en la estación, pero sigue de largo. Así que nos quedamos sentados e intentamos olvidar nuestra hambre. Mientras tanto dejamos la selva atrás y viajamos por delante de los campos y las praderas, sobre los que se puede ver hasta el horizonte. Del lado izquierdo, en algún lugar, debe estar el mar, casi puedo olerlo. Del lado derecho, detrás y frente a las montañas, hay un par de pequeñas colinas con cultivos que se extienden cuesta arriba.

En realidad, esta zona no es muy distinta de lo que conozco de Guatemala. En los pueblos hay muchas chocitas, la mayoría de los habitantes son indios con su ropa colorida típica. Las estaciones son viejísimas y a menudo hay vagones oxidados a un lado de las vías. A veces corren perros salvajes junto al tren y les ladran a los vagones hasta que han tenido suficiente y desaparecen en la maleza.

Lentamente el sol se levanta. Será un maldito día caluroso, ya se puede sentir. Por doquier hay nubes en el cielo, pero eso no lo hace más fresco. Al contrario, el calor se acumula aquí abajo como en un horno. Nuestras botellas de agua están vacías desde hace mucho. Tengo la impresión de que me estoy secando. El techo arde también. Está tan caliente que uno podría quemarse ahí un dedo.

Fernando se quita la playera y se sienta. Cuando Emilio y Ángel lo ven, hacen lo mismo y, por último, también yo lo hago. Al principio se siente bien, el viento fresco y agradable sobre la piel seca el sudor. Pero después caigo en cuenta de que Jazz es la única que todavía tiene puesta la camisa. Se da la vuelta, puedo sentir realmente que su miedo la traiciona. Entre suspiros me quito la playera del trasero y me la pongo de nuevo. Está tan caliente que casi echa humo.

Jaz piensa un momento, después se me acerca.

—¿Podemos ver si hay sombra en algún sitio? —pregunta.

Buena idea. Nos levantamos y nos balanceamos hasta el final del vagón. Cuando alzamos la cabeza, vemos que en el hueco que hay entre nuestro vagón y el siguiente, hay un pequeño resguardo del sol. Aunque debemos subir por el acoplamiento y estar sobre las vías, es mejor que quemarnos en el techo. Como sólo hay una franja estrecha, tenemos que sentarnos muy cerca uno del otro, para que ambos recibamos algo de sombra.

—¡Uf, mucho mejor! —dice Jaz—. Un par de minutos más y hubiera empezado a hervir.

—Al menos en el viaje no nos vamos a morir de frío —intento limpiarme el sudor de la frente, pero no funciona porque mis manos están tan mojadas como mi cara—. Apuesto a que es el único modo de morir del que estamos a salvo.

—¿Quién sabe? —dice Jaz y se ríe—. Aquí en México no le apostaría casi a nada. Y por cierto, gracias —y mira mi playera.

La miro de reojo. Desde que la conozco me pregunto cómo le hace para parecer un muchacho. Uno debe mirar con mucho cuidado para notar en ella algo que recuerde a una muchacha.

Voltea hacia mí. Aparto la vista rápidamente, sin embargo, ella se da cuenta de que la miro.

—Me envolví con cintas —dice—. Muy ajustadas.

—¿Te duele?

—No mucho. Al principio sí, pero ahora ya no las siento.

Por un buen rato nos sentamos juntos sin decir nada. Tampoco aquí está realmente fresco, desde las vías del tren sopla una ola de aire caliente hacia nosotros.

—En este instante, un buen viento sería lo mejor —dice Jaz en algún momento—. ¿No puedes traerlo por arte de magia?

Me echo a reír cuando la escucho.

—Es chistoso que me preguntes. Es que casualmente yo soy de la «Ciudad del viento».

—¿Quieres tomarme el pelo?

—No, en serio, la gente la llama la Ciudad del viento. Es que está al pie de un volcán y...

—¿Al pie de un volcán? —me interrumpe Jaz—. Suena bastante peligroso.

—Claro que no, la montaña no es peligrosa en realidad. Sólo duerme frente a uno y eructa de vez en cuando, es todo. Pero la gente cuenta que allá arriba viven los dioses del viento y todos los que viven en Tajumulco —así se llama la ciudad— somos sus favoritos. Dicen que quien viene de Tajumulco nunca pierde el camino porque el viento siempre le sopla en la dirección correcta.

—Oye, me gusta la historia —dice Jaz—. Sobre mi tierra también hay una.

—¿También sobre el viento?

—No. Pero allá hay una cueva y la gente dice que es sagrada. Cuentan que allá adentro viven los espíritus de la tierra y que ellos cuidan a todos los que habitan cerca. Incluso cuando se van o estén en otro sitio por mucho tiempo. Los espíritus siempre cuidarán de ellos. A fin de cuentas la tierra es igual donde quiera que estés.

Intento imaginarme el lugar del que ella viene.

—Encajan bien juntas —digo.

Jaz me mira de reojo.

—¿Qué encaja bien?

—Pues nuestras historias. ¿Qué más?

Ella titubea, después se gira hacia mí.

—Sí —dice y mueve su gorra para arriba, así que puedo ver sus ojos.

—Dioses del viento y espíritus de la tierra. Encajan bien de verdad.

El tren frena un poco después. Nos apretamos contra el vagón, el rechinido del freno es tan fuerte que tenemos que taparnos las orejas. Cuando nos detenemos, me asomo por la esquina del vagón y miro hacia adelante. La locomotora se detiene en un pueblucho diminuto, así que no puedo reconocer nada. Solamente veo que el conductor baja y desaparece en un edificio a la orilla del camino.

—Oigan, ustedes allá abajo —enseguida escuchamos la voz de Fernando. Asoma la cabeza sobre el techo del vagón—. Muevan sus traseros, podemos salir.

—¿Qué hará el conductor?

—Si tenemos suerte va a comer como se debe —dice Fernando, trepa por el vagón y salta al suelo frente a nosotros—. Si tenemos mala suerte, sólo va a cagar.

Agita las manos en el aire de manera impaciente.

—Vamos, ustedes dos. Necesitamos agua y algo de comer.

También nosotros saltamos, Emilio y Ángel salen del tren. Empezamos a buscar a toda prisa. Hasta ahora me doy cuenta de qué tan quemado estoy, mi lengua está hinchada y seca como una tabla en mi boca. Lo primero que encontramos es una alcantarilla, pero el agua sucia de ahí adentro apesta tanto, que preferimos no probarla, sin importar cuán sedientos estamos. Un poco más adelante encontramos un bidón para el agua de lluvia, que desde el último aguacero se quedó a medio llenar. Nos inclinamos sobre él y bebemos.

Después llenamos nuestras botellas de agua tanto como podemos. Fernando y Emilio descubren un pequeño plantío de plátanos y corren hacia él para recolectar las frutas, Ángel los sigue. Yo también quiero ir tras ellos, pero Jaz me detiene y me arrastra hacia un prado. Tan pronto estamos ahí, empieza a arrancar el pasto.

—Oye, ¿qué haces? —no entiendo para qué lo hace—. No somos conejos.

Jaz pone los ojos en blanco.

—No tienes que comerte esa cosa, chistoso. Sólo acostarte sobre ella. Vamos, hazlo.

Mientras los otros regresan con grandes bultos de plátanos, nosotros llevamos al tren tanta hierba como podemos y nos trepamos de nuevo al vagón. Arriba, tapizamos entre los jabalcones del techo. Está fresco y suave, así que, un poco más tarde, cuando estamos ahí acostados y pelamos los plátanos, casi nos sentimos como reyes.

—Ay, gente, así sí se puede aguantar —dice Fernando y lanza desde el vagón una cáscara de plátano que traza una gran curva—. Algunas sombrillas no estarían mal. Deberíamos hacer la solicitud para equipar los trenes.

—Sí— dice Jaz—. Y refrigeradores y hamacas.

Cuando estamos satisfechos y hemos guardado el resto de los plátanos en las mochilas, regresa el conductor del tren. Con toda tranquilidad camina hacia la locomotora, parece no ver a la gente sobre los techos.

—¿Qué no sabe que estamos aquí? —pregunta Ángel.

—Claro que lo sabe, el tipo no está ciego —responde Fernando—. ¿Pero qué puede hacer? No puede sacarnos. Si llama a la chota, sólo habría problemas otra vez. Así que lo hace más fácil, hace como si no estuviéramos. Mientras dejemos en paz su tren y la carga, le importamos un carajo.

De un tirón, el tren arranca. Un poco después, el pequeño lugar sin nombre se queda detrás de nosotros y estamos de nuevo en camino. La pausa nos ha hecho bien. La sed se ha ido y también el hambre se nos ha olvidado por primera vez.

Qué bueno sería seguir el viaje simplemente así, me imagino. Me hundo en el pasto, cierro los ojos y me abandono al balanceo del tren. El sol brilla a través de las nubes y me quema la cara. Debe ser mediodía. En casa, en las montañas, siempre me ha gustado el mediodía. Sí, mucho más que cualquier otro momento.

Es un día bochornoso. El sol lo ha tornado todo café, los campos, los prados y las caras. Menos el volcán. Él domina en sus colores habituales sobre la niebla humeante que sube de los bosques de las montañas. Es día de mercado, las vendedoras han acomodado las frutas en pequeñas pirámides. Por las calles vagabundean los perros sin dueño. Todo está como siempre. Sólo falta el viento. Por primera vez en este año, no se siente ni el más mínimo vientecillo.

Estoy sentado frente a la casa y juego con un escarabajo que atrapé. Mi madre está adentro. Ha engordado en las últimas semanas, casi no la reconozco. Jadea y suda, a veces me da miedo. Después ella me tranquiliza. «Te regalo una hermanita, Miguel», dice. Me gusta y me alegro por ello.

La comadrona sube por el camino, tiene prisa y me lanza una mirada severa. La partera tiene manos oscuras y grandes. Manos como las de nadie más. Se mete a la casa sin que me dé cuenta. Me levanto y la sigo. Pero no me atrevo a entrar y me quedo parado en la puerta.

Mi madre está en cama, su cara está totalmente roja. La comadrona se lava las manos con aguardiente y le da un trago profundo a la botella. También mi madre tiene que beber. Entonces a los animales los sacan de casa, las gallinas, el cerdo y el gato. La puerta se cierra y yo debo quedarme afuera.

Vuelvo a mi juego, pero el escarabajo ya no está ahí. Se ha ido y se escondió. Las mujeres del pueblo suben por el camino. Encienden velas, una para cada punto cardinal, y las colocan alrededor de la casa. Frente a la entrada queman hierba. Puedo escuchar el jadeo y los gritos de mi madre y la voz de la comadrona de por medio. Entonces escucho un nuevo grito.

La puerta se abre y tengo permiso para entrar. Mi hermanita está ahí. Es chiquitita, llena de pliegues y de arrugas, y está toda mojada. La comadrona quema el cordón umbilical con una vela y cierra la herida con cera. Después pone el bultito en los brazos de mi madre.

Mi madre me saluda con la mano, yo me acerco. Se ve agotada, pero sus ojos brillan. «¿Cómo debería llamarse?», pregunta. «»¿Cómo deberíamos ponerle a tu hermanita, Miguel?»

Lo pienso. «Juana», le digo. «Debería llamarse Juana. Y yo la llamaré Juanita.»

Mi madre se ríe. Después se pone seria y se hunde de nuevo en su almohada. Mi padre no está ahí. Los hombres del pueblo lo han buscado, pero desapareció. Me siento a un lado de mi madre. Ella me mira sonriendo.

La comadrona está frente a nosotros. Ha enterrado la placenta detrás de la hoguera. Se agacha y luego pone sus manos oscuras sobre mi cabeza.

«Debes cuidar a tu hermana», me dice. «Ella no tuvo tanta suerte como tú. Es luna nueva y no hay unos brazos fuertes en los que la pueda recostar. A ti te saqué en luna llena y tu padre estaba ahí para llevarte. Tú vas a soportar todo lo que esté en tu camino. Tu hermana no tiene tanta suerte.»

Ella se endereza y va hacia la puerta. Desde ahí vuelve a voltearse. «Piensa en eso siempre», dice. «¡Debes de cuidarla!»

Una gota de lluvia me cae sobre la nariz. De golpe, los recuerdos se van y estoy de nuevo en México. En cuanto abro los ojos veo que ha oscurecido frente a nosotros. Nubes oscuras cuelgan en el cielo, como si alguien hubiera puesto una cortina frente al sol. Nuestro tren viaja hacia adentro del barullo.

Por un momento me parece como si el tiempo se hubiera detenido. Sigue haciendo un calor infernal, no se mueve ni una hoja. Así debe ser el fin del mundo, me pasa por la cabeza, e inmediatamente comienza la lluvia. Llega de un segundo a otro, como si alguien hubiera encendido un interruptor. Como cascada, nos golpea encima. Nos cubrimos la cabeza y nos acurrucamos juntos, pero aun así, ya estamos mojados hasta los huesos. Mojados como vagabundos, nos sentamos y nos sostenemos fuerte para que el tren no nos arroje.

Así pasa un buen rato, la lluvia sobre el techo, por todos lados cruje y borbotea. Mi camisa se me pega como un saco mojado, ya no tengo un solo espacio seco. Entonces, al fin se aclara, un rayo de luz sale frente a nosotros y poco a poco se hace más grande. La lluvia se calma y, finalmente, se detiene por completo de un momento a otro. Unos minutos después ya no hay nubes en el cielo y el sol brilla desde arriba, como si el temporal no hubiera existido.

—¡Uf, gente! —se queja Jaz, se quita la gorra y sacude la cabeza, salpica agua en todas direcciones. Después voltea hacia mí—. Dije *viento* —susurra y vuelve a ponerse la gorra—. Debías traer viento como por arte de magia. El hechizo no era para una inundación.

—Ya lo sé —le susurro de vuelta—. Sólo quería verte sin gorra alguna vez.

Volteamos a ver a los demás. Fernando y Emilio están de pie y sacuden el agua de su ropa. Ángel, que intentó arrastrarse entre los jabalones del techo, aparece nuevamente. Está cubierto de pasto de la cabeza a los pies.

Jaz se ríe cuando lo ve.

—¡Oye, Ángel! Pareces un duende verde.

Ángel le hace gestos, después le habla a Fernando.

—La lluvia es peor aquí que en casa —dice con aire de reproche.

Fernando, que está junto a él, saca agua de uno de sus zapatos y sacude los hombros de manera brusca.

—Ay, unas gotas no son nada —dice—. En Ixtepec escuché una historia sobre un tren que...

—Ay, Fernando, no de nuevo —lo interrumpe Jaz—. ¿Y ahora qué? ¿Que la lluvia sacó al tren de las vías y lo arrastró al mar y todos los que estaban ahí fueron devorados por tiburones?

—Fernando sonríe burlonamente.

—¿Cómo lo sabes? —dice—. ¿Ya había contado la historia?

Jaz niega con la cabeza y con las manos. Mientras, el tren, que aún brilla y echa humo por la lluvia, se dirige hacia el norte, nos sentamos y dejamos que el sol nos seque. En ambos lados del camino hay campos de cereales de muchos kilómetros. Podemos ver a los trabajadores, que esperaron a que pasara el temporal y que ahora vuelven afuera. Por lo visto están contentos, el calor se ha ido por el momento. Algunos de ellos nos saludan con la mano mientras nos alejamos.

Con el sol y el viento estamos secos otra vez. Me doy cuenta de cómo las montañas que están a la derecha se acercan a nosotros a cada kilómetro. Entonces, repentinamente, como si el tren viajara sobre una cima, emerge un lago del lado izquierdo. Es tan extenso, que la otra orilla apenas se distingue con una delgada línea. El sol está en el punto más bajo, todo el horizonte está teñido de amarillo y rojo.

Las vías conducen hacia el agua cuesta abajo, nosotros viajamos a un lado de la orilla. Nos sentamos ahí por un rato, contemplamos la puesta de sol y estamos absortos en nuestros pensamientos. Entonces me doy cuenta de que, una vez más, la parte de enfrente del tren se ha alborotado. De nuevo, durante el día, algunos pasajeros ciegos fueron arrojados del tren por los arbustos que están a lo orilla del camino. En algunos vagones frente a nosotros, varios se han puesto de pie y señalan algo.

También Fernando se da cuenta. Dice algo para sí, que no puedo entender, se levanta y corre hacia enfrente para escuchar qué pasa. Cuando regresa, unos minutos después, se dirige al Negro, que, como de costumbre, está sentado algunos metros más adelante, primero habla con él, después viene con nosotros.

—Uno de los tipos cree haber visto una patrulla —dice—. A un lado del camino, bajo los árboles.

—¿Y qué significa eso? —pregunta Jaz.

—Nunca se sabe. Si tenemos mala suerte, era un vigilante. La chota quiere ver cuánta gente hay en el tren y si vale la pena detenerlo. Bueno, si así fue, ahora ya lo saben. Así que ya podemos estar preparados.

Nos juntamos un poco más y miramos hacia delante. A nuestra izquierda, el sol se ha hundido un poco más y se refleja de color rojo en el agua, pero eso ya no le interesa a nadie. Sobre el tren hay una tensión nerviosa, el rumor se ha difundido como fuego devorador.

Luego nos damos cuenta de que la suposición de Fernando era correcta. Cuando el tren gira en una curva, una caravana de patrullas nos espera a la distancia. Están en un lugar en donde las vías del tren pasan justo a la orilla del lago, así que sólo tienen que acordonar el lado que da hacia la tierra para atrapar al tren.

En el vagón que está frente a nosotros, la gente corre y grita de manera desordenada. También nosotros nos levantamos de un salto. Fernando lo mira todo, pero solamente se pasa la mano por el cabello, nervioso. Antes de que pueda hacer algo, el Negro está ahí. Nos hace a un lado, camina hacia la parte delantera del vagón y evalúa de manera silenciosa la fila de policías. Después se voltea hacia Fernando y hace un breve movimiento con la mano.

—Nosotros nos quedamos arriba –dice Fernando.

—¿Qué? —dice Jaz jadeando—. ¿Qué es lo que quieres esperar? ¡Tenemos que irnos!

Fernando niega con la cabeza.

—Dije que nos quedamos arriba —repite.

En el otro vagón la mayoría corre hacia las escaleras y baja. Sin embargo, el salto es peligroso, el tren va tan rápido como las vías lo permiten. Al parecer el maquinista recibió por el radio la orden de frenar en cuanto llegara al punto de control.

Sin embargo, algunos se arriesgan. Sólo algunos metros delante de nosotros, un hombre suelta la escalera y de verdad vuela por los aires. En cuanto llega al piso, se le arrancan las piernas. Sólo veo cómo se vuelca y se estrella contra un arbusto a la orilla del camino. Después el tren se va.

La mayoría intenta esperar hasta que la velocidad disminuya. Pero los policías ya están ahí y el conductor del tren frena con toda la fuerza. Perdemos el equilibrio y nos arremolinamos. Me caigo e intento sostenerme muy fuerte en cualquier sitio; Jaz se resbala sobre el techo y la tomo del brazo. Veo de reojo que Emilio sujeta a Ángel, también Fernando cae. Tan sólo el Negro se mantiene de pie.

Entonces el tren se detiene tranquilamente. Nos quedamos donde estamos y apenas nos arriesgamos a movernos. Allá abajo hay un desastre. A donde quiera que veas hay gente con rostros de pánico intentando escapar, se golpean unos contra otros, como conejos en una trampa, y no tienen ninguna oportunidad de escapar. Los policías los agarran y se los llevan a rastras de aquí. Algunos de ellos utilizan la macana. Los gritos de los heridos resuenan sobre el lago y los campos.

Se me revuelve el estómago con la idea de que seremos atrapados de la misma forma, pues tarde o temprano tendremos que bajar del vagón. Me aferro aún al brazo de Jaz, pero ella parece no sentirlo. Entonces veo que el Negro voltea hacia Fernando y le hace una seña con la cabeza.

—Ya es hora —dice Fernando—. ¡Vamos!

Un momento después, él y el mara están en las escaleras y se bajan. Jaz me mira, sus ojos están bien abiertos. Me levanto y la jalo hacia mí. Enseguida nos bajamos del vagón.

Fernando espera hasta que todos estamos abajo. Después señala con la cabeza hacia el Negro.

—Hagan todo lo que él haga —susurra—, y quédense junto a él. Los cuicos deben ver que estamos todos juntos.

El mara se va, nosotros trotamos tras él. Emilio y yo ponemos a Jaz y a Ángel en medio, Fernando se queda detrás de nosotros. Así nos alejamos lentamente del tren.

Estoy tan alterado, que la sangre me zumba en los oídos. Me pasan mil cosas por la cabeza. ¿Hacia dónde debo mirar? ¿Al suelo? ¿Qué tengo que hacer? ¿Levantar los brazos? Pero el Negro no hace nada de eso. Él camina ensimismado, como si estuviera en un paseo dominical.

Cada momento me temo que los policías nos golpeen con sus palos en la cabeza por nuestra impertinencia. Pero no pasa nada. La mayoría nos lanza una mirada aguda y luego nos da la espalda. Sólo uno de ellos se para frente a nosotros, bloquea el camino y juega con su macana. El Negro lo rodea como si no estuviera. Escucho que el policía maldice tras nosotros. Pero no intenta detenernos.

Me parece como si estuviera soñando, así de irreal es todo. Mientras que a nuestro alrededor todos han sido aporreados y arrastrados a las patrullas, nosotros pudimos dejar el tren sin que nadie nos lo impidiera. Es como si no estuviéramos ahí, como si fuésemos espíritus que nadie puede ver.

El Negro nos guía a través del alboroto y después a lo largo de las vías. Mucho más lejos, pero aún a la vista de los policías, nos detenemos. Cuando volteamos, arrancan los primeros coches, repletos de pobres diablos que miran tristes a través de la ventana.

—No puedo creerlo, nos dejaron ir muy fácilmente —susurra Jaz, mirando temerosa al Negro—, hubieran podido atraparnos a todos al mismo tiempo.

—Sí, ¿pero de qué les hubiera servido? —dice Fernando—. Ya habían pescado a suficientes.

—No importa. Ni siquiera hubieran tenido que esforzarse.

—Pero se hubieran ganado enemigos. La chota es como todos los demás, ni mejores, ni peores. Sobre todas las cosas, no quieren disgustos innecesarios. ¿Por qué querrían echarse encima a los maras por unos tipos como nosotros? Sus carros están llenos. Nadie podría decir que no han hecho su trabajo.

—¿Los maras pueden hacerles algo, en verdad?

—Claro, los maras saben dónde viven. También saben dónde viven sus esposas y sus hijos —Fernando niega con la cabeza.

—La chota hace lo que sea necesario para conservar su trabajo. Pero nunca pondrían a su familia en peligro.

El rechinido y el galopeo del tren lo interrumpen.

—Vamos —dice—. Veamos si podemos pescar de nuevo nuestro vagón.

Primero pienso que no había escuchado bien. ¿Realmente quiere que nos subamos de nuevo frente a los ojos de los policías?

—Pueden vernos. ¿No deberíamos mejor…?

—Dime, ¿no me escuchaste? —me calla Fernando—. Pueden vernos. Pero no nos ven.

Aproximadamente una hora más tarde estamos en Tonalá, el tren se detiene en la estación. En tanto, el sol se ha ocultado y oscurece. En la penumbra puedo ver algunos vagones que al parecer están enganchados.

Para que no nos vean, trepamos por el techo y nos escondemos en el hueco que hay entre los dos vagones. Llegó el momento. Nuestro tiempo con el Negro se acabó. El territorio de los Mara Salvatrucha termina en Tonalá, a partir de aquí, él ya no puede ayudarnos. Fernando lo aparta hacia un costado.

—Gracias, hombre —le dice—. Sin ti no lo habríamos logrado.

Le da la otra mitad de la suma que habíamos acordado. Por lo visto, alcanza con el dinero que le robó al lanchero, pero no del todo, porque cada uno de nosotros debe poner un poco más. Me cuesta trabajo entregar el dinero que ahorré a duras penas todos estos años. Ya he gastado la mayor parte, a pesar de que el viaje acaba de empezar. Lo único que no he tocado son los ahorros de Juana. Y así continuará, me lo juro.

El Negro guarda el dinero sin pestañear.

—Ustedes siguen hasta Ixtepec, ahí termina el recorrido del tren. Desde ahí tomen por Veracruz —dice y mira a Fernando—. Tú ya conoces el camino. ¡A partir de ahora es tu asunto!

Una última vez, asiente con la cabeza hacia Fernando, luego se va por las vías. Un momento después ha desaparecido en la oscuridad. Para el resto de nosotros no tiene ni un saludo, ni una mirada, ni una palabra. Simplemente se va. La oscuridad se lo tragó tal como lo escupió del cementerio de Tapachula hace dos días.

Jaz, como de costumbre cuando se trata del mara, se queda atrás, suspira aliviada y viene hacia nosotros.

—Hombre, estoy contenta de que el tipo se haya ido —dice—. Era realmente aterrador para mí.

A Ángel también parece que le hubieran quitado un peso de encima. Probablemente no ha olvidado que el mara amenazó con arrojarlo del tren.

Sólo Emilio niega con la cabeza.

—Fue bueno que estuviera con nosotros —dice—. Sin él no estaríamos aquí.

Miro hacia el lugar donde el mara desapareció. De alguna manera puedo entender a los tres, me siento aliviado y afligido al mismo tiempo. Por supuesto, al igual que Jaz y Ángel tuve un mal presentimiento cuando el chico estaba cerca. Pero Emilio también tiene razón: sin el Negro no hubiéramos sobrevivido ni el encuentro con los bandidos ni la redada de los policías.

Jaz me pega con el codo en un costado.

—¿Tú qué piensas?

—No sé. Me pregunto cómo va a ser ahora sin él.

Fernando tose y escupe sobre los carriles.

—Tenemos que ser todavía más cuidadosos —dice—, lo mejor será no meternos en problemas. Bueno, después de todo: Chiapas ya se quedó atrás.

Una vibración recorre el tren. Ya sabemos lo que eso significa: el conductor ha soltado los frenos. Rápidamente trepamos hasta nuestros lugares entre los jabalones del techo. Tan pronto como estamos allí, arranca de nuevo.

En los escasos minutos en que nos detuvimos, ha oscurecido. Con la luz de las lámparas de la estación puedo ver que algunas personas aprovecharon la parada para subirse. En pequeños grupos, se sientan sobre el techo, dispersos. Intento verles la cara, pero la luz no es suficiente.

Dónde están los demás, me pregunto mientras las luces de la estación del tren se quedan tras nosotros. Todos los que venían con nosotros en el tren de Tapachula, ¿qué ha pasado con ellos? Los que capturaron en la redada, seguramente ya están en camino de vuelta hacia la frontera. En el «autobús de las lágrimas», como dijo Fernando. Seguramente se sienten miserables, pero al menos están vivos.

Me pongo a pensar en La Arrocera: la maleza, los bandidos con sus machetes, la gente desnuda sobre el suelo. Más tarde, muchos de ellos salieron de los matorrales. ¿Pero realmente eran todos? ¿O –un escalofrío me recorre la espalda cuando pienso en eso– quizás algunos no sobrevivieron? Le pregunto sobre eso a Fernando, pero él hace como si no me escuchara.

Por un rato está tranquilo. Entonces, Ángel levanta la cabeza súbitamente.

—Los he visto —dice.

—¿A quiénes has visto? —le pregunta Jaz.

—A la gente —dice Ángel—. La del claro. Los vi a todos, de nuevo. A cada uno. Los conté a propósito.

Jaz le sonríe, pero no es una sonrisa de felicidad.

—Sí, Ángel —dice—. Tienes razón. También yo los vi.

Fernando se recarga en los codos y voltea hacia nosotros.

—Ésa es la mierda que pasa aquí —dice—. Podemos estar contentos de haber logrado llegar hasta aquí, pero todo lo demás se sobreentiende. Todo lo que sigue… —niega con un gesto—. Hay que preocuparnos cuando llegue el momento.

Viajamos en lo profundo de la noche. La luna se ha levantado en el horizonte y sumerge todo en una luz pálida. El contorno de los campos, de las colinas y de los pueblos parece fundirse. Así que ahora nos hemos quedado solos, sin nuestro oscuro ángel guardián.

—Unos huevos con frijoles y tocino —dice Jaz—. Que esté tan caliente, que el aceite chisporrotee mientras se fríe en el sartén. Y de postre, budín con piña y coco.

—Sí, y además un pastel —dice Ángel—. Con cuatro capas de crema, frutas, y en medio una capa de chocolate. Y un glaseado de azúcar encima.

—Oigan, ustedes tienen el gusto totalmente arruinado —dice Fernando—. Yo necesito algo decente entre los dientes. Algo así como medio cerdo, o algo bien asado, hasta que esté crujiente. ¿Qué opinas, Miguel?

—¿Yo? Tomo todo al mismo tiempo. Y de todo siempre dos veces.

—¡Oye, eso suena bien! —le da un empujón a Emilio—. ¿Y tú con qué sueñas?

Emilio piensa por un momento.

—Papas a las brasas —dice.

Jaz se sorprende, luego se ríe.

—¿Papas a las brasas? —repite—. ¡Ay, Emilio, de veras eres divertido! Tendrían que inventar a alguien como tú cuando ya no existas.

Viajamos sin interrupción durante toda la noche. Hoy por la mañana cuando salió el sol, habíamos dejado Chiapas atrás. Ahora estamos en Oaxaca, pero no se ve muy distinto. Sólo las montañas están un poco más cerca y la luz entre las colinas y el mar es increíblemente brillante y clara, parece como si estuviéramos viajando en el paisaje colorido de una postal.

Después de la salida del sol estuvimos algunas horas más en camino, dejamos atrás una fila interminable de plantaciones de frutas. Todas brillaban tan maduras, jugosas y dulces, que era realmente una vista hermosa, pero con el hambre punzante en nuestros estómagos era una tortura absoluta. A mediodía llegamos a Ixtepec, donde termina el recorrido del tren. Saltamos y nos escondimos detrás de un viejo cobertizo. Ahora estamos sentados aquí y nos imaginamos todas las cosas maravillosas que hay de comer.

Nuestra última verdadera comida fue hace dos días: las tortillas en el panteón de Tapachula. Después de eso sólo ha habido algunas sobras y cosas medio podridas que hemos recogido en alguna parte. Ahora tenemos tanta hambre que no podemos pensar en otra cosa que no sea en comida.

—Soñar está muy bien, pero con eso no nos vamos a llenar —dice Fernando finalmente, una vez que hemos enumerado nuestros dulces favoritos—. Necesitamos urgentemente algo de verdad para morder. Así que vamos, iremos de caza.

—¿Y cómo? —pregunta Jaz.

—Bueno, es como en el boxeo: quien desea golpear, debe bajar la defensa. No sirve de nada, tenemos que ir a la ciudad. Allá hacemos todo lo posible para llenarnos la panza y ver si podemos recoger algunas provisiones. El viaje todavía es largo.

—¿No es peligroso? —pregunta Ángel.

—Sí —asiente Jaz—. Hasta un ciego lo puede ver, por eso estamos aquí.

—Es peligroso estar hambriento —dice Fernando—. Desde luego, no tenemos que ir todos juntos, sería demasiado evidente. Debemos prestar atención a algunas cosas. Hasta cierto punto, tener nuestras cosas limpias. Abrir la boca sólo cuando sea necesario. De otro modo nos delatará el acento, el español de la gente de aquí suena diferente al nuestro. Y en la calle...

—Yo no tengo acento —protesta Ángel.

—Sigue soñando —dice Fernando—. Lo mala onda de esto es que ni siquiera te das cuenta—mira a Ángel y sonríe burlonamente—. Tú tienes el acento más fuerte de todos, pequeño. Mejor finge que eres sordomudo.

Todos se ríen. Sólo Ángel se cruza de brazos y pone mala cara. Fernando ya no le presta atención.

—Ustedes tienen que fingir que todo es muy normal. Como si conocieran cada piedra. Como si acabaran de salir de casa. Y cuando un cuico esté en el camino, háganse flacos. ¡Pero discretamente! No corran desesperadamente o algo así.

Él tiene más consejos que darnos, pero lo escucho sólo a medias. Si me hago hacia un lado, puedo ver por delante del cobertizo; del otro lado de las vías, la calle que lleva hasta la ciudad. Hay casas con tendederos, los niños juegan en las aceras, los perros vagan por los alrededores, allá hay un sitio con árboles y bancas donde la gente se sienta. Realmente parece como si estuviera en casa. Probablemente así parezca, sólo que esta vez yo soy un extranjero.

A decir verdad, ¿por qué? Nunca he pensado en eso, pero es raro. ¿De dónde toma la gente el derecho de decir que yo soy un «extranjero»? No pertenezco aquí y ¿debería volver por donde vine? ¿Cómo es que alguien podría decir que un país es «suyo»?

Cuando volteo a ver a los demás, Emilio me mira a los ojos. Asiente con la cabeza y tengo la sensación de que sabe lo que me pasa por la cabeza.

—Y ya en la ciudad —dice Jaz— ¿a dónde tenemos que ir?

—Justo en el centro hay un mercado —responde Fernando—. Ya estuve ahí. Es bastante bueno, mucha gente del campo, en el ajetreo no llamamos la atención. Y las cosas son baratas, con algunos pesos se puede conseguir algo decente.

Por un rato nos quedamos en silencio. Después Emilio dice de repente:

—Yo ya no tengo dinero. Lo que le di al Negro era lo último.

Fernando no lo mira. Sólo tuerce la comisura de los labios de manera despectiva.

—Bueno, entonces tendrás que robar —dice—. O pedir limosna. Es lo que los indios hacen mejor.

Emilio se sobresalta, como si alguien le hubiera dado un golpe. Por un momento parece que quisiera responderle, luego agacha la cabeza.

Ahí está de nuevo: el lado de Fernando que no entiendo. Ese lado frío, maligno, que algunas veces saca de manera inesperada y que ataca especialmente a Emilio.

Enojada, Jaz lanza a Fernando una mirada fulminante y se voltea hacia Emilio.

—Puedes tomar algo de lo mío —dice.

—Sí, sí, haz lo que quieras, mejor lanza tu dinero por la ventana —refunfuña Fernando y se levanta—. Y limpien sus harapos, que el tren se les nota a diez kilómetros de distancia.

Hacemos lo que dice. Le raspamos la mugre a las cosas. Después nos frotamos las manos y la cara con pasto y saliva tanto como es posible. Emilio se aparta todo ese tiempo y evita mirarnos. De alguna forma lo lamento, pero no sé qué debería decirle.

Mientras tanto, Fernando nos describe el camino a la ciudad y al mercado del que nos habló. Poco después nos separamos y nos marchamos. Todos vamos por nuestro lado, sólo Jaz y Ángel se quedan juntos.

Cuando atravieso las vías y doy la vuelta hacia la calle, es casi como regresar al mundo. Nos mantuvimos lejos tanto tiempo, ocultos y escondidos de las otras personas, que la vida en la calle verdaderamente me abruma.

Trato de atenerme a lo que dijo Fernando, camino por las calles como si esta ciudad fuera mi casa, aparento estar aburrido y evito las miradas curiosas, aunque en realidad no puedo darme cuenta de todas las cosas que ocurren a mi alrededor. No me detengo en el crucero, sigo de frente como si fuese un camino que hubiera recorrido cientos de veces. No veo a la gente con la que me encuentro y cada vez tengo la sensación de que sus miradas me encuentran y me perforan la espalda en cuanto me he alejado.

En algún momento llegué al mercado. Es grande, con muchos puestos y tiendas coloridas, entre las cuales circula un río de gente. Hubiera preferido abalanzarme sobre el primer puesto al que llegué, pero de alguna manera conseguí controlarme y seguir adelante. Los olores son insoportables. Finalmente me detengo y compro un pan con carne, tomate, lechuga y queso fundido.

Lo primero que pienso es en tragármelo de un bocado, pero lucho contra eso y me obligo a comer como si fuera por puro aburrimiento y hubiera desayunado bien. Un poco después, en otro puesto me como un elote caliente con chile y mantequilla. El hambre se calma de momento. La debilidad desaparece de mis piernas, vuelven a sentirse de nuevo como deberían.

Dejo que la multitud me lleve. Veo de cerca a algunas personas que también son del tren. Nunca me encontré con ellos, pero lo sé. ¿Tal vez es algo en su actitud o en su mirada? Tienen algo que recuerda a un animal hambriento que ha dejado el bosque y se arriesga en un asentamiento humano. Me espanto al verlo: ¿me veo así?

Por un rato no me atrevo a levantar la cabeza. Pero después me doy cuenta de que nadie en el mercado se interesa en mí, todos tienen los ojos en los puestos y en las mercancías que hay ahí. Entonces me armo de valor, sigo de largo por los puestos y comienzo a comprar provisiones, lo más que se pueda con el menor dinero.

No parece haber policías en el mercado. Veo a Emilio una sola vez. Está un poco más adelante en el pequeño puesto de una indígena. Ella habla con él y le pone una bolsa encima del estante. Emilio toma la mano de la indígena y se la pone en la frente. No puedo ver más, un grupo de personas caminan en medio y me tapan la vista.

Después de un rato tengo tanto como puedo llevar. Sin embargo, me quedo un rato más en el mercado, observo a las madres con sus hijos, es como un pequeño viaje hacia una vida normal. Al caer la tarde regreso a la estación de tren.

Detrás del cobertizo encuentro a los demás. Jaz y Ángel ya están ahí, Emilio llega un poco después. Sólo tenemos que esperar a Fernando. Cuando aparece, el sol ya ha desaparecido del horizonte.

—Bueno, ¿todos de vuelta del país del enemigo? —dice con una sonrisa burlona.

Parece muy entusiasmado. Tengo la sensación de que no sólo estuvo en la ciudad para visitar el mercado.

—¡Pues vamos! Necesitamos un lugar decente para dormir.

—¿Entonces hoy ya no seguimos con el viaje? —pregunta Jaz.

—No —dice Fernando—. El siguiente tren a Veracruz sale mañana. La verdad es que no es tan malo. Si me preguntan, dos noches con el traqueteo y las sacudidas son suficientes por ahora. Hay que alejarnos de las vías, de lo contrario nos van a salir ruedas. ¡Bueno, vamos, salgamos a buscar!

Fernando nos guía lejos de las vías, del lado apartado de la ciudad. Atravesamos un campo y llegamos a un pequeño barrio con muchas casitas nuevas y limpias, tengo la sensación de que la gente se sienta tras la ventana y nos mira por todos lados.

—¿A dónde quieres ir? —le pregunto a Fernando, mientras cruzamos la calle y miramos en todas direcciones.

—No sé —dice—. Para empezar, fuera de la ciudad. Además, nadie debe tropezarse con nosotros, menos un cuico. Pero tampoco puede ser tan lejos. Hay muchos bichos venenosos allá afuera, víboras, escorpiones y cosas así que se arrastran en la noche desde sus escondites y que no toleran que algo se cruce en su camino.

—¡Mierda! ¿Ya te pasó eso?

—No. Pero escuché a alguien a quien le pasó. Me contó que estaba atravesando México. Había sobrevivido a todo: trenes, policía, bandidos, asaltos, tormentas, todo el programa. Entonces lo muerde una serpiente de cascabel, precisamente la noche en la que iba a atravesar la frontera. Logró llegar a una casa y la gente lo llevó al médico. Él lo curó, pero como el tipo no tenía papeles, llamó a los cuicos. Y ellos acarrean al pobre diablo, todo el recorrido de regreso, sólo porque ese bicho loco no pudo mantener los dientes alejados.

Jaz, que está a un lado de nosotros, suspira hondo.

—Ay, hombre, ¡qué mala suerte! —dice— El tipo me da pena.

—¿Mala suerte? —Fernando se carcajea—, conozco una palabra mejor para eso, puedes creerme. Por ejemplo...

Pero antes de que lo haga, de que diga la palabra, se detiene. Llegamos a la periferia de la ciudad y justo en el primer campo detrás de las casas, se extiende un inmenso montón de basura, donde la gente arroja todo lo que no necesita. Hay una estufa vieja y un refrigerador oxidado, un colchón del que se salen los resortes y cientos de cosas apiladas sin cuidado una sobre otra.

—¡Oigan, miren, un supermercado! —dice Fernando y se brinca la cerca que delimita el campo—. Fíjense si hay ropa de cama.

Va hacia la pila de basura y hurga en ella. Después de un rato, tira de una cobija vieja y desgastada, la sostiene y la revisa de frente al sol, que en ese momento se pierde detrás del campo. Luego se da la vuelta.

—¿Qué están esperando? —grita—. Vamos, ¿qué esperan? No habrá algo más barato.

Brincamos la cerca y miramos los cachivaches. La mayoría están descompuestos, pero algunos parecen útiles. Debajo del refrigerador descubro un pedazo de cartón que no estaría mal para dormir, Jaz encuentra un abrigo roto. También Ángel y Emilio se equipan.

Cuando todos han encontrado algo, seguimos con nuestro camino. Un poco después llegamos a una casa abandonada, aún al alcance de la vista de la ciudad. O aún mejor: una casa que no está terminada. Sólo están los muros, falta el techo y las ventanas, y las puertas son agujeros abiertos. Parece como si el dueño se hubiera quedado sin dinero durante la construcción.

Entramos. En las paredes crece mala hierba, en las ventanas cuelgan telarañas. Aquí no vive nadie, eso es seguro. ¡El lugar ideal para dormir! Pero, al parecer, no somos los primeros en tener esa idea. Cuando asomamos la cabeza por la puerta, vemos a un anciano que está sentado en una esquina atrás de la entrada. En ese momento se lleva una botella a los labios, pero la deja caer precipitadamente cuando nos ve.

—¡Eh, largo! —vocifera y manotea en el aire—. Éste es mi lugar. Mi casa.

—¡Ay, guárdate el aire, viejo! —dice Fernando y entra—. Hasta un muerto se daría cuenta de que la casa no le pertenece a nadie. Aquí hay lugar suficiente para todos.

El viejo gruñe para sí mismo y le da un trago a su botella. Lo dejamos atrás y seguimos a la habitación siguiente. Desde ahí, una escalera que no tiene barandal lleva al piso de arriba. Subimos con cuidado. Cuando estamos arriba, espantamos algunos pájaros que revolotean de una esquina a otra con trinos enfurecidos y después desaparecen por la ventana. Cuando se han ido, sus plumas flotan en el aire. Por lo demás, el cuarto está vacío.

Fernando mira hacia atrás y asiente con la cabeza, satisfecho.

—Como hecha para nosotros —dice y avienta su cobija en el piso—. Además de tipos neuróticos, aquí no llegan bichos, menos los venenosos. Sólo tienen que imaginárselo sin la mierda de los pájaros y estamos en el paraíso.

Acomodamos nuestras cosas en el suelo, yo pongo mi cartón a un lado del abrigo viejo de Jaz. De cierto modo estoy contento de que hoy no hayamos seguido con el viaje. Después de todo lo que pasamos en el tren, la posibilidad de dormir en el suelo de una casa abandonada, es casi como estar de vacaciones.

Ángel pescó un saco de dormir de la basura y se sienta sobre él.

—Podríamos hacer una fogata —sugiere—. Jaz y yo compramos pan, lo podemos tostar.

Fernando se queda pensando.

—Algo caliente para comer no estaría nada mal —dice—. Sólo debemos cubrir la ventana para que la luz no nos delate —mira a Jaz y sonríe burlonamente— ¿Cómo ves? Tú haces las camas y nosotros vamos por la madera.

Jaz pone los ojos en blanco.

—Eso es lo que te gustaría —dice—, pero se me ocurre algo mejor —va hacia él y lo empuja con un dedo en el pecho—. Tú haces las camas y nosotros vamos por la madera.

Fernando se ríe.

—Digamos: ustedes van por la madera y yo me tumbo aquí. No tengo problema con hacer las camas. Pero tengan cuidado con las serpientes, ¿sí? ¡Bu, bu! —manotea frente la cara de ella—. Les gusta camuflarse con las ramas.

—Y yo me camuflo con un dragón —dice Jaz—. ¡Como si no pudiera distinguir entre una rama y una serpiente!

Deja parado a Fernando y nos hace una seña a mí y a los otros.

—¡Vengan, vamos!

No muy lejos de la casa encontramos un matorral con suficiente madera seca para hacer una buena fogata. Cuando regresamos bien cargados y subimos las escaleras, Fernando ya colgó una manta frente a la ventana. Arrojamos la madera al piso y la apilamos.

—¿Y con qué la encendemos? —pregunta Ángel.

—Con el aliento caliente de Jaz, el dragón —dice Fernando—. Sólo hay que hacerla enojar lo suficiente para que cada pedazo de madera se convierta en llama. No, ya en serio, voy con el vagabundo. Tipos como él siempre tienen un encendedor en la bolsa.

Él se esfuma hacia abajo para preguntarle al anciano. Pero él no quiere darle su encendedor tan fácilmente, puedo escuchar cómo pelean.

—Una fogata sesenta pesos —grazna el viejo. Luego estalla en risitas afónicas.

—¡Estás completamente zafado! —es la voz de Fernando—. Saca el encendedor o te voy a dar sesenta pesos en el hocico.

—¡Ya, ya, está bien! No te vayas a hacer en los pantalones —contesta el viejo—. ¿No puedes aguantar una broma inocente? ¡Hombre, hombre, que le pasa al mundo!

Enseguida Fernando sube las escaleras con el encendedor en la mano y una sonrisa de satisfacción en la cara. Se arrodilla frene a la pila de madera para encenderla. Después de algunos intentos fallidos, la primera flama pequeña enciende hacia arriba y un poco después el fuego arde por todos lados en lo alto. Nos sentamos en un círculo alrededor y desempacamos nuestras provisiones.

—Ah —suspira Fernando—, la noche está como me gusta —toma una rama, le clava un pedazo de pan y lo sostiene sobre las llamas—. Háganlo también. Debe estar café y crujiente, si no, no sabe.

Pronto todos ponemos nuestro pan sobre la fogata, menos Emilio, quien pone una de sus queridas papas en las brasas. Un olor a humo se extiende por la habitación y al parecer también bajo las escaleras, pues no pasa mucho hasta que el anciano se aparece en el piso de arriba. Se queda parado por un momento y nos mira, después se acerca tambaleándose.

—Oigan, chicos —dice—, ¿les importa si me siento?

Sin esperar respuesta, mueve a Emilio y a Jaz a los lados y se deja caer en el suelo entre ellos. Luego agarra uno de nuestros panes y se lo mete a la boca.

Fernando está por levantarse, furioso, pero Jaz lo detiene.

—Ay, déjalo —dice—. Hay suficiente y, además, él nos dio su encendedor.

El anciano se quita la gorra mugrienta que trae puesta, la agita en el aire y se voltea hacia Jaz.

—Gracias —dice—, *merci*, *thanks* y *danke schön*.

Después vuelve a ponerse la gorra en la cabeza, empieza a toser espantosamente y escupe algunos pedazos de pan ya masticados al fuego.

Fernando frunce el ceño.

—Viejo —gruñe—, apestas como una licorería completa.

El anciano se ríe entre dientes, saca su botella y se la ofrece a Fernando.

—¿Quieres?

Fernando niega con la mano.

—Chupa tú solo. A diferencia de ti, nosotros tenemos que hacer algo mañana.

El anciano toma un buen trago y vuelve a guardar la botella.

—Bueno, yo prefiero esto —murmura para sí mismo—. Gente joven que tiene planes. No hay nada mejor en el mundo.

Jaz me mira por encima de la fogata. Por un momento nos quedamos en silencio. Después ella estalla en risas y yo me río también. De algún modo me gusta el viejo. Es cierto que apesta terriblemente y su barba enmarañada, que está pegada con gargajos, es un auténtico paraíso para los piojos. Con todo eso, él es el primero que habla con nosotros desde que estamos en México fuera del mundo de los trenes.

En realidad, se siente bien sentarse junto al fuego, sin tener miedo todo el tiempo. En los últimos días tuvimos mucho que hacer para llegar a salvo a través de Chiapas. Ahora podemos, al menos por una noche, olvidar el peligro y la fatiga, podemos respirar hondo y recordar por qué estamos aquí y para qué hacemos todo esto.

Mientras estamos sentados e intentamos comer el pan que echa humo sin quemarnos la lengua, me doy cuenta de lo poco que sé de los demás. Desde hace cuatro días he estado junto a ellos casi sin interrupción, en ese tiempo he vivido más cosas con ellos que con cualquier otra persona, pero además de sus nombres y los países de los que vienen, casi no sé nada de ellos.

Jaz parece pensar lo mismo. Ella empieza, le pregunta a Fernando por sus viajes anteriores y después de que él ha contado sus mejores historias del tren, pronto comenzamos a hablar sobre lo que nos condujo hasta aquí y, desde luego, sobre lo que nos espera: el país al que queremos llegar y las personas que buscamos.

—Ay, no sé —dice Jaz en algún momento, después de haberse quedado callada por un rato—. A veces me imagino que llego allá arriba y mi madre ya no me reconoce. Ése es el peor pensamiento de todos: que, al final, el viaje haya sido en vano.

—No —dice Fernando—. Algo como esto nunca es en vano. Además, ella sí va a reconocerte, incluso si te has cortado el cabello mil veces o cualquier cosa que hagas. ¿Ya sabes dónde puedes encontrarla?

—Chicago o en los alrededores.

Cuando dice eso, el anciano, que sólo había mirado al fuego, voltea hacia ella.

—¿Chicago? —pregunta.

—Sí, mi madre vive ahí.

El viejo niega con un gesto.

—Puedes dejarlo por la paz, pequeña —dice—, allá arriba todo es una mierda.

Fernando lo mira enojado.

—Oye, hombre —dice él y tiende al anciano su pan humeante hasta que casi le chamusca la nariz—. Puedes sentarte aquí con nosotros, porque somos muy amables y buenos, pero cierra el pico y no digas bobadas sobre cosas que no entiendes, ¿está claro? ¡Fastidias!

El viejo retrocede espantado. Después saca su botella y maldice para sí, mientras la abre.

Fernando deja de ponerle atención y se dirige a Jaz.

—¿Desde hace cuánto tiempo se fue tu madre?

—Diez años —contesta Jaz.

Lo dice tranquila. Casi casualmente. Sin embargo, o quizás debido a ello, sus palabras me afectan.

—¡Diez años! —se me escapa— Jaz, eso es demasiado tiempo. ¿Con quién estuviste todo este tiempo?

—Primero con mis abuelos. En realidad estaba bastante bien, pero bueno, eran justamente sólo mis abuelos. Mi madre siempre prometió que vendría a recogerme. Pero eso nunca sucedió. Luego mi abuelo enfermó, por dos años o algo así, y ya no podía trabajar. Entonces tuve que ir a la ciudad como criada para la gente rica.

Fernando levanta la ceja de manera despectiva.

—Déjame adivinar: tenías que cuidar a sus pequeños monstruos.

Jaz dice que sí con la cabeza.

Todo el tiempo los pequeños diablos me daban órdenes. «Jazmina, haz esto, Jazmina, haz aquello, tráeme algo de tomar, tráeme un helado, ¿no puedes hacerlo más rápido?» Cuando no lo hacía al momento, empezaba el griterío: «¡Mamá, Jazmina pierde el tiempo!» Hombre, a veces estaba tan enojada con ellos, que hubiera querido darles una bofetada.

—Me lo puedo imaginar —dice Fernando—. ¿Y qué pasó con su padre?

—¿Por qué? ¿Qué debería pasar con él?

—Bueno, ¿intentó ligarte o no?

Jaz vacila y mira al piso. Después se jala la gorra hacia la cara.

—Si hubiera podido, habría matado al tipo —dice, la comisura de sus labios se contrae.

Fernando toma una rama y la hunde en el fuego, así que comienza a incendiarse.

—Lo que no es, aún puede llegar a ser —dice—. En algún momento, cuando ya lo hayamos logrado, regresamos y nos encargamos del tipo. ¿Qué opinas?

—Ah, ¿para qué? —Jaz niega con un gesto—. Me largué. Estoy contenta si no vuelvo a verlo. Y los pequeños pelmazos pueden quedarse bien lejos.

—Sé a lo que te refieres —dice Emilio repentinamente—, también conozco eso.

Casi brinco de susto cuando escucho su voz. Normalmente él no dice nada, a menos que se lo preguntes tres veces. Pero la historia de Jaz debe haberle recordado algo.

—Los hijos del administrador —añade cuando se da cuenta de que todos lo miran— siempre se burlaban de nosotros.

Nadie sabe de qué habla.

—¿Qué tipo de administrador? —pregunta.

Emilio no contesta. En lugar de eso se arremanga el pantalón. A la luz del fuego se puede ver que sus piernas están cubiertas de cicatrices desde arriba hasta abajo.

Cuando el anciano lo ve, pone su botella a un lado, nervioso.

—Yo también tengo —grazna y se inclina hacia delante para remangarse también el pantalón.

—Hombre, déjate los harapos ahí abajo —dice Fernando y lo detiene—. No quiero ver tus piernas. ¿Crees que quiero tener pesadillas?

Entonces se voltea hacia Emilio.

—¿Por qué las tienes? —pregunta y señala hacia sus cicatrices.

—Del trabajo en la plantación de café —dice Emilio—, si no pones atención, en un descuido sales herido por los machetes. Y puedes alegrarte si sólo te queda una cicatriz.

Por un rato, Fernando lo examina de arriba a abajo, pensativo.

—¿Cuánto tiempo estuviste ahí?

—Empecé a los siete —dice Emilio—, ayudaba a mi padre —y desenrolla sus pantalones.

Mientras lo veo, me queda claro por qué es el más fuerte de todos, pero también, por qué se comporta como si fuera mayor.

—Mi papá tuvo un accidente en la plantación y murió —continúa Emilio. Por lo visto el interés de Fernando lo ha animado. No puedo recordar si antes ya nos había contado sobre él. La conversación parece costarle trabajo. Habla despacio y a menudo se tarda tanto buscando la palabra siguiente, que uno puede impacientarse—. Mi madre trabajaba en una fábrica —dice—, el dinero no era suficiente, por eso se fue al norte. Hace algunos años. Para ganar más, dijo, y de vez en cuando nos mandaba algo. Mis hermanos se fueron a otro lado, yo me quedé en la plantación. Frecuentemente había peleas con los hijos del administrador. Hace algunas semanas me defendí, entonces me echaron. Ahora nadie me da trabajo.

—¿Y fue entonces que te fuiste?

—No de inmediato. Primero pensé en ir a las montañas, con los rebeldes.

—¿Te refieres a los tipos que pelean contra los latifundistas? —cuestiona Fernando—. ¿Contra los terratenientes? ¿Por qué no lo hiciste?

Emilio se encoge de hombros.

—No sé. Al principio estaba enojado, pensé en largarme e irme al norte, donde está mi madre.

El anciano, que entretanto se había quedado dormido, despertó, niega con la cabeza como si lo hubiera escuchado hablar.

—No tiene sentido, muchacho —dice, y señala con su botella en dirección a donde cree que apunta al norte—. Allá arriba sólo tienen dinero, nada de corazón.

—Ay, párale a la cantaleta, hombre —dice Fernando—. Tú no pareces ser alguien que pueda dar consejos.

El viejo pone su botella de golpe en el piso, se levanta y apunta con el dedo hacia Fernando.

—He visto más malditas cosas que tú, pequeño hablador. Y te digo de una vez: es igual, a donde sea que vayas. No puedes escapar de tu vida. Así que puedes correr tan lejos como quieras, desde aquí hasta el Polo Norte.

—Sí, sí, masculla en tu barba —dice Fernando— Que tus habladurías dan asco, y ahora lárgate a tu esquina mugrienta a empinar la botella.

El viejo le arroja una mirada de enojo. Después se levanta, se agacha para recoger su botella y cojea. Cuando está en la escalera, se voltea como si quisiera decir algo. Pero finalmente sólo hace un movimiento con la mano en nuestra dirección y se esfuma hacia abajo.

—Ay, hombre —dice Fernando y niega con la cabeza—. El tipo está totalmente acabado.

—¿Crees que deberíamos hacer guardia? —pregunta Ángel preocupado.

—¡Qué va! Está completamente loco, pero del tipo inofensivo. No debemos arruinarnos el sueño por él. Quién sabe cuándo podamos aprovecharlo de nuevo.

Mientras la fogata se consume poco a poco, todavía puedo escuchar por un buen rato al viejo allá abajo. Sigue hablando solo y grita para sí. Por alguna razón lo alteró algo de lo que contamos. El porqué, no llegaré a saberlo. Mañana nos vamos, después nunca lo volveremos a ver.

Hablamos por un rato más, pero finalmente nos cansamos y nos estiramos frente al fuego. De algún modo se siente raro no tener el golpe del viento en la cara ni el techo balanceándose bajo el trasero. Me aparto del fuego. Junto a mí, Jaz está acostada sobre su abrigo y no se mueve. Su historia no se me va de la cabeza. No dijo una palabra más desde que nos la contó.

Juana está acostada junto a mí. Tiene la respiración entrecortada y de vez en cuando se detiene por algunos segundos. Tiene la cobija sobre la cabeza, como si no quisiera saber nada más del mundo. A veces tengo miedo de que se ahogue ahí abajo, así de fácil. Entonces le quito la cobija y, muy atento, escucho su respiración.

Tose mucho. Empezó desde que nos mudamos de nuestro pueblo a Tajumulco. A las afueras de la ciudad. Donde viven los que no pueden pagar algo mejor. No hay electricidad ni agua, está húmedo, el viento sopla por las ranuras. Yo casi nunca me enfermo, pero Juana sí. A veces la llevo al centro de la ciudad. Cuando la gente ve cómo tose, me dan más que cuando estoy sentado solo a la orilla del camino.

Mi madre duerme en la otra cama. Su respiración es profunda y pesada. Se levanta antes de que amanezca, va a la ciudad, recoge la ropa sucia de las casas y la lava en el río. Cuando regresa ya está oscuro.

Casi siempre está triste. A veces le pide a mi tío que nos ayude. Entonces él nos trae un pedazo de carne. Los domingos voy con Juana, con él y mi tía. No viven lejos. Una vez nos quedamos ahí una semana. Había buena comida, al final la tos de Juana había desaparecido. Pero no era como en nuestra casa.

De nuevo, quito la cobija de la cabeza de Juana. Ella se queja y se mueve hacia un lado. Yo sé que mi madre se avergüenza de nuestra pobreza, no me lo puede ocultar. A veces llora en las noches. Ella cree que estoy dormido y que no escucho. Pero siempre lo escucho. Y me pongo a pensar en la mujer de nuestra calle. Se dice que regaló a sus hijos porque ya no tenía qué darles de comer. La gente dice que ahí empezó todo. Primero el esposo, después la casa, luego los llantos.

Tengo miedo, mi madre podría hacer lo mismo. Podría regalarnos. A veces me quedo despierto toda la noche por eso. Una vez se lo conté. Ella me tranquilizó. «Nunca haría algo así. No importa lo que pase, nunca, nada podría separarnos.

Ustedes son todo lo que tengo», dijo. «Todo lo que tengo.
Todo...»

Abro los ojos. Primero no sé dónde estoy, después veo a los otros a la luz de las llamas. Emilio y Ángel duermen, Fernando tiene las manos cruzadas bajo la cabeza y mira fijamente hacia arriba. No tengo idea sobre qué cavila. Justo a mi lado, Jaz está acostada, respira con dificultad y parece estar despierta.

—Oye, Jaz.

Se voltea hacia mí.

—¿Qué pasa?

—Lo que nos contaste ayer. Lo lamento.

—No tienes que lamentarlo. Ya pasó.

—De todas formas. Cuando tu madre se fue tenías cuatro, ¿verdad? —No responde—. ¿Todavía puedes acordarte de ella?

Titubea de nuevo, después se acerca a mí.

—Todavía sé cómo olía —susurra—. Es decir, creo que aún lo sé. Cómo se ve, ya no muy bien. Sólo en las fotos. ¿Y tú?

Me quedo pensando. Sí: ¿qué es lo que sé realmente?

—Cómo suena su voz —eso es lo primero que se me ocurre—, de eso me acuerdo bien. Y de otras cosas. Cómo preparaba mi comida favorita en mi cumpleaños. Cómo me llevaba a la cama. Todo eso.

Jaz se envuelve en su abrigo.

—Debe ser bueno recordar todavía eso —dice.

—Sí, de alguna manera. Pero al mismo tiempo no lo es. Porque sólo son recuerdos, ¿entiendes?

—¿En qué ciudad vive?

—Los Ángeles.

—¿Está lejos de Chicago?

—No sé. Creo que sí.

Jaz me mira.

—Lástima —murmura.

Nos quedamos acostados un rato sin decir nada. Ahora que se ha quitado la gorra, a la luz del fuego, ya no parece un muchacho.

La miro de lado, entonces, de repente se lo cuento. Hasta ahora no se lo he contado a nadie. Ni siquiera a Juana.

—En aquel tiempo, mi madre siempre me daba largas con sus cartas y siempre tenía nuevos pretextos de por qué no venía y no nos llevaba, entonces, en algún momento ya no supe si debía creerle. Pensé que tal vez eran mentiras. Tal vez sólo eran excusas. Tal vez ya no nos quiere, ni a Juana ni a mí. Ésa es la razón por la que tengo que ir con ella, ¿sabes? Porque quiero saber. Ella debería decírmelo, no sólo escribir. Debería decírmelo en la cara. Para que finalmente pueda saber a lo que me enfrento.

Jaz se vuelve hacia mí y me mira con sus ojos oscuros. Interminablemente. Después se pone de espaldas y mira al techo. Por un rato no dice nada.

—Sí —susurra—, yo también quiero eso.

¿Y qué le voy a escribir? ¿La verdad? ¿La jodida verdad? ¿Que desde hace mucho ya me habrían asaltado y estaría medio podrido debajo de un arbusto, si no hubiera tenido un ángel de la guarda que, en realidad, era un pequeño demonio? ¿Que soy perseguido y que debo esconderme de todos? ¿Que tomo agua de un bidón con agua de lluvia y que casi me pongo a llorar cuando escucho una canción de casa? Imposible. Probablemente se volvería media loca de miedo.

Pero, ¿entonces qué? ¿Debo mentirle? ¿Inventar cualquier cosa? ¿Decirle que es un juego de niños atravesar por México? ¿Que uno sólo se tira al sol sobre el tren, disfruta del bello paisaje y antes de que uno se dé cuenta cómo sucedió, ya está del otro lado de la frontera? Eso no tiene sentido, ahora menos que nunca. Tan atrabancada como puede ser Juana, al final se le va a ocurrir ir tras de mí. Y eso realmente sería lo más grave que podría pasar.

Un par de burros bien cargados trotan en la calle, uno detrás del otro, amarrados entre sí con una cuerda. No puedo ver a nadie que los dirija o que los esté cuidando; por lo visto ya conocen solos el camino. Parece un poco como si ellos también anduvieran sobre unas vías, así como nuestro tren que, por ahora, toma lentamente la delantera. A duras penas sube el cerro. Pero, a diferencia de Chiapas, no son aquí las vías las que lo detienen. La locomotora no puede ir más rápido cerro arriba con tantos vagones que va jalando, galopa y resopla y, a pesar de ello, apenas avanza.

Hoy en la mañana me fui muy temprano junto con los otros. Apenas estaba amaneciendo cuando nos fuimos, el viejo roncaba y dormía la borrachera. Ya afuera, en el camino a la estación, resplandeció el sol sobre el campo. Jaz iba junto a mí y yo me puse a pensar en nuestra conversación de la noche. Cuando me miró, tuve la sensación de que ella también pensaba en eso.

En la estación no pasaba mucho. Apenas había personal de guardia y ningún policía, hasta donde podíamos ver. Nos subimos al tren que se supone viajaba a Veracruz; Fernando sabía cuál. Un par de personas ya estaban escondidos entre los vagones, pero, por mucho, no tantos como en la frontera o en Tapachula. Cuando arrancó el tren, iba primero otra vez en dirección a Chiapas. Tuve pánico; Fernando se pudo haber equivocado. Pero, entonces, se bifurcaron las vías, cambió de dirección hacia el norte en una vuelta más amplia y justo ahí, hacia el cerro, viajamos desde hace algunas horas.

La caravana de burros desapareció en la lejanía. Subimos lentamente, en verdad puedo sentir cómo el calor sofocante de la costa se queda detrás de nosotros. Un par de pueblos durmientes, estaciones de tren abandonadas y cementerios desolados yacen alrededor de las vías. Los rieles pasan por curvas muy pronunciadas. A veces, en las vueltas donde el tren va especialmente lento, aparecen un par de escuálidos rostros de entre los arbustos y saltan sobre las escaleras.

Jaz, Fernando, Emilio y Ángel están sentados sobre el vagón detrás del mío. Quiero estar solo para escribirle una carta a Juana. En la noche que me fui, estaba tan triste y abatida que le prometí que sabría de mí tan rápido como fuera posible. Y aun cuando escribir no es lo mío, porque nunca aprendí bien, debo cumplir mi promesa para que no piense tonterías.

Saco un pedazo de papel arrugado y un cacho de lápiz. Realmente no sé ni cómo ni cuándo puedo mandar la carta, pero todavía tengo tiempo para pensar en eso. «Querida Juanita», garabateo en el papel y me detengo a pensar. Probablemente le tomará horas descifrar los garabatos. Y aún no sé qué debo escribirle. No quiero asustarla, pero tampoco quiero mentirle. Y eso no es para nada fácil.

Muerdo el lápiz y miro alrededor. El tren está pasando por una curva estrecha. Un hombre sale de un salto del arbusto, corre un par de veloces pasos a lado de los rieles y se balancea hacia las escaleras un par de vagones más adelante. Puedo escribir sobre los demás, me pasa por la cabeza mientras observo cómo sube el hombre. ¡Sí! Cuando Juana lea que tengo amigos, tal vez evitará hacer tonterías.

La idea me gusta. Me inclino sobre el papel y comienzo a escribir. Es más trabajoso de lo que pensé; apenas puedo recordar algunas letras y no sé cómo se escriben las palabras, ahora menos que nunca. Una y otra vez tacho todo y comienzo de nuevo, pero eso no mejora el garabateo.

Después de una eternidad, logré por fin formar las primeras dos oraciones. Me escurre el sudor de la frente. Dejo el papel y veo hacia adelante. El hombre que acababa de ver se prepara lentamente sobre el techo para ir hacia mi dirección, seguramente busca un lugar donde pueda quedarse. Justo ahora aterriza en el vagón que está frente a mí y ahora toma impulso para llegar a mi vagón.

Da un par de pasos, pero justo en el momento que quiere saltar, el tren entra en una curva y se balancea. El hombre pierde el equilibrio, todavía trata de detenerse, pero ya no lo logra. Se tropieza, cae sobre sus piernas y se precipita en el hueco entre ambos vagones. En el último segundo logra estirarse y sujetarse con ambas manos del techo de mi lado.

Por un momento, me quedo como pasmado. Lo puedo escuchar quejarse y maldecir, después pide ayuda. Sin pensarlo más, me arrastro hacia él, lo agarro del brazo y lo jalo hacia arriba, de mi lado. Él se empuja con las piernas hasta que encuentra sostén en un travesaño. Entonces se rueda sobre el filo del techo y se queda recostado boca arriba, jadeando.

—¡Dios mío! —murmura él, cuando vuelve a tener aliento, y se persigna—. ¡Todo puede pasar tan rápido! —con esfuerzo, alza la cabeza y me mira—. Gracias, muchacho. ¡Eso fue una señal del cielo, una genuina señal del cielo!

—¿Una señal? —no comprendo a lo que se refiere—. ¿Una señal de qué?

—Pues, de permanecer aquí y de ya no desafiar al destino —él mira hacia abajo, a los rieles y se sacude, luego se da la vuelta hacia mí—. Es decir, si tú no tienes nada en contra, por supuesto.

—No. No es mi vagón.

—Bueno, de alguna manera sí —se sienta, se levanta el pantalón y se toca la rodilla; está abierta y sangra—. Al fin y al cabo, tú estabas aquí primero.

—Bueno, sí, ¿y? No tiene importancia. Pienso que aquí nadie debe ser echado, ni del país ni tampoco del vagón. Da igual quién estaba primero.

El hombre se ríe.

—Por lo que puedo ver, has aprendido tu lección. Eso está bien —señala frente a mí—. Pero mejor vayamos en medio, ¿sí? Ahí es más seguro.

No me opongo, hacemos lo que él dice. En lo que el hombre se recupera todavía del susto, me acuerdo nuevamente de la carta de Juana. Debo haber dejado caer el lápiz y el pedazo de papel cuando me paré de un salto. De cualquier manera, ambos desaparecieron.

—¿Qué pasa? —pregunta el hombre cuando se da cuenta de que mi mirada busca algo—. ¿Perdiste algo?

—Sí. Quería escribir una carta. Pero eso ya lo puedo olvidar. El lápiz se perdió y tampoco puedo ver el papel.

—¡Oh, espera! —toma la bolsa de su camisa, saca un cuaderno de notas y una pluma, y me los ofrece.

—Toma. Es lo menos que puedo hacer por ti. ¿Quién sabe? Si no fuera por ti, tal vez yo ya no existiría.

Yo titubeo, pero él simplemente me da las cosas en la mano.

—¿A quién querías escribirle? ¿A tus padres?

—No, a mi hermana nada más.

El hombre asiente con la cabeza. Se aparta y observa meditabundo la zona por la que pasamos. Se queda pensando, entrecierra los ojos un par de veces.

—¿Sabes? Es extraño —dice después de un rato—. Yo también tengo un hijo y una hija. Son sólo un poco más pequeños que tú.

Guardo el cuaderno de notas y la pluma en la mochila, para que no los pierda también.

—¿Y dónde están?

—¡Ay! —hace un movimiento de manos impreciso en dirección al Sudeste—. Allí, de donde yo vengo.

—¿Significa que usted los dejó solos?

—¡Ah! ¿Solos? ¡Tonterías! —él junta las cejas y las alza—. No están solos. Y yo regresaré con ellos. ¡¿Qué dices?!

Él escupe y se queda sentado por un tiempo ahí, callado. Después saca de la bolsa un paquete de cigarros arrugado, toma uno y lo enciende. Fuma una gran calada, sigue con la mirada el humo que se queda detrás de nosotros y que se desvanece lentamente en la corriente de aire.

—De cierta manera te sientes como la mitad de un hombre cuando no le puedes construir una casa decente a tu familia —dice.

Entonces se le iluminó el rostro.

—¿Sabes? Ya hice mis cuentas. Si encuentro allá arriba, del otro lado de la frontera, un trabajo aceptable y todo funciona bien, en uno o dos años habré juntado lo suficiente. Entonces voy de nuevo de regreso, ¡y esta vez para siempre!

La frase me suena conocida. La tuve que escuchar tan seguido que ya se me pegó al oído. En verdad me hace vomitar.

—Tal vez sus hijos no quieren una casa para nada. Tal vez lo único que quieren es…

—¿Cómo sabes lo que quieren mis hijos? —me calla—. ¿Cómo puedes siquiera saber algo? No tienes idea de qué es ser adulto y tener hijos. ¡Así que cierra la boca!

Callado y ensimismado, fuma como chimenea por un largo tiempo. ¡Uno o dos años! ¿De verdad lo cree? Probablemente. Cada quien debe creer en algo y sus hijos seguramente también lo creen. Todavía.

—¿Y tú? —pregunta finalmente. Por lo visto ya se volvió a tranquilizar—. ¿A dónde se supone que vas?

Le cuento de dónde vengo y a dónde quiero ir. No todo, por supuesto, sólo lo más general. No es bueno contar sobre uno mismo en los trenes, eso lo aprendí de Fernando. Además, no conozco al tipo. Quién sabe qué quiera de mí.

Él escucha todo sin decir palabra.

—¿Y qué quieres escribirle ahora a tu hermana? —pregunta solamente, una vez que termino de contar.

—Bueno, pues cómo me va, ¿si no qué? Y, sobre todo, que de ninguna manera me debe de seguir. Que mejor yo la recojo algún día, cuando junte el dinero para eso.

—¿El dinero? Ay, jovencito, no creas que es tan fácil. Yo estuvo dos veces allá arriba. Ya para un adulto es difícil sobrevivir y ganar dinero sin que lo atrapen. Yo ya sé cómo funciona, pero tú eres nuevo y sólo eres un chico. ¿Cómo piensas lograrlo?

—Tampoco lo sé. Pero me lo propuse, así que lo lograré. En algún momento estaremos los tres juntos de nuevo: mi mamá, Juana y yo. Así como antes. Eso me lo juré a mí mismo.

El señor se ríe a carcajadas.

—Hombre, muchacho, ¡eres el mejor! ¿Tú crees que tu mamá no se lo propuso? Seguro ella te juró que se los llevaría después, a ti y a tu hermana, ¿no?

—Sí, y lo hubiera hecho. Juntó el dinero en tres ocasiones. Una vez se lo robaron. Otra vez se lo dio a un abogado que se supone se encargaría de sus papeles, pero no era un abogado sino un estafador. Y una vez se lo quedó un coyote que desapareció y nunca lo volvió a ver. ¡Simplemente fue mala suerte!

Me sale todo a borbotones, sin que lo piense mucho. El señor me mira y entonces me queda claro que ahora él piensa lo mismo que yo acabo de pensar de él. «¿Realmente creerá eso el pequeño?» No, carajo, no sé si lo creo. Pero hay una diferencia entre que yo mismo sea el que dude o alguien más. Si alguien más lo hace, me enfurece.

—Yo no conozco a tu madre —dice en algún momento—. Quizá fue como tú dices. Pero, créeme: no tiene que ver con buena o mala suerte. Son cosas que nadie conoce bien.

Toma la última fumada de su cigarro y lo lanza con un dedo. Su plática, poco a poco comienza a desesperarme. Actúa como si fuera el más astuto de todos. Pero, ¿entonces por qué se marcha por tercera vez? Parece que algo salió mal en los primeros intentos. Probablemente así como con su reciente despegue.

—Allá arriba siempre es todo igual cuando eres nuevo —sigue hablando—. Durante meses haces trabajo sucio, en las fábricas o en los campos o donde puedas conseguir algo. Todo el tiempo tienes el alma pendiendo de un hilo porque puedan pescarte y correrte del país. Dejas que te hagan de todo porque no puedes darte el lujo de protestar. Y cuando tienes un poco de dinero amargamente ahorrado, bastan diez minutos para perderlo con cualquier estafador. Hay un montón de ese tipo. Así que no creas que es tan fácil.

—No lo creo. Pero no me dejo dar gato por liebre. Lo lograré. ¿Quién acaba de salvar del atolladero a quién?

—Uno a cero para ti —dice el hombre y se ríe reconociéndolo—. Escucha, no me tomes a mal que hace un momento fui vil y te grité, ¿sí? No tiene nada que ver contigo. Es sólo que a la larga a uno le puede hartar, y bonito, la mierda de aquí. Sobre todo porque… —él titubea, luego dice que no con la mano.

—¿Porque qué? —no puedo soportar esas indirectas. Si él tiene algo que decir, entonces también tiene que terminarlo.

—Bueno, hoy me puse a pensar en un tipo de mi pueblo. Él la hizo allá arriba, en el norte, ¿sabes? Y bien que lo logró. Después regresó, vive en una casa en una colina y maneja uno de esos carros todo terreno. Antes éramos grandes amigos, ahora ya no me conoce. Y eso es a lo que me refiero. Aun cuando tengas una condenada buena suerte y consigas todo lo que quieras, en algún lugar en el camino pierdes tu alma. ¿Y qué te queda además de eso? ¡Tu alma!

Qué lamentaciones tan bobas. Qué bueno que Fernando no está aquí. Él le hubiera dicho enérgicamente su opinión al tipo.

—Entonces, ¿por qué se marcha nuevamente?

—Bueno, porque es como una adicción —se toca la bolsa de la camisa—. Como con los cigarrillos aquí. Ya no puedes escaparte de ello. Debes probar siempre algo nuevo.

—Pues, yo no perderé mi alma, eso queda claro. Quiero llegar allá arriba y tan rápido como sea posible. Fuera de México, éste simplemente no es mi país. La gente aquí no me quiere, es lo que he entendido hasta ahora.

—¿Querer? —se ríe para sus adentros y sacude la cabeza—. ¿Con qué estás soñando? En ningún lugar te quieren. Ni aquí, ni en EUA ni en ningún otro lugar. Debes aprender a que eso no te moleste. Tú sigues vivo y debes sacar lo mejor de eso. Eso es lo único que cuenta.

Nos encontramos en medio de los cerros. Ya no se dirige hacia arriba, el tren sólo serpentea de un valle a otro. Volteo a ver a Jaz, Fernando y los otros. Ellos están sentados juntos y platican entre sí. Cuando Jaz encuentra mi mirada, me llama con una seña. Me paro. Por hoy, de cualquier manera, me puedo olvidar de la carta de Juana.

—Creo que me voy con mi gente del otro lado. Ya me están esperando.

—Sí, hazlo —dice el hombre—. Es bueno no estar solo. Yo también tuve algunos cuates, pero nos separamos y luego ya no nos volvimos a encontrar.

—Bueno, pues, mucha suerte.

Me alejo de él.

—¡Oye, muchacho! —me llama—. Lo que hiciste hoy por mí, algún día te lo regresaré. ¿Me escuchas?

Me quedo parado de nuevo y me volteo.

—No creo que nos volvamos a ver —después tomo impulso y salto al siguiente vagón.

—¡Que sí! —escucho todavía al hombre decir—. Créeme, lo haremos. ¡Yo siempre pago mis cuentas!

El mundo está de cabeza, de alguna manera lo de abajo se pasó para arriba. Las nubes sobre nosotros son como un tapete sombrío y parecen tan firmes y gruesas como si se pudiera caminar a lo largo de ellas. Es como si se hubieran tragado al sol y ya no quisieran devolverlo.

Todo el día viajamos entre los cerros, junto a abundantes estaciones de tren, árboles despeinados por la tormenta y puntas de montañas llenas de niebla. En la tarde, los carriles volvieron a ir de bajada. El tren tomó velocidad, los vagones pesados lo empujaban hacia adelante. Durante un rato, ascendió a través de un valle pantanoso, a la orilla de un turbio río café, donde los campesinos dirigían su carreta de bueyes.

Luego llegaron las nubes y con ellas, la tormenta. Por doquier a nuestro alrededor había truenos y relámpagos; llovía a cántaros. Nos bajamos del techo y nos sujetamos a las escaleras para que no nos diera un trueno que cayó cerca del tren con gran estrépito. Es como si viajáramos directamente a través del centro de la tormenta. Sobre nosotros rumoraban los relámpagos, debajo de nosotros, las ruedas galopaban y nosotros, en medio, colgábamos de algún lugar y tratábamos de no soltarnos de los peldaños mojados y resbaladizos.

Mientras tanto, terminó la tormenta, nuevamente nos sentamos sobre el techo y nos secamos con la corriente de aire. A pesar de eso, el cielo no se aclara. Las nubes sombrías se quedan y simplemente continúan hasta la noche.

—Ay, no hay nada mejor que una refrescante tormenta en las montañas —dice Fernando, se saca la playera por la cabeza y le exprime el agua —. Sobre todo, cuando la sobrevives.

Jaz se inclina hacia mí.

—¿Apostamos a que ahora viene otra de sus historias? —me susurra al oído. Puedo sentir que el agua de su cabello gotea en mi hombro.

—Sí —le susurro—. Pero una con muchos muertos, lo puedo ver en él.

—Un día, por ejemplo —continuó Fernando, quien no nos escuchó—, pescó al tren en las montañas, arriba, en Orizaba. Y ahí no hay tormentas bebés, como aquí, sino de las buenas. Con truenos tan fuertes como un taladro y relámpagos tan anchos como árboles. En todo caso, uno de ellos cayó en el tren. Toda la gente colgaba de las escaleras, así como nosotros hace un momento. Pero el rayo atravesó todo el tren. Por eso todos los que colgaban ahí salieron volando. Como cohetes, volaban a través del aire y se estrellaban en los peñascos. ¡Diablos, se lo deben imaginar!

Jaz, junto a mí, hace ruidos chistosos, como si tuviera que aguantarse la risa con dificultad.

—¿Fernando? —dice ella.

—¿Qué pasa?

—Ay, nada. Sólo me pregunto, si eso realmente pasó, entonces, nadie sobrevivió, ¿o sí? Así que, en realidad, nadie pudo haberlo contado.

Fernando titubea.

—¡Tonterías! —dice después—. Debes parar bien la oreja, chica. ¿Acaso dije que todos se estrellaron en los peñascos? ¡No, no lo dije! Es que uno pasó entre dos peñascos y cayó en un río. Él sobrevivió y él fue el quien lo contó. ¡Sí, así fue!

Por un momento nos quedamos en silencio, después Jaz y yo estallamos de la risa de cualquier manera, al igual que Emilio y Ángel. Fernando niega con la cabeza y hace unas señas.

—¡Ignorantes! —murmura él y se pone nuevamente la playera—. ¡Banda malagradecida! Sin mis historias, ya hubieran muerto de aburrimiento desde hace mucho.

—Sí, y con tus historias morimos de la risa; tampoco es mejor —dice Jaz. Se queda en suspenso y levanta la cabeza—. Pero ahora otra cosa: el tren ya va muy rápido, ¿no lo creen?

Ella tiene razón. Todavía sigue cuesta abajo, vamos a toda marcha. La corriente de aire es tan fuerte que mi playera ondea en verdad.

—¿Qué debemos hacer? —exclama Ángel. Apenas lo puedo reconocer, ha oscurecido tanto que sólo se puede entrever el rededor—. ¿Nos quedamos arriba o saltamos?

—Por el momento, no podemos bajar para nada, aunque queramos —responde Fernando—. Va muy rápido, nos romperemos la espina completa. Y en la oscuridad tampoco podemos buscar un lugar razonable para dormir, tuvimos que haberlo hecho antes.

Entonces interrumpió repentinamente y echó una maldición. Las ramas golpeaban contra el vagón, algunas sonaban como latigazos. El valle está densamente crecido, los carriles se encuentran estrechamente pegados a la orilla y los árboles que están ahí, alargan sus ramas peligrosamente sobre los rieles.

—¡Acuéstense! —grita Fernando.

Nuevamente suena uno de los sonidos de latigazo. Me echo al suelo y me sujeto de algún lado. Justo a mi lado está Jaz, puedo escuchar cómo busca dónde agarrarse. Sin vacilar, le paso mi brazo por los hombros y la aprieto hacia mí. Después nos hacemos tan delgados como podemos.

Un par de ramas me rozan en las piernas y la espalda, por suerte no son tan fuertes como para arrastrarnos. Pero el tren baja el valle a toda marcha y tan sólo imaginar que una rama pudiera darnos a esta velocidad, es lo suficientemente inquietante.

Por un rato nos quedamos acostados. Después, el tren frena súbitamente, las ruedas rechinan y se siente un tirón en el vagón. Yo parpadeo viendo hacia adelante. Nuevamente se aferran los frenos.

—¿Qué es eso? —exclama Jaz.

—No lo sé —dice Fernando desde algún lado. Su voz es ronca y apenas se entiende—. Tal vez algo en los rieles. O algo peor.

El golpeo de las ramas cesa, por lo visto llegamos a campo abierto. Me atrevo a alzar la cabeza. Muy adelante hay algo que se ve como una luz tenue. Entonces repentinamente se mueve otra cosa allá enfrente. Es Fernando, quien camina agachado al extremo delantero del techo.

—¡Maldita mierda! —injuria él un par de segundo después— ¡Ahora sí nos agarraron por el culo!

Me arrastro hacia adelante y me agacho junto a él. La luz frente a nosotros se ve más claramente.

—¿Redada?

—Sí —refunfuña él—. Y por las noches, los perros son especialmente rudos.

El tren frena nuevamente, pero se puede sentir en la corriente de aire que todavía vamos rápido. Una luz, se convierte en dos, luego en más. Hay faros en ambos lados de las vías, tal vez a un kilómetro.

Fernando se voltea hacia los demás.

—¡Vamos, a las escaleras! —exclama él—. Pero no salten, si no, se rasgarán en pedazos por los rieles. ¡Esperen a que yo lo haga!

Bajamos los peldaños, Jaz y yo de un lado, Fernando del otro, mientras que Emilio y Ángel están en el extremo trasero del vagón. Estoy parado sólo con un pie sobre la escalera, no hay más espacio junto a Jaz. Mis manos tiemblan tanto que apenas logro sostenerme.

En contraluz de los faros, veo al señor con el que platiqué hoy en la mañana bajar las escaleras del vagón de enfrente. En el último peldaño, titubea por un momento, luego salta. Lo último que puedo ver de él es que cae al suelo y da volteretas. Hay un ruido espantoso, como si chocara contra un obstáculo, después el tren pasa rápidamente. El hombre se desvanece en la oscuridad.

—¡Eso es una locura! —grita Fernando, quien también se enteró—. ¡Sólo quédense arriba!

Mientras tanto, los faros ya están tan solo a unos cien metros, los primeros policías aparecen bajo su luz. Como si fuera eso una señal, el conductor del tren detiene definitivamente el fierro. Las ruedas se paralizan y rechinan tanto que casi rompen los tímpanos. Jaz choca contra mí, apenas logro sostenernos a ambos de las escaleras.

—¡Ahora! —grita Fernando desde el otro lado—. ¡Salten! ¡Y luego corran!

Jaz me suelta y se arriesga a saltar. Inmediatamente después, yo mismo suelto la escalera. Todavía trato de amortiguar el choque, pero es inútil. Pronto me rasgo las piernas y caigo en el balasto. Mientras me vuelco, sólo trato de permanecer lejos de las ruedas. Luego me resbalo hacia abajo, sobre la grava del terraplén, y una vez abajo permanezco tirado. Todo da vueltas frente a mí, me duele todo el cuerpo. Se escuchan pasos de algún lado, después el destello de una lámpara se dirige hacia mí.

—¡Vamos, arriba! —exclama una voz.

Me recargo sobre los codos y alzo la mano frente a los ojos, pero no puedo reconocer al que habla. Alguien me agarra por atrás, me arrastra de los pies y me empuja hacia arriba nuevamente, al terraplén.

Cuando estoy arriba, el tren ya está parado. Fernando y Emilio están de pie con las palmas de las manos recargadas en un vagón y con las piernas abiertas. Un policía los registra como si fueran criminales. Yo recibo un golpe en la espalda, me tambaleo y me pongo junto a ellos. De reojo puedo ver que también dirigen a Jaz y a Emilio. Alguien me separa las piernas, después también unas manos me registran de arriba hasta abajo.

Por atrás se escucha una voz que ya reconozco.

—Agarren a los demás —tiene una voz desagradable, acechante, como un volcán a punto de estallar—. Los cinco de aquí nos pertenecen.

Los pasos se alejan y hay menos ruido. Por un breve momento hay silencio, después la voz exige que nos demos la vuelta. Nos apretamos contra el vagón. Dos policías están frente a nosotros y nos alumbran.

—Terminal —dice uno de ellos, el de la voz—. Su hotel ya los está esperando —se ríe de su broma, luego hace un ligero movimiento con su lámpara—. ¡Vamos, vengan! ¡Y no se les vaya a ocurrir escapar, disparamos condenadamente bien!

Como para reforzar, pone su mano sobre el arma. Luego nos dirigen él y los otros a través de un sendero que se aleja de las vías. Hasta ahora siento lo que me causó la caída del tren. Estoy hecho completamente polvo y sólo puedo andar con mucho esfuerzo. Mis cosas están rasgadas, la sangre me corre por las piernas. Cuando volteo, me queda claro que a los demás no les va mucho mejor. Sólo Jaz se libró un poco. Por lo visto logró interceptar mejor la caída con su destreza.

—¿Qué harán los tipos con nosotros? —le susurro a Fernando que va junto a mí.

—Si hay agentes de la Migra cerca, nos entregarán —me susurró—. Entonces estamos jodidos. Si no, se prepararán su propia sopa. Nos partirán la boca y nos vaciarán. También es una mierda, pero aun así, es preferible.

Después de un rato llegamos a una casa abandonada, no se ve ningún asentamiento a lo largo ni a lo ancho. Los policías nos empujan hacia dentro.

—No se ve la Migra —susurra Fernando, mientras cruzamos la puerta; se escucha casi aliviado. Algo que en este momento yo no puedo afirmar sobre mí. Su frase de «nos partirán la boca» me dio un buen susto.

Dentro, tenemos que pararnos junto a la pared, bajo la luz de las lámparas. Huele a pasto mojado y a madera podrida, en algún lugar gotea agua del techo. En la esquina, se puede reconocer borrosamente una pila de cachivaches, junto a ella, los restos descompuestos de muebles viejos.

Algo así se debe sentir estar frente a una ejecución, me pasa por la cabeza. Nadie dice nada, el silencio es lastimoso. También los policías están ahí, de pie y callados. Apenas se pueden reconocer detrás de sus lámparas, parecen como dos siluetas oscuras, sin rostro.

—¿Recuerdan lo que les dije hoy en la mañana? —finalmente rompe uno de ellos el silencio. Es aquel que lleva la voz cantante—.

Ay, mi mujer me hizo un desayuno maravilloso hoy en la mañana, con huevos, jamón y frijoles, café caliente y todo lo que lleva. Estaba de tan buen humor cuando llegué al trabajo. Y entonces le digo a mis colegas: esperemos que no nos crucemos en el camino con esos pequeños bribones del tren de nuevo.

—Eso es lo que dije, ¿o no? —los otros no reaccionan.

—Sí, yo creo que dije exactamente eso. ¿Y? ¿Qué pasó? —escupe. Puedo escuchar cómo su baba choca contra el suelo—. Nos marchamos a las vías, esperamos por horas y pasamos media noche en vela. Y, ¿por qué? Por un par de idiotas que no entienden que es inútil lo que hacen. Que sólo causan desgracias y que les dan trabajo extra a otras personas. Hombre, de verdad quisiera saber qué pasa por su cabeza. ¿Qué podemos hacer con ustedes, tal vez ustedes nos lo puedan revelar?

Mis rodillas comienzan a temblar. Trato de mantenerlas tranquilas, pero no puedo hacer nada para evitarlo, simplemente siguen temblando. Me siento impotente y a su merced; su voz me da miedo. Tiene un matiz amenazador, como si pudiera transformarse en cualquier momento. Miro a Fernando. Él simplemente está de pie viendo fijamente al suelo. Por precaución, yo hago lo mismo.

El policía suspira.

—Créanme, es muy tonto no contestar a nuestras preguntas. Tal vez quieran hacer cosas chuecas en nuestra región. Tal vez son sólo un par de muchachos que buscan su suerte en el norte. ¿Cómo podemos saberlo si no platican con nosotros?

Al principio otra vez nadie dice nada. Después Fernando levanta la cabeza y carraspea.

—Nosotros… nosotros no queremos causarles problemas —dice con voz ahogada y ronca.

—¡No me digas! —el policía se acerca un paso más y alumbra a Fernando en la cara—. Eso es de veras telepatía, joven. Exactamente estaba pensando en eso. Me dije a mí mismo: en realidad no se ven como personas que quieran causar problemas. ¿Tú qué piensas? —se voltea hacia los otros policías—. No se ven cómo gente que cause problemas, ¿verdad?

Los otros volvieron a no contestar.

—Pues, si a mí me preguntaran, más bien ustedes se ven como tipos que simplemente tuvieron mala suerte en la vida, y mucha. Y que por eso no desean nada con más ansiedad que tener suerte, al menos por una única ocasión. Una única ocasión para encontrarse con personas que quieran el bien de ustedes. Que, por ejemplo, no los detengan de inmediato y los lleven a las autoridades de migración, sino que incluso, bajo ciertas condiciones, los dejen marcharse.

Fernando traga saliva. Él reflexiona un poco antes de contestar.

—Eso sería… muy generoso de su parte —dice lentamente. Puedo sentir cuánto esfuerzo le cuesta decir la oración.

—¿Escuchaste? —pregunta el policía y se dirige hacia su colega—. ¿Acaso no es admirable? ¿Cuántas veces te he dicho que esta gente no es nada tonta? Aquí tienes la prueba. Generoso es exactamente la palabra correcta, no se puede encontrar una mejor —se voltea nuevamente hacia Fernando—. Tienes razón, muchacho. Incluso para nosotros sería excepcionalmente generoso. ¿Tienes idea de que pasaría si se enteraran de que los dejamos libres?

—Seguramente tendrían muchos problemas —murmuró Fernando.

—Oh, sí, lo puedes decir fuerte. Sí lo puedes decir más fuerte, ¿no?

—Tendrían muchos problemas —repitió Fernando, ahora más fuerte.

—Es incluso peor que eso, mi joven. Perderíamos nuestro trabajo. Y ahora, dime: ¿por qué deberíamos arriesgar nuestros trabajos por ustedes?

—Tal vez… —Fernando busca por un momento la palabra adecuada—. ¿Tal vez nosotros podríamos ayudarlos de alguna manera?

El policía se acerca bastante a él.

—Sabes, si lo piensas bien —dice y sostiene la lámpara directo frente a su cara—, eso no sería sino lo justo. Sería lo justo que ustedes se mostraran un poco agradecidos —titubea por un momento—. Sólo me pregunto de qué manera podrían hacerlo.

Fernando lo mira disgustado y después se aparta.

—Denle su dinero —nos dice—. Todo lo que tengan.

Con estas palabras, saca de la bolsa su propia provisión y se lo ofrece al policía. Al mismo tiempo le lanza una mirada como si quisiera írsele al cuello.

De mala gana, me agacho y me quito el zapato. ¿Qué puedo hacer? Si Fernando cree que es el único camino para salir de esto con el pellejo a salvo, entonces así fregados debe de ser. Busco el dinero a tientas y se lo entrego. Sólo no toco los ahorros de Juana que están enfrente, en la punta del zapato.

También Jaz y Ángel, cabizbajos, les entregan lo poco que aún tienen.

—¿Y qué pasa contigo? —le gruñe el policía a Emilio, quien no se mueve. De un instante al otro, su voz se escucha totalmente diferente—. ¿Estás sordo?

—No —contesta Emilio—. No tengo nada.

—Sí, mala suerte. Entonces tú debes quedarte aquí —un movimiento rápido de la lámpara va en nuestra dirección—. Los demás pueden desaparecer. Lárguense y no los queremos volver a ver. No tendrán tanta suerte una segunda vez.

Emilio está ahí con los hombros caídos. Alza la cabeza y nos mira, uno tras otro. Es como una mirada de despedida.

—¿Qué harán con él? —pregunta Jaz vacilante, con los ojos escondidos debajo de la visera.

—¡Dije que deben desaparecer! —la regaña el policía—. ¿O quieres quedarte aquí, como él?

Jaz se dirige a Fernando, casi suplicando, como si quisiera decir: ¡haz algo! Yo también lo miro. No puedo soportar la idea de irnos y dejar a Emilio. De alguna manera, pertenecemos al mismo grupo. Desde que cruzamos la frontera. Aunque ninguno de nosotros lo ha dicho alguna vez, así es: antes de abandonar a uno de nosotros, sería mejor entregarnos todos.

Fernando inclina la cabeza, entrecierra los ojos y mira a Emilio. Puedo sentir cómo lucha consigo. Entonces se agacha, se quita uno de sus desgastados zapatos del pie y saca un par de monedas.

—Esto es de él —le dice al policía, tan casual como es posible, le da el dinero y le asiente con la cabeza a Emilio—. Me lo dio para que yo se lo guardara. Lo siento. Olvidé por completo que todavía lo tenía.

De repente, casi se podía atrapar la tensión que había en el aire con las manos. El policía toma el dinero y se lo guarda lentamente. Entonces se aparta, casi como si el asunto estuviera resuelto para él. Pero en el siguiente instante, gira vertiginosamente y golpea a Fernando en medio de la cara con la pesada lámpara que tiene en la mano.

Fernando se tambalea y choca contra la pared. Con una lentitud interminable, se resbala hacia abajo y cae gimiendo sobre el piso. El policía saca su macana y se acerca a él. Fernando sostiene las manos frente a su rostro. Puedo ver sus ojos, están completamente desorbitados, hay miedo dentro, pero sobre todo, un coraje incontenible. En ese momento el policía alza la macana. Me estremezco todo. De golpe me queda claro que ahora depende de mí. Si no hago nada, Fernando estará perdido. Debo lanzarme sobre el tipo. Tal vez pueda clavarle la rodilla entre las piernas y durante el tumulto…

Pero antes de que llegue el momento, se mete repentinamente el segundo policía que hasta ahora no ha dicho nada y siempre ha estado en el trasfondo.

—Déjalo en paz, Vicente. Tenemos lo que queremos.

El otro se queda helado a la mitad del movimiento.

—¡No debes decir mi nombre, maldito idiota! —dice entre dientes sobre el hombro.

—Además, sólo tendremos problemas si nos quedamos. Los de la Migra pueden llegar en cualquier momento. ¡Larguémonos, hombre! ¿Qué más estamos buscando aquí?

Por lo visto eso sí tuvo efecto sobre el otro. Dejó la macana deslizarse entre sus dedos, luego la guardó.

—Para la otra no te librarás tan fácil —le dice a Fernando, lo hace a un lado y se voltea hacia nosotros—. Si hablan de este asunto, estarán acabados. Ténganlo por seguro: da igual dónde estén, los encontraremos.

Se dirige a la puerta, el otro policía lo sigue. Inmediatamente después desaparecen.

Por un momento todavía escucho sus pasos, que pronto se hacen más silenciosos, después me agacho con Fernando para ayudarlo. Jaz y Ángel ya están arrodillados junto a él.

—¿Estás bien, Fernando? —pregunta Ángel con voz entrecortada, se escucha como si apenas pudiera contener las lágrimas.

—Aquí nada está bien, chistosito —gruñe Fernando—. Pero no voy a estirar la pata por algo así.

Ahora ya está oscuro a nuestro alrededor, sólo entra un poco de luz de luna a través de una ventana. La lámpara le dio en la frente a Fernando, hasta donde puedo distinguir. Ahí tiene una herida profunda, su cara está cubierta de sangre. Se ve horrible.

Escucho pasos por detrás. Es Emilio. Hasta ese momento estaba de pie un poco más alejado, ahora se acerca y permanece avergonzado frente a nosotros.

—Gracias, Fernando —dice en voz baja.

Fernando se ríe irónicamente.

—Sólo cierra el hocico. No mejorará nada aunque digas que lo agradeces. Lo supe desde un principio, que contigo sólo tendríamos problemas.

Emilio retrocede un paso.

—¿Cómo... a qué te refieres? —pregunta perplejo.

—¿A qué me refiero? Estupenda pregunta, de veras —Fernando se toca la frente y retuerce la cara de dolor—. No te lo tengo que explicar, ¿o sí?

—Pero yo quiero saber.

—Ah, tú quieres saber. De verdad lo quieres saber, ¿no? Pues, bueno, entonces te lo digo. Porque eres un maldito indio de mierda. Y porque siempre se tienen problemas con los malditos indios de mierda. Hombre, mi padre me lo inculcó cien veces. Fui un completo idiota por haberte llevado conmigo —se toca otra vez la frente y gime.

Emilio se queda ahí, como si le hubiera caído un rayo. Abre la boca, pero no sale nada.

—Escucha, Emilio, creo que él no quiso decir eso —dice Jaz—. Sólo es porque…

—¡Cierra tu tonta boca! —la calla y, con esfuerzo se endereza un poco recargándose en la pared—. Y no hables por mí mientras estoy sentado a tu lado. Quise decir cada maldita palabra, carajo, exactamente igual como lo dije. ¿Ahora sí quedó claro?

Por unos instantes hay silencio. Después Emilio se voltea y se va.

—Emilio, ¿a dónde vas? —lo llama Jaz y se voltea otra vez hacia nosotros—. Fernando, ya basta con eso. Dile que no lo querías decir, que se quede.

Fernando gira la cabeza hacia el lado y se queda con la mirada perdida, pero no dice nada. Yo me inclino hacia él y lo tomo del hombro.

—Yo también quiero que él se quede. Él pertenece con nosotros, como todos los demás. Si uno se va, nos tenemos que separar todos.

—¡Ay, hombre! —gime Fernando y niega con un gesto—. Ustedes y sus malditos sentimentalismos de mierda. Pero, bien, si de mí depende, que se quede. Ahora de cualquier manera ya es demasiado tarde para todo, no puede ser peor.

—¿Escuchaste, Emilio? —exclama Jaz—. Regresa, no seas bobo. Tenemos que ponernos de acuerdo en cómo vamos a seguir.

Emilio ya se había esfumado allá afuera. Ahora aparece nuevamente en la puerta, pero se queda parado ahí, vacilante.

—Le deben poner un vendaje —dice solamente.

Jaz se inclina hacia enfrente y observa la herida de Fernando.

—No será tan fácil. Creo que necesita coserse.

—Y yo creo que perdiste la cabeza —la reprende Fernando—. ¿Crees que voy a ir al hospital para que ellos me remienden y luego me acarreen de regreso? ¡Olvídalo! La mierda se curará sola. Ya verán, así que mejor estén listos para eso.

Emilio se acerca más.

—Hay algunas hojas —dice—, que cuando las pones encima, paran la sangre y la herida se cierra. Tal vez encontremos algunas.

—Sí —dice Ángel—. Y luego se las sujetamos a Fernando con una playera. ¡Vamos, busquemos!

Un rato después curamos a Fernando tan bien como podemos. Emilio juntó allá afuera, a la luz de la luna, algunas de las hojas a las que se refirió y se las sujetó en la cabeza a Fernando con el retazo de una playera rasgada. Con su turbante y su rostro sangrado, Fernando se ve que da miedo, pero por lo menos ha parado la sangre y eso es lo más importante. Nos ponemos en cuclillas junto a él y pensamos qué debemos hacer.

—Mierda, estamos totalmente rotos —dice Jaz—. ¿Cómo podemos llegar hasta la frontera sin dinero?

—¿Cómo? Es muy fácil —contesta Fernando—. Podemos pedir limosna, robar, vivir del campo, tenemos todas las posibilidades. Siempre he dicho que, de cualquier modo, el dinero está sobreestimado.

—Ah, ya entiendo. ¿Te refieres a que los policías nos hicieron un favor al habernos liberado de eso?

—Claro —dice Fernando—. ¡Eso digo yo! La policía, tu amigo y salvador.

Mientras los otros se ejercitan en el humor negro, yo estoy sentado ahí junto, callado. Todo el tiempo pienso en los ahorros de Juana, mi reserva secreta. ¿Qué debo hacer? Cuando me fui, me juré no tocarlo nunca. Nunca, da igual lo que pase. Y no puedo simplemente romper el juramento. Además, ¿qué pensarían los demás si yo sacara ahora los billetes, cuando vean que todo este tiempo lo he tenido en secreto para ellos y, sobre todo, que no ayudé con eso a Emilio para salir del apuro?

Por otra parte, es una emergencia. Si no saco ahora el dinero, soy con toda justicia un cabrón. Eso es más grave que no cumplir una promesa. Discúlpame, Juana, pienso. Algún día te lo devolveré, eso te lo juro. Entonces, me quito el zapato y aviento el dinero en medio.

Los otros se quedan callados de un golpe.

—Esos son los ahorros de mi hermana pequeña —digo yo—. Yo no quería... Bueno, ustedes ya saben.

Por un rato apenas me atrevo a ver a los demás. Pero nadie me reprocha nada. Emilio me mira a los ojos y asiente con la cabeza. Jaz me pone la mano sobre el hombro; le conté sobre Juana. Fernando se queda viendo fijamente el dinero por un momento, después se ríe.

—¡Ay, hombre! —dice y sacude su cabeza vendada.

—Somos una banda realmente rara. Pero, bueno, con eso podemos sobrevivir todavía un par de días. Cuidado, de alguna manera estuvimos cerca de estirar la pata.

Nos repartimos el dinero. Luego desaparecemos, antes de que, al final, los policías cambien de parecer y regresen.

—Por cierto, ¿dónde está Emilio? —pregunta Jaz y nos voltea a ver a Fernando, a Ángel y a mí, preocupada.

—Yo vi cuando se fue —responde Ángel—, hace un par de minutos. Simplemente se fue, no dijo nada.

—No necesitas mencionarlo —gruñe Fernando—. El muchacho no logra despegar los labios.

—Esperemos que no se haya ido por siempre —dice Jaz en voz baja—. Ojalá que regrese.

—Claro que lo hará, si no, ¿a dónde irá? —contesta Fernando.

—Fíjense, sólo debe estar haciendo sus necesidades y regresa.

Me levanto y veo alrededor, en todas las direcciones, pero Emilio en verdad no se ve en ningún lado. Está como desaparecido de la tierra. Cuando me vuelvo a sentar, me pongo a pensar en lo que pasó la última noche. En esa noche de mierda donde lo único bueno fue que, por lo menos, logramos rescatar nuestro pellejo.

Después de que la chota nos robó y de que curamos a Fernando, lo que primero hicimos fue salir huyendo de la casa abandonada y después de un rato nos perdimos entre los alrededores. Luego nos recostamos en medio de la selva y tratamos de dormir. Pero debido a los constantes crujidos y ruidos del entorno, apenas pudimos cerrar el ojo. Temprano en la mañana, comenzamos a caminar otra vez y después de algunos intentos, encontramos las vías del tren nuevamente.

Jaz mira a Fernando de reojo; en su mirada hay un reproche mudo.

—¡Cielos!, ¿qué pasa? —al fin se queja Fernando, después de un tiempo de haber fingido que no lo notaba—. ¿Qué quieres?

—De verdad no era necesario lo de anoche —dice Jaz.

—¡Sí, genial! Tampoco era necesario que el tipo me golpeara el coco. Me sentí como en el matadero. Da igual lo que se diga.

Fernando todavía trae puesto el vendaje que Emilio le puso la noche anterior. Hay rastros de sangre seca por toda su cara. De cualquier manera, aún se sigue viendo temerario.

—Tal vez podrías… —comienza Jaz y titubea—. Tal vez podrías disculparte con él o algo así.

—¿Disculparme? —se levanta Fernando encolerizado, pero en el mismo instante se estremece. Por lo visto le sigue doliendo la cabeza—. ¿De qué me debo disculpar, carajo? Yo di la cara por él, ¿ya lo olvidaste?

—Sí, eso fue genial de tu parte. Pero después…

—Nada de después. Ahora contén la respiración, chica. Él mismo sabe que no quise decir eso.

—No, Fernando —dice Jaz—. Yo no creo que él lo sepa y sinceramente, yo tampoco.

Fernando frunce el ceño y hace gesto de indignado. Ya desde hace un tiempo estoy viajando con él y aunque nunca he conocido a alguien que me haya impresionado tanto como él, me parece tan enigmático como antes. Hay tanto que sabe y puede hacer, ahí se encuentra su supremacía, su coraje y su impertinencia. Sin él, ya hubiéramos estado perdidos miles de veces. Pero una vez más no lo comprendo. Así como la noche de ayer. Cómo nos cuidó durante la redada, cómo dio la cara por Emilio y lo salvó. Y ahora, de nuevo esta forma malvada y cruel de hablar, que para nada encaja con eso.

Mientras sigo pensando en ello, aparece Emilio.

—¡Ey, ahí está! —grita él y señala en dirección a los rieles— ¡Ahí está Emilio!

Ya lo veo. Está atravesando el terraplén y viene hacia nosotros. Algo trae en las manos. Primero no lo puedo distinguir, después me queda claro que son dos conejos. Emilio los sostiene de las orejas; ellos se balancean en el aire, sin vida. Al llegar con nosotros, avienta a los animales en medio. Luego se sienta sin decir palabra, así como es su costumbre.

—¡Hombre, Emilio! —dice Jaz—. ¿De dónde los sacaste?

Emilio no contesta. En lugar de eso, toma uno de los conejos, lo levanta de las orejas y hace una señal, como de un golpe, con el canto de la mano contra su nuca.

Me tardo un poco en comprender lo que quiere decir eso.

—¿Significa que tú mismo los atrapaste? ¿Ahora mismo? ¿Con las puras manos?

Emilio asiente con la cabeza.

—Nosotros así le hacemos —dice sin mirarme, sólo a Fernando.

Jaz le pone la mano sobre el hombro.

—Estoy realmente contenta de que estés de regreso. Yo pensé que... —su mirada se dirige hacia Fernando, haciendo un gesto de exhortación con la cabeza.

Primero Fernando no reacciona, solamente pone los ojos en blanco, molesto. Luego se inclina hacia adelante, suspirando, toma uno de los conejos y comienza a registrarlo minuciosamente. Se tarda una eternidad en eso, mientras todos los demás contenemos la respiración. Finalmente vuelve a dejarlo.

—¡Es un conejo condenadamente bueno! —le dice a Emilio—. Está como se debe. Hace mucho que no tenemos algo tan fino.

Emilio titubea y mira inquisitivo a Fernando. Tiene un gesto de disgusto, pero después su rostro se suaviza.

—Podría conseguir más —propone él.

—No sería una mala idea —le dice Fernando con un gesto de reconocimiento—. Si me preguntan, sería bueno tener algo decente entre los dientes más a menudo.

Jaz mira contenta de Fernando a Emilio y de regreso. Luego se cruza su mirada con la mía y se ríe.

—Bueno, vamos —dice ella y se para—. ¿Qué estamos esperando? Hagamos una fogata.

Los conejos de Emilio en verdad saben a gloria. Nuestras reservas se perdieron en la redada, cuando tuvimos que saltar del tren y fuimos registrados. A nuestro alrededor no hay nada más que naturaleza, sólo árboles, matorrales y en ocasiones un arroyo. No hay campos, ni casas, ni tiendas; nada donde se pueda conseguir algo de comer. Tengo el estómago en los pies y el plan de tener algo asado entre los dientes hace que se me haga agua la boca.

Me pongo de pie de un brinco y empiezo a buscar leña seca junto con Ángel y Jaz, afortunadamente hay mucha. Cuando regresamos, Emilio y Fernando ya le quitaron el pellejo a los conejos. Ponemos la leña en un montón, Fernando la enciende con el encendedor del viejo.

Los conejos están pronto en dos ramas y se asan sobre las flamas. Se ve un poco escalofriante cómo cuelgan así, tan rígidos, tiesos y despellejados, después de haber estado alegres brincando en los alrededores hace un par de horas, pero el olor que despiden es tentador. No esperamos a que estén en su punto, sino que los tomamos antes del fuego, los repartimos y literalmente les arrancamos la carne de los huesos.

Apenas terminamos de comer, se escucha el silbido de un tren. A toda prisa apagamos el fuego con los pies y tomamos arrebatadamente nuestras cosas. En el siguiente instante, la locomotora ya está ahí. Corremos a las vías y, apenitas, logramos subirnos a uno de los últimos vagones. Es un vagón desvencijado con un techo oxidado y agujereado. Dentro gruñen cerdos, la pestilencia nos llega hasta arriba.

—¡Uf, qué peste! —se queja Ángel y se tapa la nariz—. Mejor vamos a otra parte.

Fernando se ríe.

—Algo es seguro —dice y se escarba entre los dientes un resto de carne de conejo—. Si el techo no aguanta, aterrizaremos en la mierda. En el sentido más literal de la palabra.

—Ay, no sé qué les pasa —dice Jaz—. Yo no lo veo mal. Por lo menos tenemos compañía, aunque sean sólo cerdos.

Al final decidimos quedarnos en el vagón. De alguna extraña manera, la pestilencia me parece casi agradable. En el pueblo donde viví con mi mamá y Juana cuando era niño, también había muchos cerdos. Su olor estaba en todas partes; me vestía con él, me dormía con él y con él despertaba. De algún modo me recuerda a la época cuando todo era como debería ser –o, por lo menos, a mí así me lo parecía.

Por un par de horas estamos ahí simplemente, dormitando bajo el sol, recuperando un poco de sueño y escuchando el gruñido y chillido de los animales debajo de nosotros. El tren tiembla y se balancea, pero no tanto como en Chiapas, las vías están mejor, avanza bien en el carril. Como un ciempiés, serpentea a través del paisaje.

Tenemos un viaje decente, a veces, durante varios minutos, no pienso en dónde estamos, en lo que pasa y en todo lo que nos espera. Lo único que me molesta es el hambre. Dos conejos divididos entre cinco no es mucho; ya se nos olvidó hace mucho el gran alivio que nos dieron. A ambos lados de las vías hay terrenos ondulados con plantíos de cañas de azúcar, melones y piñas; los miramos con añoranza.

—Díganme, ¿ya les he contado de mi deporte favorito? —pregunta Fernando en algún momento, mientras estamos pasando por un plantío gigante de melones.

—No, pero creo que tienes muchos deportes favoritos —responde Jaz—. Maldecir, contar historias, ofender a las personas, ayudar a las personas, dar gato por liebre; de verdad eres multitalentoso.

—Oh, Jazzy bebé, tanto halago, no es necesario —dice Fernando—. Pero no me refiero a eso. Hablo de mi *verdadero, genuino* deporte favorito.

Especulamos por un par de minutos, pero nadie adivina a qué se refiere.

—Bueno, se los enseñaré —dice Fernando y se levanta—. En un par de minutos estoy de regreso. No se vayan, ¿sí?

Va hacia la orilla delantera del techo y pasa de un salto al siguiente vagón. Luego sigue corriendo sin titubear. Ya se prepara para volver a brincar.

Jaz se voltea hacia mí.

—¿Ahora qué tiene planeado el loco?

Yo me encojo de hombros y miro a Fernando. Ni idea de cuál será la movida.

—Tal vez correrá hasta el frente de la locomotora —supone Ángel—, luego deja fuera de combate al conductor, toma el tren y nos lleva hasta Texas.

Jaz se ríe.

—Sí, y también roba el banco de México. ¡Sigue soñando!

El tren viaja en ese momento por un trayecto recto, ligeramente en ascenso. Fernando brinca de un vagón al siguiente y se va haciendo poco a poco más pequeño. Cuando llega al vagón detrás de la locomotora, se ve como un hombrecillo de caricatura por estar tan alejado de nosotros. Baja las escaleras… y salta.

—¡Mierda, qué está haciendo! —exclama Jaz.

Yo estoy igual de asustado que ella. En un primer momento, tengo miedo de que Fernando simplemente pudiera largarse y abandonarnos. ¿Acaso es ése su… su *deporte favorito*? Contengo la respiración, miro cómo se aleja corriendo del tren hasta un plantío de naranjas cercano. Ahí comienza a recoger fruta y la guarda en su mochila.

Uno tras otro, los vagones pasan traqueteando junto a él. Pero no se distrae y continúa tranquilamente con su trabajo. Hasta que el vagón en el que estamos sentados pasa frente a él, alza la cabeza. Se pone la mochila, corre hacia el tren y se trepa justo en el ultimísimo vagón. Después salta los pocos vagones que hay hasta nosotros, tira violentamente la mochila y se deja caer, apenas puede respirar.

—38. 3 segundos —jadea él—. Nuevo récord mexicano en carrera de naranjas.

Ángel saca una de las frutas de la mochila.

—¡Fernando, eso estuvo genial! —festejó él.

Todos los demás también estamos bastante impresionados. Jaz le lanza una mirada a Fernando, como nunca antes la he visto salir de ella. Una sonrisa de asombro se deja ver en la comisura de sus labios, sus ojos resplandecen y están más oscuros que siempre. De alguna manera, siento una puñalada al verla así. Sin pensar mucho lo que hago, me levanto de un salto.

Jaz aparta la mirada de Fernando de inmediato y me mira hacia arriba.

—Oye, ¿qué vas a hacer?

—Bueno, ¿pues qué crees? El deporte me gusta.

Jaz titubea.

—Me parece que ya hemos tenido suficiente —dice ella y señala la mochila de Fernando. Su mirada cambió. Ahora ya no se ve asombrada, sino, más bien, preocupada. Pero eso me incita aún más.

—Hasta pronto —le digo solamente a ella—. Nos veremos nuevamente… o no.

Comienzo a correr. Cuando salto al siguiente vagón, me pongo a pensar en cuánto esfuerzo me costó la primera vez en aquella ocasión, hace una eternidad, en algún lugar cercano a Tapachula. Estaba bañado en sudor y zigzagueaba como un borracho. Ahora corro a lo largo de los techos como si no hubiera hecho nada más en la vida y el salto sobre el precipicio no me parece más complicado que un saltito de la banqueta a la calle.

Un vagón tras otro van quedando detrás de mí y mientras sigo corriendo, súbitamente, tengo una sensación como nunca antes. He dejado todo atrás, mi pasado, mi país, mi gente… toda mi vida. Y he perdido todo lo que poseo. Ahora ya no tengo nada que podría dejar atrás o perder, nada de lo que me deba preocupar. Siento un impulso irresistible de hacer algo, algo completamente loco. Comienzo a bailotear sobre el techo y al saltar hacia el otro vagón, hago una vuelta en el aire. Me siento totalmente libre y ligero.

Después de algunos minutos, llego al vagón detrás de la locomotora. Bajo las escaleras y espero impaciente a que el tren pase por un campo otra vez. Entonces salto en plena curva y corro hacia él. Mientras el tren sigue su camino, arranco las frutas y lleno mi mochila.

No queda mucho tiempo, el miserable tren es simplemente más rápido que yo. El vagón con los demás ya está ahí. Ellos están parados sobre el techo, alzan las manos y me animan. Me pongo la mochila sobre los hombros y corro hacia las vías. Cuando estoy ahí... dejo pasar frente a mí el último vagón. Las porras de los demás se mueren. Alzo la mano y digo adiós con la mano. Luego dejo colgar la cabeza hacia la nuca y simplemente me carcajeo. ¡Ahora soy realmente libre!

En el siguiente instante, corro detrás del tren. Debo recuperar un buen trayecto, pero por suerte va cuesta arriba, así que la velocidad de la locomotora no es bastante rápida. A pesar de eso, casi no lo logro. Lucho con mis últimas fuerzas y me trepo.

Al estar de nuevo con los demás, Fernando sonríe con todo el rostro.

—¡Oye, eso estuvo chivísimo[6], hombre! —dice él y me da una palmada en el hombro—. Da para una buena historia.

Me encanta la idea de tener un papel en sus historias. Voy con Jaz que está medio sin aliento, casi como si ella misma hubiera sido quien corriera, aunque trata de no dejarlo ver. Cuando me siento junto a ella, encoge los hombros y mira hacia el lado. Así se queda por un buen tiempo, luego gira la cabeza y me lanza una mirada furiosa. ¡No, espera!, ¿eso qué quiere decir? ¡Me las pagarás!

—Ahora me toca a mí —dice ella y se levanta de un salto.

—Ay, déjalo, Jazzy —contesta Fernando—. Eso no es para chicas. Mejor cocínanos algo rico.

Jaz le saca la lengua.

—Algún día te ahogarás con tu propia saliva —después me lanza una mirada fulminante otra vez y se echa a correr.

La sensación de libertad y ligereza que acabo de disfrutar, se fue de golpe. ¿Quizá mejor tuve que haberlo dejado todo como estaba? Me hinco en la orilla delantera del techo y observo a Jaz. ¿Qué si trata de superarme... y por ahí exagera?

---

6 En El Salvador significa genial, grandioso.

Mi corazón late violentamente. De cualquier manera tengo miedo por ella y no puedo quedarme quieto al ver cómo corre tan tierna y ágilmente sobre los techos de los vagones.

—¡Oye, cierra la boca! —Fernando aparece junto a mí de repente y me da un codazo en el costado—. No todo mundo se tiene que enterar de lo que sientes por ella.

Yo no le hago caso. Jaz corre hacia adelante, así como nosotros acabamos de hacerlo, luego salta del tren y corre hacia el campo. Es tan rápida que apenas puedo seguirla con los ojos.

Fernando dice elogiosamente entre dientes:

—Bastante rápida, la chica —dice—. Debería presentarse en un circo, con eso ganaría mucho dinero.

Mientras Jaz se muele en el campo, nos acercamos a ella con cada segundo. Ángel y Fernando se levantan de un salto y la animan con porras. Emilio se queda sentado en el techo, pero tampoco puede ocultar su sonrisa.

¡Ya, hazlo ahora!, me pasa por la cabeza mientras el tren se va acercando a Jaz. ¡Mira que estarás arruinada! Nuestro vagón ya está pasando frente a ella. Transcurren un par de atormentadores segundos, por fin se echa a correr, salta al último vagón en plena carrera y se sube. Cuando está de nuevo con nosotros, le corre el sudor por toda la cara. Viene hacia mí y se sienta en el techo. Sin verme, desempaca su mochila. Está tan cerca de mí que puedo oler cada una de las gotas de sudor de su piel.

—Qué bueno que estás de regreso.

—Sí, yo también lo creo —susurra ella—. Aunque… no te lo merecías.

Los otros se sientan junto a nosotros.

—Pues, la mesa está puesta —dice Fernando—. Todo lo que se necesita para un buen festejo familiar. Y los restos son para las mascotas —señala hacia abajo, a los cerdos.

Comemos de las frutas tanto como podemos. Fernando está de buen humor y cuenta docenas de historias, sobre todo aquello que se supone que vivió para conseguir provisiones durante sus viajes anteriores. Cada una es más disparatada que las otras, pero eso no tiene importancia. Estamos de humor para creerle todo.

Estoy sentado y me quedo mirando a Jaz, que está enfrente. Mientras el tren continúa su camino, siento como si alguien hubiera detenido el tiempo. Como si no tuviera la más mínima importancia de dónde venimos y a dónde vamos. Y como si en nuestro diminuto reino sobre el vagón de cerdos, fuera todo nuevamente como debería de ser, durante un par de preciosos instantes. Así como antes. Como si el mundo estuviera en orden.

El muro está fresco… fresco, agrietado y macizo. Se siente bien recargarse en él y saber que está aquí desde hace siglos, sin que haya cambiado algo en él y que permanecerá así todavía por siglos. ¿Cuántas personas ya habrán escapado por aquí en el trascurso del tiempo? Probablemente miles. De cualquier manera, tengo la sensación de que la piedra ha absorbido todas sus esperanzas y deseos, y que lentamente los libera de nuevo cuando uno se recarga en ella el tiempo suficiente.

—¿Por qué dijiste que no confías en la gente, Fernando? —pregunta Ángel, quien está sentado frente a mí.

—Porque yo conozco a esos tipos —contesta Fernando, quien camina inquieto de un lado para el otro frente a nosotros—. ¿No los viste? ¡Cómo nos miraban boquiabiertos y cómo uno de ellos sacó su celular de mierda! No pude ir lo suficientemente rápido hacia él, salió casi volcado.

—¿Crees que llamó a la policía? —pregunta Jaz.

—Ten por seguro que lo hizo. Para eso tengo antenas.

Los acontecimientos de anoche todavía nos calan hasta los huesos; no tenemos muchas ganas de vivir eso otra vez. Por eso, mejor dejamos el tren cuando se detuvo en una estación al atardecer. «Tierra Blanca» decía en uno de los edificios. Nos perdimos a través de las calles en busca de un lugar donde poder dormir. Todo el tiempo tuve un mal presentimiento, así como si fuéramos observados y perseguidos. Y entonces pasó lo que están platicando en este momento los demás: un par de tipos casualmente se interesaron en nosotros, uno de ellos tomó su celular de inmediato cuando pasábamos frente a ellos.

Huimos y corrimos a través de la ciudad, hasta que oscureció. Ahora se encuentra frente a nosotros la iglesia con sus antiguos muros y, ya que entretanto estamos agotadísimos, decidimos quedarnos aquí.

—¿Y qué hacemos si en verdad aparecen los policías? —pregunta Ángel.

—Bueno, está claro —Fernando se queda parado—. Si vienen de allá —señala hacia la izquierda—, nos esfumamos por allá —señala hacia la derecha—. Y si vienen de aquí —sigue señalando hacia la derecha—, nos desaparecemos por allá —vuelve a señalar a la izquierda—. ¿Hasta aquí, todo claro?

—¡Wow, el plan es de lo mejor! —dice Jaz—. ¿Y qué hacemos si vienen de acá? —señala hacia enfrente.

—Ay, Jazzy —responde Fernando—. Si vienen de allá…

Él se voltea, pero interrumpe a medio movimiento. Pues en la calle que viene hacia nosotros de frente, aparece, en efecto, una patrulla. Los faros nos atrapan, de repente la oscura esquina en donde nos ocultamos, se sumergió en una nítida luz. El auto se para. Escucho cómo se abren las puertas y se vuelven a cerrar. Luego, pasos. No puedo ver nada; los faros ciegan.

Fernando maldice.

—¡Vamos, a la iglesia! —cuchichea.

En el instante siguiente, se echa a correr, los demás detrás de él. La entrada está, por suerte, a un par de metros. Al llegar ahí, Fernando ya forzó la pesada puerta. Nos precipitamos hacia dentro y la jalamos detrás de nosotros.

Dentro hay un olor fragante y pesado a incienso. Está oscuro. Por lo visto llegamos a un tipo de vestíbulo, un par de metros después hay un pasillo, detrás de él está más alumbrado, se escucha una voz.

—¡Continuemos, vamos! —susurra impaciente Fernando.

Nos topamos con la luz y pasamos a través de la puerta, después nos quedamos parados y asustados. Frente a nosotros se encuentra la nave mayor de la iglesia, casi todas las bancas están ocupadas. Frente a nosotros, en el púlpito, está el padre. Él interrumpió su sermón y nos mira asombrado. Docenas de pies restriegan el suelo, todos los rostros se voltean en nuestra dirección como si fuera una orden.

Por un momento hay silencio. En este instante me siento muy incómodo de estar así, súbitamente como el centro de atención de tanta gente, quisiera ocultarme en cualquier lugar entre las bancas. Detrás de nosotros, se abre la puerta de la iglesia. Fernando lanza una rápida mirada hacia atrás, luego nos hace una seña. Avanzamos a hurtadillas a través del pasillo central, de puntitas, aunque ahora ya da igual si hacemos ruido o no.

Una vez frente al púlpito, nos quedamos parados. Al otro extremo del pasillo aparecen los policías. Titubean por un momento al ver tantos rostros que están volteando hacia ellos, luego continúan. Son tres. El que está a la cabeza tiene una cara ancha y colorada. Los otros dos se quedan atrás de él; son evidentemente más jóvenes que él.

Sus botas retumban a través de la bóveda de la iglesia, suena amenazador. Fernando emite una maldición y mira ajetreado alrededor de él, pero incluso él parece no encontrar una salida. Caímos en la trampa. No sé por qué, pero por un momento me pongo a pensar en nuestro viaje a través de los cerros y cómo saqueamos los campos. Todo me pareció tan liviano que de verdad tenía la esperanza de que pudiéramos tener una oportunidad.

Entonces se mezclan otros pasos con el sonido de las botas. Se escuchan más quedo, pero de cualquier manera se escuchan claramente. Pasa un instante hasta que capto que se trata del padre. Él se baja del púlpito, pasa frente a nosotros en el pasillo, sin vernos, y bloquea el camino a los policías.

—¿Puedo ayudarlo? —pregunta él, muy poco amable.

El de la cara colorada se quita su gorro de mala gana.

—Disculpe usted, padre —dice, mientras los otros dos se quedan parados detrás de él—. No tomará mucho tiempo.

—¿Qué no tomará mucho tiempo? —pregunta el padre. Su voz se escucha impaciente. Por lo visto está enojado porque interrumpimos su sermón.

—Llevarnos a esos de ahí —contesta el colorado y señala en nuestra dirección.

—Ah, se los quiere llevar. Entonces seguramente robaron algo, ¿no?

—Bueno, presumiblemente. En detalle todavía no lo podemos decir. En todo caso están aquí de ilegales.

—Así que ilegales —el padre acentuó la palabra muy notoriamente, como si primero tuviera que pensar lo que significa—. ¿Seguramente tiene pruebas de ello?

—¿Pruebas? —el colorado se ríe irónicamente—. ¿A qué pruebas se refiere? ¡Tan solo mírelos!

El padre se voltea y nos examina uno detrás del otro. Se toma mucho tiempo para eso y entre más se tarda, más incómodo me siento. Yo desvío su mirada y miro a los demás, y en ese momento, de un golpe me queda claro qué tan maltrechos estamos. En el tren eso da igual. Pero aquí, donde todo está limpio y arreglado, cada paso retumba de regreso del techo y la gente lleva puesta su mejor ropa para ir a la iglesia, es otra cosa. Casi nos salta la suciedad de la cara, nuestras cosas están rasgadas y el desgastado vendaje con hojas de Fernando es el colmo. De repente me avergüenzo terriblemente.

Por lo visto el padre ya vio también lo suficiente y se aparta de nosotros. Estoy seguro de que ahora dejará libre el paso, sin embargo, extrañamente, no lo hace.

—Tal vez estoy ciego, pero no veo sus pruebas —dice solamente—. No veo ningún letrero que diga «criminales». Y tampoco veo manos sangrantes.

El colorado vacila, después empuja sus pulgares debajo de su cinturón y tamborilea con los dedos sobre él nerviosamente.

—Escuche, padre. Ninguno de nosotros se atrevería a indicarle cómo debe dar su sermón. Así que usted tampoco nos indique cómo debemos hacer nuestro trabajo.

Él quiere continuar, pero el padre alza las manos.

—Yo no tengo esa intención… en tanto se encuentre afuera, pero aquí adentro no es ni la comisaría ni la calle. Aquí no puede simplemente entrar y hacer lo que se le ocurra.

El colorado pone una mirada de disgusto.

—No debo recordarle que las leyes también son válidas en la iglesia.

—No —responde el padre—. Yo respeto las leyes, en tanto estén en consonancia con mis convicciones. Y éstas me dicen que no se puede echar a alguien que busca protección, muchos menos de una iglesia.

El colorado se acerca hasta que se encuentra directamente frente a él.

—Debe reflexionar bien lo que hace. Hay ciertas personas que tiene un ojo sobre usted. ¿Seguramente usted ya sabe que hace un tiempo el presidente de la policía se quejó con el cardenal de usted y sus posturas?

—Sí, lo sé bien —dice el padre—. Y más aún, todavía me puedo acordar de la respuesta del cardenal. Él dijo que la policía no debe meterse en los asuntos de la iglesia, ¿no fue así?

El colorado se disgusta todavía más.

—Se meterá en problemas. Grandes problemas.

—Oh, no, nada de grandes —responde el padre y se encoge de hombros—. Sólo se tienen grandes problemas con la propia conciencia.

—Lo podría arrestar por proteger a ilegales.

—Podría usted.

El colorado examina su rostro por un rato.

—Pero no lo haré —dice después—. Nosotros no estamos aquí por usted. Así que si fuera tan amable…

Trata de empujar al padre hacia un lado. Ambos jóvenes sólo se quedan parados ahí y se muestran de cierta manera desorientados, todo el asunto parece serles vergonzoso. Las personas en las bancas hasta ahora han escuchado calladas la discusión, pero cuando el colorado metió las manos, eso cambió. Primero sólo rezongan un poco, luego uno de ellos se levanta y se pone junto al padre. Después de un corto titubeo, otro hace lo mismo y ya avanza un tercero.

Yo contengo la respiración. De la reciente plática no capté todo completamente, pero por lo menos lo suficiente para saber que el padre está de nuestro lado, por las razones que sean. Ahora me queda claro que no es el único; cada vez más gente se para y se pone en el pasillo entre los policías y nosotros. Y lo más impresionante de eso es el perfecto silencio con el que pasa. Nadie dice nada, sólo se escuchan los pasos y el crujido de las bancas. En algún momento, hay tantas personas de pie en el pasillo que ya no puedo ver, para nada, ni al padre ni a los policías.

—¿Y ahora? —únicamente escucho la voz del padre—. ¿Quiere arrestar a la comunidad completa?

Ninguna respuesta. Miro a Fernando. Él gira la cabeza de un costado a otro y parece buscar una posibilidad para aprovechar la ocasión perfecta. Jaz lo agarra del brazo y en silencio niega con la cabeza.

—¿Y qué hay con ustedes? —continúa el padre. Por lo visto se dirige ahora a ambos jóvenes—. A ustedes los conozco de antes… el catequismo para la primera comunión, ¿no?

Por un rato, otra vez se queda todo en silencio. Sólo puedo ver cómo algunas de las personas que están paradas frente a nosotros y nos dan la espalda lentamente se relajan.

—Por hoy nos vamos —dice finalmente el colorado—. Pero no crea que el asunto se acabó aquí. Habrá todavía un tiempo extra, para usted y para su comunidad.

Nuevamente retumban las botas a través de la iglesia, sólo que, en esta ocasión, se alejan. Se me quita una piedra del corazón, pero todavía estoy tan perplejo por lo que pasó que no me atrevo a respirar debidamente. A los demás parece sucederles algo parecido. Jaz me sonríe, pero el miedo se le ve todavía en los ojos. También Fernando se muestra nervioso, como si no se fiara de la tranquilidad.

El padre agradece a la gente y termina la misa. Después de haber dado la bendición final, la iglesia se vacía lentamente. Algunas de las personas nos miran. Sus miradas no son ni amigables ni despectivas, simplemente tienen curiosidad. Yo las observo hasta que la última desaparece. El padre cierra la puerta, luego viene de regreso por el pasillo. Arrastra los pies, repentinamente se ve totalmente exhausto.

—Siéntense —dice solamente, cuando está junto a nosotros.

Nos sentamos en el escalón debajo del púlpito, es decir, todos menos Fernando. Él pasa por alto la petición y se queda de pie con los brazos cruzados.

En la cercanía, el padre se ve más pequeño de lo que hasta ahora me parecía. Él nos observa otra vez y niega con la cabeza.

—Se ven realmente espantosos —dice.

—No podemos hacer nada al respecto —responde Jaz—. Somos del…

—Del tren, sí, lo sé —la interrumpe el padre—. Ustedes nos son los primeros chicos del tren en mi iglesia.

—¿Eso significa que usted ha ayudado a gente como nosotros a menudo?

—Bueno, si puedes llamar ayuda a esto —hace una seña con la mano—. Lo poco que podemos hacer: quién sabe si esto realmente ayude a alguien.

Se escucha casi un poco triste como lo dice. Me pongo a pensar en las últimas palabras del colorado, fueron como una amenaza y todavía resuenan en mis oídos. De repente tengo un mal presentimiento. Claro, es bueno cuando alguien lo ayuda a uno. Pero si por ello se cargan a esa persona, quizás sería mejor que no lo hubiera hecho. Quizá sería mejor para todos.

Por un tiempo, sólo nos quedamos ahí sentados. Luego dice Jaz:

—Muchas gracias, de cualquier manera.

—Oh, no tienes que agradecerme a mí. Agradece mejor a mi comunidad.

Cuando dijo eso, repentinamente se levanta Emilio y se pone frente a él.

—¿Por qué hicieron eso? —pregunta él.

El padre lo mira asombrado.

—¿Te refieres a por qué le bloquearon el camino a los policías y los ayudaron? Bueno, pienso que lo hicieron porque ustedes necesitaban ayuda urgentemente.

Emilio niega con la cabeza.

—Eso es muy simple. En ese caso, todos deberían ayudar.

El padre se ríe.

—Ah, ya veo que quieres saberlo con exactitud. Pues, bien, te lo diré. Los ayudaron porque ellos tienen un hogar y ustedes no. Pero es gente humilde; ellos saben que en cualquier momento ellos podrían perder su casa, así sea debido a un tonto infortunio. Entonces estarían en la calle, así como ustedes ahora, y querrían que alguien los ayudara también a ellos. ¿Te es suficiente este motivo?

—No —dice Emilio.

—Bueno, está bien —continúa el padre—. Además de eso, ellos los ayudaron porque creen que nadie, así sea el presidente de nuestro país, tiene el derecho de entrar en una iglesia y arrestar a alguien ahí o hacerle cualquier otra cosa. ¿Qué te parece eso?

Emilio jala la comisura de la boca hacia abajo.

—Ok, tienes razón. Todavía hay otro motivo.

—El padre se dirige al púlpito y señala el crucifijo que cuelga arriba.

—¿Conocen el pasaje de la Biblia donde Jesús habla con los jóvenes sobre el fin del mundo?

Nunca he escuchado de ese pasaje, pero eso no significa mucho; en realidad no conozco mucho la Biblia. Jaz, Ángel y Emilio tampoco se ven más conocedores. Fernando pone los ojos en blanco y se aparta.

—Es una pena —dice el padre—. Deberían conocerlo. Tiene mucho que ver con ustedes. Jesús cuenta cómo, al final de los tiempos, todos los seres humanos serán juzgados. Él colocará a los buenos de su lado derecho y explicará por qué los escogió. Él dirá: «Yo estuve hambriento y ustedes me dieron de comer. Yo estuve sediento y ustedes me dieron de beber. Yo fui un extraño y ustedes me acogieron». La gente está asombrada. No se pueden acordar de haberle dado alguna vez algo de comer o de beber o de haberlo acogido. Le dicen eso. Y él contesta: «Lo que hicieron con mi hermano más humilde, eso me lo hicieron a mí mismo». Aquí en la iglesia hemos hablado mucho sobre este pasaje; todos lo conocen —él se voltea hacia Emilio—. ¿Te es suficiente motivo?

—Sí —dice él y se vuelve a sentar—. Eso es suficiente.

El padre se aparta de él y va hacia Fernando, quien le está dando la espalda. Lo mira por un rato, luego dice:

—No crees mucho en estas cosas, ¿o sí?

—No —contesta Fernando fríamente. Se ve como si no quisiera decir nada más, entonces se gira lentamente y mete su mano al bolsillo.

—De cualquier manera, gracias —murmura.

El padre lo mira reflexivamente.

—¿De qué están viviendo? ¿Tienen dinero?

—Claro, nadamos en dinero. Sólo que, desafortunadamente, de alguna extraña manera cayó todo en las bolsas de algún cuico de mierda.

—¿Y ahora qué? ¿Roban?

—¿Roban? —repite Fernando y se ríe irónicamente—. Tendríamos el derecho, después de todo lo que nos han hecho. Pero hasta ahora no lo hemos hecho. Bueno, en todo caso no realmente, sólo de los campos y así. Pero, ¿quién sabe? —sonríe maliciosamente.

—No pongas palabras en mi boca —lo reprende el padre— Te propongo otra cosa: vamos a platicar con calma, sólo tú y yo.

—¿Ah, sí? No lo sabía, ¿cómo así?

—Pero yo sí y eso es suficiente— el padre se aparta, se dirige a la fila de bancas de enfrente y se sienta.

Fernando da un paso hacia él.

—A decir verdad, ¿por qué nos encerró? —pregunta él.

Yo no los *encerré*, joven; *le cerré la puerta al mundo*. Al menos por una noche. Eso es una diferencia brutal.

Puedo sentir cómo Jaz, que está sentada junto a mí, aguza el oído.

—¿Significa eso que podemos dormir aquí? —pregunta ella.

—No sólo pueden, yo se los aconsejaría urgentemente. Ellos sólo están esperando a que ustedes salgan de la iglesia.

Lanzo una mirada en dirección a la ventana pintada de colores, en lo alto. No se ve lo que pasa afuera. Por un momento, me imagino que todo un ejército de patrullas con sirenas rodea la iglesia y que se relevan francotiradores en todos los techos.

—¿Y luego? —pregunta Fernando—. ¿Cómo logramos largarnos mañana?

—Hay una salida trasera que da al cementerio —dice el padre—. Esperamos una buena ocasión y se escabullen. Pero no se van hacia la estación de tren, eso sería muy peligroso. Dejan la ciudad y se vuelven a subir al tren hasta las afueras. Les describiré el camino más seguro —se levanta—. Bueno, ahora vengan. Deben bañarse urgentemente... en caso de que todavía sepan qué es eso.

Nos dirige a un cuarto contiguo y después sigue a través de un pasillo empedrado hacia un excusado con lavabo. Arriba de él cuelga un espejo, el vidrio está roto, de tal manera que uno casi no se puede reconocer. Yo soy el primero; cierro la puerta y me arranco la ropa del cuerpo. Después me rocío con agua de arriba a abajo. La suciedad de hollín y aceite del tren está tan incrustada que sólo la puedo quitar con el cepillo que está en el lavabo. Verdaderos ríos de mugre fluyen por mi cuerpo y corren hacia un desagüe en el suelo. Después de haberme secado, la toalla está llena de manchas oscuras.

También lavo mis cosas, lo más que se puede. Cuando salgo, Jaz me mira radiante. Ella es la que sigue, después, Ángel, Emilio y Fernando. Mientras tanto, el padre ya puso tortillas con maíz y frijoles en la mesa del cuarto contiguo para nosotros y dejó un par de cobijas viejas en el suelo. En lo que comemos, él se desaparece al cuarto de al lado y nos deja solos.

—Ay, desearía que hubiera más de su tipo —dice Jaz cuando terminamos de comer y no dejamos ni una morona—. ¿Por qué fuiste tan malvado con él, Fernando? ¿Por qué no puedes ser amable por una única ocasión?

—No fui malvado, fui honesto —contesta Fernando—. Sólo dije lo que pienso, nada más. Además no hay que confiar mucho en las demás personas, de lo contrario sólo te llevas malas sorpresas.

—¡Sí, gran punto de vista! Si nunca confías en alguien, tampoco te pasará algo bueno.

—De cualquier modo, yo siempre me acordaré de él —dice Emilio— da igual donde esté.

—Quizás podríamos quedarnos por un par de días —propone Ángel—. Para descansar aquí con él.

—¡Ey, pequeño! —Fernando se inclina y le deja la mano sobre el hombro—. Si te querías quedar en algún lugar, mejor te hubieras quedado ahí de donde vienes. Pero no quisiste eso. Ahora ya vas en camino y cuando vas en camino, no puedes quedarte en ninguna parte. Siempre tienes que seguir. Aquí no hay medias tintas, de lo contrario nunca alcanzarás tu destino. ¿Entiendes?

Ángel suspira y agacha la cabeza.

—Ok —sólo dice en voz baja.

«Tienes razón, Fernando», pienso para mis adentros. «Tienes razón como casi siempre.» Los sueños dorados son una mierda, por lo menos para gente como nosotros porque en la primera gran oportunidad se desvanecen como burbujas de jabón. Sólo a veces, por algunos breves instantes, es bueno tenerlos, porque te dan un poco de esperanza y sin ellos desfallecerías en algún momento. Porque simplemente es bonito imaginarse que podríamos quedarnos aquí, incluso cuando sabemos perfectamente que no se puede.

Mientras los demás siguen platicando, me paro en algún momento y me voy a la nave de la iglesia. El padre está sentado solo en la banca de enfrente, a la luz de las velas, sumido totalmente en sus pensamientos. Primero no me atrevo a molestarlo, pero después me acerco a él. Casi se estremece un poco cuando me ve.

—Lo siento, padre, no quería asustarlo, pero pensé que tal vez me podría hacer un favor.

—Con gusto, joven. ¿Qué cosa?

—¿Podría usted enviar una carta por mí? Todavía la tengo que escribir.

—Así que todavía la tienes que escribir —dice y se ríe—. ¿Para quién es, pues?

—Para mi hermana. Ella… bueno, ella está todavía allá de donde vengo y le prometí darle noticias mías en cuanto pudiera.

Por un tiempo se queda mirando fijamente, ensimismado y pensativo. Tanto tiempo que ya empezaba a incomodarme. Después alza la mirada de nuevo y me ve.

—¿Estás realmente seguro de que lo que haces, este viaje hacia el norte, hacia tu madre, tu padre o quien sea, es lo correcto para ti?

¿Seguro? Ésa es una buena pregunta. Si hay algo que justo ahora no estoy, es seguro. Y en todo sentido, si se puede decir así… ni externa ni internamente.

—No sé. Es mejor que todo lo demás que puedo hacer. Quizás por lo menos encontraré quién soy.

—¿Y? ¿Ya empezaste a encontrarlo?

—No. Creo que todavía no he llegado a eso.

El padre sonríe, pero es una sonrisa amarga, como la que se tiene cuando algo es cómico y trágico a la vez.

—Pienso que por el momento debes hacer lo que consideres correcto —dice él y se sienta—. Sólo prométeme algo. No importa lo que pase o lo que cualquier persona cuente de ti: no eres un criminal, ningún ladrón, ningún bueno para nada, ningún ilegal ni nada parecido. Sólo te faltan unos simples papeles, eso es todo. Tenlo siempre en mente, ¿me escuchas?

—Sí, está bien. Lo intentaré.

—Bueno —señala en dirección al cuarto donde están sentados los demás—. Ahora ve y escribe tu carta. Mañana la enviaré por ti.

Le agradezco y me voy. Pero casi cuando estaba fuera, me llama otra vez.

—Sólo una cosa más. Esta chica que está con ustedes, prométeme que cuidarás de ella, ¿sí?

Me giro hacia él.

—Usted… usted se dio cuenta de que…

—Él se ríe de nuevo, pero esta vez es una risa genuina.

—¿Qué pensabas, pues? Tal vez no sepa tanto de leyes como un policía, pero conozco mejor a los seres humanos. A mí no me engañan tan fácilmente.

¡Querida Juanita!

En realidad te quería escribir desde antes. Pero mi primera carta se voló del tren cuando dejé de vigilarla por un momento y la perdí. Ahora tengo un cuaderno de notas de verdad; ahí estoy escribiendo, arrancaré las hojas y te las mandaré. Es decir, el padre lo hará. El de la iglesia aquí en Tierra Blanca, donde estoy ahora. Me prometió mandar la carta mañana, luego continuaré el camino, si todo sale bien.

Estoy en México desde hace una semana, o algo así, pero es como si fuera toda una eternidad. Fernando dice que hemos logrado un tercio del trayecto, o casi. Él es uno de los chicos con los que estoy viajando, los demás se llaman Jaz, Ángel y Emilio. Nos conocimos en la frontera y, si es posible de alguna manera, nos quedaremos juntos hasta que estemos en EUA; eso lo juramos.

Está claro que no hubiera llegado tan lejos sin los demás. Sobre todo sin Fernando. Él en verdad sabe todo sobre México. Especialmente sabe cómo se debe tratar a la gente aquí, en eso nadie lo engaña. Estoy contentísimo de que esté con nosotros. Es casi como un hermano mayor, y por lo visto, mejor de lo que yo soy.

Hoy por la noche pudimos dormir con el padre. Y tuvimos algo decente de comer. Todo está bien, no debes preocuparte. Y, sobre todo, de ningún modo debes de seguirme en el viaje, eso me lo tienes que prometer. Para chicas esto es demasiado peligroso, especialmente si viajan solas. Así que quédate en casa y no vayas a hacer tonterías. De cualquier manera no nos encontraríamos, ninguna oportunidad. No te puedes imaginar lo gigante que es México, no tiene fin.

A veces tengo nostalgia de Tajumulco y de ti. Pero Fernando dice que no falta mucho hasta que hayamos atravesado, lo más grave ya lo dejamos atrás. Él cree que a partir de ahora será más tranquilo y, si más o menos mantenemos los ojos abiertos durante los siguientes días, no nos pasará nada.

Así que mañana seguimos hacia el norte. Trataré de escribirte tan seguido como pueda. Si no lo hago durante un largo rato, no debes pensar nada malo, es que simplemente no se puede. Sólo debes tener paciencia y esperar. Cuando llegue, te mandaré traer, eso es lo primero que haré. Entonces estaremos nuevamente juntos: tú, yo y mamá. Así como antes.

Por ahora debo terminar. Los demás ya duermen y ya se me cierran los ojos a mí también. ¡Cuídate!

Te mando un fuerte apapacho,

Miguel

Sigue subiendo. Por el momento todavía va muy tranquilo, a través de un valle con bosques a ambos lados, pero un tramo más adelante, ya se dejan ver las montañas; el presagio de la gran sierra de la que el padre nos habló hoy por la mañana durante el desayuno. Me recargo sobre mis codos. En la lejanía, detrás de la niebla, se puede reconocer algo así como el resplandor de una cima cubierta de nieve, pero no estoy seguro.

Estoy tendido a lo largo en el tren al que subimos por atrás de Tierra Blanca, después de colarnos por la iglesia y atravesar el cementerio para salir de la ciudad, como nos recomendó el padre. Jaz está recostada en ángulo recto respecto a mí, con la cabeza recargada sobre mi estómago. Cuando se da cuenta de que me muevo, se endereza y me mira.

—Ey, no te reconozco para nada —le digo yo—. Estás tan asquerosamente limpia.

Se ríe.

—Pero no durará mucho, puedes estar seguro.

Ángel y Emilio están sentados un poco atrás. Fernando está en la orilla del vagón y observa el terreno que tenemos delante de nosotros. Ya se quitó el vendaje de hojas, la herida en su frente ya cerró y tienen una costra gruesa. Por como se ve, le quedará una cicatriz buena y bonita.

Jaz baja la cabeza y me mira desde abajo.

—Dime, ayer en la noche cuando fuiste con el padre, ¿de qué hablaron?

—Pues, le pregunté si podía mandarle la carta a Juana por mí.

—Sí, eso ya lo sé. ¿Qué más?

—Nada.

—¿Cómo que nada?

—Nada en especial. Creo que dijo que yo, bueno, pues, que yo debo de cuidarte o algo así. Ni idea cómo llegó a eso.

—¿Eh? ¿Hablaron de mí?

—Ay, ¿cómo que hablaron? Él sólo dijo eso y fue todo.

Jaz niega con la cabeza, confundida, luego se ríe.

—Así que *tú* debes cuidar de *mí*, ¿no? Bueno, pues cuidado con que no te encargues de eso.

—No tengo miedo. Ya elaboré un plan exacto para pasarte por México y lograr cruzar la frontera sin que te toquen uno solo de tu preciado pelo.

—¡Wow! ¿Y cuál es el plan?

—Justo ahora no puedes conocerlo, porque entonces harás tonterías y echarás todo a perder.

—¡Ah, así que es un plan secreto!

—Claro. Todos los buenos planes son secretos. Eso está en la naturaleza de la cosa.

Jaz quiere responder algo a eso, pero antes de que pueda hacerlo, se sienta Fernando junto a nosotros y llama también con la mano a Ángel y Emilio.

—Se ve todo tranquilo —dice, mete la mano en su bolsillo del pantalón y saca un par de billetes—. Por cierto, mejor nos lo repartimos. En caso de que nos separen allá arriba en las montañas, ustedes ya saben. Así cada quien tiene algo.

Él cuenta los billetes y los reparte. El dinero es del padre, se lo dio a Fernando cuando nos despedimos de él. Todavía tengo su voz en el oído y me siento infinitamente agradecido cuando pienso en él. No sólo porque nos salvó de la policía, nos dio un lugar donde dormir y algo que comer y después todavía nos proveyó de dinero. No, es más que eso. Luego de toda la mierda que hemos vivido, se trata del conmovedor sentimiento de que hay alguien como él. De que existe la ayuda y la esperanza. Y si eso existe solamente en un único lugar en el mundo, con eso basta.

Mientras escondo mi parte del dinero en el zapato, el trayecto se va haciendo más empinado. En varias vueltas, el tren pasa a lado de un río, cuesta arriba y a paso lento. Pasamos por un sitio con una cascada, su estruendo sobrepasa incluso el ruido de la locomotora. Un poco más tarde, cruzamos a través de una ciudad en donde todas las casas están adornadas con flores e, inmediatamente después, a través de un desfiladero. Se me para la respiración. Es como si nos hubieran arrebatado el suelo de los pies. De repente, ya no hay nada más a ambos lados del tren, sólo un vacío hondo y algunos pilares de un puente. Se siente como si voláramos.

Al finalizar el desfiladero, pasamos entre dos peñas con formas extrañas, se ven como una puerta. Y después, súbitamente yacen ahí frente a nosotros: las montañas, la Sierra Nevada. Se apilan como una pared, como un muro, coronadas con algunos pináculos de blanca nieve.

Fernando señala enfrente.

—Ahí está —dice—. Cuando la dejemos atrás de nosotros, nada más nos detendrá.

Miro hacia arriba, hacia las montañas, se ven casi impenetrables, como mudos gigantes que se nos contraponen.

—Se ve como si no hubiera camino.

—La primera vez que estuve aquí también lo pensé —dice Fernando—. Es como si te dirigieras a un muro, pero en el último momento, siempre hay algún valle a través del cual continuar. Siempre sigue ascendiendo, hasta que estás hasta arriba, sobre las nubes.

—¿Por donde atravesamos hay nieve?

—No, ahora en verano no. A lo más, muy arriba en las cimas, pero no viajamos por ahí, nos quedamos en los valles. A pesar de eso, puede hacer un condenado frío, sobre todo en las noches. Y lo peor son los miserables túneles, a través de los cuáles debemos pasar. Algunos son tan largos que al final terminas medio asfixiado. Es decir, en caso de que siquiera salgas de ahí.

Jaz me mira. No suena especialmente fácil, parece decir su mirada. Pero con Fernando no se sabe si lo que dice es en serio o sólo es una de sus historias. No se sabe si nos quiere prevenir o si nos quiere detener. O ambas cosas a la vez.

—Yo ya estuve dos veces allá arriba en Orizaba —continúa—. Es la montaña más alta de México. Por ahí pasan las vías y puede hacer un frío cabrón. Una vez estaba comiendo en la noche con algunos tipos junto al fuego. El viento soplaba y uno de ellos contó sobre un tipo al que se le metió en la cabeza viajar a través de las montañas en medio invierno, y así como estaba: simplemente con una playera. ¿Y qué pasó cuando lo hizo? Por la noche está helado, comienza a nevar y por la mañana, cuando amanece, el tipo estaba congelado en el techo del tren. Estaba ahí, sentado, sin poder moverse ni una pizca.

—¿Y? —pregunta Ángel—. ¿Qué hizo?

—Bueno, trató de todo para zafarse, por supuesto. Pero no funcionó, estaba tan pegado como una mosca en una telaraña. Y todavía seguía subiendo más y más y se ponía más frío. Finalmente, el pobre diablo simplemente se congeló. Estaba sentado sobre un vagón, viajando como un hombre de nieve a través de la región. Todos los que lo vieron quedaron horrorizados. En algún momento pararon el tren y lo bajaron. Pero duró horas, no pudieron zafarlo con las puras manos. Funcionó hasta que llegó uno con un soplete.

Jaz suspira, luego se sacude.

—Qué bueno que el padre nos dio las cosas —dice ella, saca una sudadera de su mochila y se la pone. Le queda demasiado grande, las mangas le cuelgan hasta los dedos—. Esperemos que con esto no nos pase algo así.

—Si no nos lo hubiera dado, nosotros mismos lo hubiéramos conseguido —dice Fernando—. Además es verano. No tengan miedo, sí lograremos pasar.

El padre pensó también en eso. Después del desayuno, cuando queríamos escabullirnos, nos dio algunas sudaderas y cobijas de los donativos de ropa de su comunidad. Y aunque las cosas están viejas y desde hace mucho carcomidas por la polilla, es cierto que para nosotros podrían ser la salvación en las frías noches de montaña.

Pasamos a través de otra ciudad, luego el tren toma una curva pronunciada a la izquierda y detrás de eso, va definitivamente cuesta arriba hacia la montaña. Se acabó el verdor espeso y profundo que hasta ahora nos ha acompañado, con cada metro que ascendemos, el paisaje se pone más seco y empedrado. De algún modo, es como un regreso al mundo que conozco, pero aun así, no me parece de confianza.

Es como dijo Fernando: nos dirigimos hacia la montaña y parece no haber camino para atravesar. Hasta que nos acercamos más, súbitamente, se abre un valle estrecho que nos recibe. Después continúa ascendiendo, cada vez más inclinado, a través de curvas estrechas y puntiagudas, de un lado hay una pared de roca, del otro lado el abismo. El tren tiene tres locomotoras, una muy enfrente, una al final y otra en algún lugar a la mitad, a pesar de eso, lucha con esfuerzo por avanzar paso a paso.

Entonces está ahí el primer túnel frente a nosotros. No es largo y, mientras lo atravesamos, puedo ver la luz del final. Hay un ruido ensordecedor proveniente de todas partes; el resoplido de las locomotoras y el galope de las ruedas resuenan de derecha e izquierda, de arriba y abajo, de enfrente y atrás, y se intensifican por mil. Es como si estuviéramos en un cañón de fusil desde donde se dispara una bala. Cuando estamos otra vez a la intemperie, me zumban los oídos.

Y todavía continúa subiendo, el paisaje se pone más árido, el aire más delgado, el viento más frío. Me acerco a los demás, entretanto ya todos nos pusimos nuestras sudaderas. Entre más subimos, más empinadas se elevan las montañas. También los túneles son más frecuentes. Cada vez pasan a intervalos más cortos; a veces la locomotora trasera todavía no ha pasado cuando la de enfrente ya alcanzó el siguiente. Entre uno y otro, atravesamos por puentes sobre cañones que están tan profundos que no puedo ver el suelo.

El tren traquetea a través de una curva a lo largo de la pared de roca, después repentinamente se asoma el primer túnel que parece ser realmente largo. Cuando entramos esta vez, del final sólo vemos oscuridad. Pronto se queda totalmente oscuro, no puedo reconocer ni mi propia mano. La espesa humareda de diésel que proviene de la locomotora está en el aire, se junta bajo el techo del túnel, pica los ojos y raspa la garganta. Volteo la cabeza hacia un costado y contengo el aire, pero en algún momento tengo que volver a respirar. Entonces comienza la tos, cada vez que respiro, toso.

Por fin se puede ver el final. En cuanto salimos, agarro aire como si hubiera estado un par de minutos bajo el agua. Tengo una sensación de asfixia en la garganta por la humareda picante, transcurre bastante tiempo hasta que se me pasa. Veo a mi alrededor. Nuevamente hemos subido más y hace más frío. Jaz y Ángel, que se ven bastante pálidos y agotados, se envuelven en su cobija, los demás hacemos lo mismo poco después. Finalmente estamos sentados ahí, jadeantes y con caras descoloridas, pegados unos a otros.

El viaje en ascenso parece no tener fin. Es una eterna variación entre los túneles oscuros, pegajosos y llenos de humareda, donde respiramos con dificultad, y los trayectos en medio con abismos vertiginosos y viento helado, donde tenemos que ponernos la cobija sobre la boca para mantenernos calientes con nuestra propia respiración.

El último túnel es el más largo. Me parece interminable, en algún momento casi creo que nunca más volveré a ver la luz del día. Toso, jadeo y me sofoco, pero todo es absorbido por el ruido del tren. Finalmente parece que el mundo consiste en crujidos y humo. Me doy cuenta de cómo lentamente comienzo a dormitar, en mi cabeza hay un fuerte silbido, todo comienza a dar vueltas. En eso, repentinamente termina el túnel y salimos a la intemperie junto con una nube de humo, gigante y gris.

Pasa un largo rato hasta que sacamos toda la suciedad, tosiendo. En algún momento, Jaz debió arrastrarse debajo de mi cobija durante el túnel, se estremece verdaderamente por un ataque de tos y se apoya en mí. Ángel se desmayó, pero por suerte no se cayó del tren porque está entre Emilio y Fernando. Cuando volvió en sí, le escurrían de la nariz gargajos negros y tiznados.

Después de un par de minutos, otra vez estoy despejado de la cabeza para observar mi alrededor. El mundo ha cambiado. Mientras estábamos en el túnel, tuvimos que haber atravesado las nubes; ahora están debajo de nosotros. Estamos en un altiplano, a ambos lados se elevan montañas cubiertas de nieve, también el Orizaba, lo reconozco de inmediato. Todo a nuestro alrededor está despejado, soleado y frío, el paisaje rocoso y espinoso. Ya no hay más plantíos de melones y de caña de azúcar, en las faldas de las montañas. Junto a las vías ahora crecen cactus.

En algún momento, Jaz también se repuso de su ataque de tos y respira de alivio. Cuando la veo, me echo a reír. Su cara está de color gris oscuro por la humareda tiznada del túnel. Le limpio la punta de la nariz.

—¿Un poco cochina?

Me saca la lengua.

—¿Crees que tú te ves mejor? Te dije que no duraría mucho la limpieza.

Tratamos de quitarnos lo sucio de la cara tanto como fuera posible, pero rápidamente nos damos cuenta de que no tiene caso. La cosa está en cada poro y, además, nuestras manos están por lo menos tan sucias como nuestras caras.

—Es realmente conmovedor verlos —dice Fernando—. Pero bien podrían dejar de hacerlo; sólo se restriegan la mierda de una esquina a la otra. Tomen, tengo algo mejor para pasar el tiempo.

Saca un tubo de pegamento y una bolsa de plástico de su bolsillo. Por lo visto lo compró en Tierra Blanca con el dinero del padre, recuerdo que desapareció en un puesto, casi cuando estábamos afuera de la ciudad. Deja caer unas buenas gotas de pegamento en la bolsa, la infla con fuerza y mete el aire corrosivo a sus pulmones. Lo repite un par de veces.

—¡Ah, qué bueno! —dice él y luego pone los ojos en blanco de placer—. Nunca hay que viajar en las montañas sin el pegamento. Quita el frío y el hambre y pone de buen humor—. Toma otra calada y me pasa la bolsa. Me pongo a pensar que en Tajumulco, durante un tiempo, cuando más inhalaba de la cosa, fue bueno para mí contra la soledad, la tristeza y cada una de estas decepciones de mierda que pasan con frecuencia. Y pienso en los tipos que no salen de eso, que ya no dan más y que sólo se pueden arrastrar y vivir en los basureros. Los de los ojos vidriosos. ¿Pero qué importa? Desde que salí de Tajumulco, no he pensado ni un solo segundo en inhalar; eso se acabó. Y Fernando tiene razón: aquí en el frío, es justo lo indicado.

Hago lo mismo que él y me bombeo como debe ser un par de veces. El rico y agradable calor que ya conozco de antes se expande en mi pecho y sigue de ahí hacia todas partes. Se siente bien, de un golpe se me olvida el túnel con la humareda, el ruido y la oscuridad, el frío se va y las montañas se hacen muy pequeñas.

Luego sigue Jaz en la fila. Toma tres o cuatro caladas profundas. Me doy cuenta de que no es la primera vez que lo prueba. De alguna manera siento como una puñalada. Y aunque en verdad no esperaba que ella hiciera algo diferente a lo que hacemos Fernando, yo y todos los otros de la calle, lo cierto es que me parece raro.

Jaz le pasa la bolsa a Emilio. Él se sirve y luego se la iba a dar a Ángel, pero de repente titubea.

—¿Qué pasa? —pregunta Fernando.

—Todavía está muy chico —dice Emilio.

Fernando niega con la cabeza.

—Él es parte de nosotros. Todo lo que hemos logrado, él también lo ha hecho. Así que no es tan chico. ¡Dale la bolsa!

Ángel también toma su porción, después el pegamento vuelve a estar en manos de Fernando y él lo guarda. Como es costumbre, hizo su efecto. Mientras el tren sigue avanzando por el altiplano, estamos ahí sentados, disfrutando el cálido hormigueo en el cuerpo y la victoria sobre el túnel y las montañas.

—Dime, Ángel —interrumpe Jaz el silencio en algún momento—. En Tecún Umán, en el albergue, contaste que querías llegar con tu hermano. ¿Cómo está eso? ¿Qué pasa con tus padres?

—Quiero ir con Santiago —contesta Ángel. Ya se sobrepuso muy bien de la laguna del túnel y lo que Fernando acaba de decir sobre él, debió darle un impulso, pues creció un par de centímetros debajo de su cobija—. Él es mi hermano, es cinco años más grande que yo.

—Sí, pero…

—Nunca conocí a mis padres. Santiago siempre se encargó de mí. Primero vivíamos con nuestros abuelos. Pero Santiago se peleó con ellos, porque ellos siempre se metían con él. Por eso se largó a la ciudad, en medio de la noche, y me llevó con él.

—¿Así nada más? —pregunta Jaz—. ¿No conocían a nadie?

—Primero no, pero después sí. Santiago conoció mucha gente, él sabe cómo funciona eso. No pasó mucho en lo que él se convirtió en uno de los grandes en la ciudad.

—Wow, parece ser un tipo muy chivo[7] —dice Fernando—. ¿De qué vivían?

—La mayor parte del dinero la conseguía Santiago, con negocios. Pero yo también ganaba un poco, en la calle.

Fernando se ríe con sarcasmo.

—¿Qué? ¿Robabas?

—¡No! —dice Ángel y enojado frunce el ceño.

—Todo menos eso.

—¿Y cuándo se fue Santiago a EUA? —pregunta Jaz.

—Hace dos años. Él dijo que tenía que irse y que no podía quedarse, por sus negocios. Dijo que preferiría llevarme en ese momento con él, pero que no funcionaría. Debía tener un poco de paciencia,

---

7 En El Salvador significa genial, grandioso.

que no sería por mucho, luego él me mandaría traer. Que él tenía todo exactamente planeado. Después se fue.

—¿Eso quiere decir que te dejó solo?

—Santiago nunca me hubiera dejado solo —dice enfurecido.

—Dos de sus amigos me cuidaron. Les mandaba dinero para mí y también llamaba por teléfono. Él me contó que estaba en Los Ángeles y que pertenecía a una de las pandillas, y que yo también podía ser parte, cuando me mandara traer. Sólo tenía que ser algunos años mayor. Pero no quise esperar tanto, quería ir con él.

—Ah, entiendo. ¿Y por eso te fuiste?

—Sí. Pero primero trabajé para un chofer de autobús un par de meses para juntar un poco de dinero.

—¿Para un chofer de autobús? —dice Fernando—. ¿Así que eras uno de los hombrecillos que vocean siempre en las paradas de autobús?

—Hice mucho más que eso —responde Ángel y lo mira enojado—. A las seis de la mañana, cuando el chofer todavía no llegaba, yo preparaba el autobús. Lo limpiaba, lo llenaba de aceite y anticongelante, para que de inmediato pudiera salir. Después viajaba con el chofer. Voceaba en las paradas, juntaba el dinero y guardaba el equipaje. Eso hasta las nueve de la noche. Y por las noches dormía en el autobús para que nadie lo robara.

—Nada mal —dice Fernando elogiándolo—. Sí que te mataste trabajando, chico.

Ángel asiente con la cabeza.

—Ni se imaginan qué cosas tan geniales me ha contado Santiago. Mientras él es uno de los líderes de su pandilla, todos lo escuchan y hacen lo que él dice que está bien. Tienen su propio departamento, para él solo, y gana un montón de dinero y...

—¿Él sabe que tú vas? —lo interrumpe Fernando.

—No, lo quiero sorprender.

Jaz me lanza una rápida mirada. Sonríe por un momento, pero de algún modo se ve triste.

—Lo lograrás, Ángel —dice ella—. Encontrarás a tu hermano. De verdad deseo que lo logres.

Después cambia rápidamente el tema. Comenzamos a platicar sobre cómo será cuando lleguemos a EUA. Lo que nos espera ahí, lo que haremos y lo que cada uno ha escuchado por aquí y por allá. Es decir, Jaz, Fernando y Ángel platican sobre eso y de vez en cuando, incluso Emilio un poco. Yo sólo estoy sentado ahí y escucho. Siento a Jaz junto a mí y miro a los demás, de repente tengo una cálida sensación, y no es ni de la inhalada, ni de la sudadera ni de la cobija, y pienso: aun cuando el viaje es tan fatigoso, peligroso y jodido, probablemente nunca había encontrado algo tan bonito como la amistad de ellos.

—¿Saben? —digo yo en algún momento, justo cuando se quedaron en silencio—. Da igual lo que venga, si logramos cruzar la frontera o si nos agarran y nos mandan de regreso o lo que sea que nos pase, yo nunca olvidaré esto. Sobre todo a ustedes.

Apenas se me salió, yo mismo me sorprendí de haberlo dicho. Y los demás con más razón, todos me miran asombrados.

—Hombre, el sermón del padre parece ser bastante contagioso —dice Fernando finalmente—. ¿Alguien más tiene algo que confesar, antes de que anochezca?

—Ay, Fernando, cierra la boca—dice Jaz—. En realidad no eres tan chivo como crees. Muy dentro de ti seguro tienes un corazón, aun cuando tú mismo ni siquiera lo sepas.

—Gracias por creer en mí, me salvaste el día —dice Fernando. Luego se aparta de Jaz—. No, en serio. De cierta manera tienes razón —me dice—. Pero las amistades entre gente como nosotros son siempre amistades temporales. En algún momento nos perderemos de vista, por muy tarde en la frontera, y después de eso probablemente no nos volveremos a ver. Así son las cosas, nada va a cambiar.

—Puede ser —dice Jaz—. Pero me estoy imaginando cómo sería si en algún momento, en varios años o así, cómo sería cuando lo hayamos logrado...

—Te refieres a cuando ya no viajemos en trenes de carga, sino en unos súper cochazos —Fernando le arrebata la palabra.

—No, me refiero...

—Y cuando ya no inhalemos pegamento, sino que fumemos cigarros caros.

—¡Ay, carajo, deja ya de interrumpirme! Me refiero a cuando esto termine y hayamos encontrado a la gente que buscamos y estemos junto a ellos, y cuando simplemente mejoren los tiempos. Eso sería genial y espero que a todos nos llegue. Sólo que... mejores amigos que ahora, probablemente nunca más los encontremos, ¿no lo creen?

Fernando se quita su cobija y mira hacia las montañas. De repente, ya no se nota en su rostro ni una huella de ironía ni de superioridad.

—Tienes razón, Jaz —dice—. En los momentos más oscuros, las amistades son siempre lo más luminoso.

—¡Oigan, chicos, agárrenla! —nos grita el hombre desde abajo, y antes de que entendamos lo que ocurre, arroja su bolsa sobre nuestro vagón.

Emilio es el que reacciona con más rapidez y la agarra en el aire. El hombre corre a lado del tren, se columpia sobre la escalera y poco después está sobre el techo.

—Puf, lo logré —jadea aliviado y se acerca a nosotros—. ¿Saben algo? Cuando el tren se apareció, me dije a mí mismo: parece que se puede confiar en esos cinco chicos de arriba. Seguro ayudarán al viejo Alberto.

Toma la bolsa de Emilio y le agradece.

—Así me llamo: Alberto. ¿Tienen algo en contra si me siento con ustedes?

Nadie de nosotros dice nada, lo toma como aprobación y se sienta. Lo miro con mayor detenimiento. Por su ropa sucia y su agreste apariencia se puede ver de inmediato que el viejo lleva demasiado tiempo en el camino. Una barba espesa y gris cubre de la mitad para abajo de su rostro y desde arriba le caen los cabellos sobre la frente hasta los ojos. Hay algo sombrío en él, pero a pesar de ello, de alguna manera tengo el presentimiento de que es un buen tipo.

—¿Siempre hace eso con su bolsa? —pregunta Jaz.

Como siempre que hay un extraño entre nosotros, habla con la voz oscura y ronca de un chico. Ya le sale muy bien, ha aprendido algo de eso durante el viaje.

—No —dice Alberto y niega con su melena—. Pero ayer casi me pesca. Cuando quise brincar al tren, la correa de la bolsa se enredó y por poco caigo sobre los rieles. Entonces pensé: Alberto, hoy serás más listo. Y como pueden ver, lo fui.

—Pero sólo porque confió en nosotros —dice Ángel.

—Por supuesto. De otra forma no se puede, ¿o sí? ¡A dónde llegaríamos si no podemos confiar los unos en los otros! Quiero decir, con toda la mierda que pasa aquí, por lo menos debemos ayudarnos entre nosotros, de otra manera estamos perdidos. ¿No les parece?

Pone una mano sobre el hombro de Fernando que está sentado a su lado. Fernando gira lentamente la cabeza en su dirección, arruga la frente y observa la mano como si fuera un insecto venenoso. Alberto la quita apresurado.

—Hace algunos días, por ejemplo —continúa rápidamente—, estaba sobre un tren, oscureció y yo estaba muerto de cansancio. De hecho no podía dormirme pues había muchas curvas y el tren se balanceaba de un lado a otro. Pero entonces pensé que podía sujetarme al jabalcón con mi cinturón. Así que lo hice y me dormí felizmente. Pero a mitad de la noche… —abrió su bolsa, buscó por todas partes y sacó un cinturón que estaba roto en dos como muestra de su historia—… hizo ¡pum!, se rompió, y antes de que supiera lo que pasaba, estaba rodando del techo. Quiero decir, hubiera rodado hacia abajo, de no ser por dos personas que casualmente estaban sentadas cerca, tuvieron cuidado y me agarraron. Ven, eso es a lo que me refiero. ¿Qué sería de nosotros si no nos ayudáramos? —mete las dos partes del cinturón en su bolsa—. Por cierto, ¿tienen hambre?

Ya pasa del mediodía. Llevamos algunas horas en camino sobre el altiplano, pasamos entre enormes montañas a los lados, junto a campos de maíz y cereales, cactus enormes y pueblos con iglesias blancas como nieve. Apenas hemos tocado las provisiones que el padre nos dio. Ninguno de nosotros tiene hambre.

—No —dice Jaz, —nosotros tenemos aún…

Alberto saca una barra de chocolate.

—Eh… quiero decir que nosotros aún no hemos comido nada —Jaz arregla rápidamente lo que dice—. Es decir, yo tengo hambre.

—Yo también —dice Ángel.

Alberto ríe y parte con un crujido el chocolate y nos los pasa. Jaz y Ángel son los primeros en tomar un poco, después Emilio y yo agarramos un poco y finalmente incluso Fernando toma un pedazo.

Ya no sé cuándo fue la última vez que comí algo dulce. Alguna vez en Tajumulco, claro, pero todo lo que ocurrió ahí ya me parece de tiempos remotos. No parece que hayan pasado semanas desde entonces, sino años, y hay muchas cosas que ya no puedo recordar, como si estuviera todo detrás de un velo. Mientras estamos ahí sentados y mordisqueamos el chocolate, Alberto nos revela de dónde es y lo que ha vivido durante su viaje por México. Es un buen narrador. Bueno, tal vez no lo hace tan bien como Fernando, pero de cualquier manera nos divierte escucharlo. Nos dice que éste es su sexto intento y después nos cuenta lo que salió mal las otras cinco veces. Es curioso, pero las historias me parecen extrañamente conocidas.

—¿Y ustedes? —pregunta finalmente, cuando ya nada se le ocurre a él mismo—. ¿Qué número de tour es éste para ustedes?

—Ehm, el primero —contesta Jaz.

Cuando escucha que Emilio, Ángel y yo somos primerizos, se queda boquiabierto.

—¿En serio? —nos cuestiona—. ¿Cómo le hicieron? ¡Son condenadamente jóvenes y en su primer intento llegan hasta las montañas! Pueden estar orgullosos de ustedes mismos, hombre. Otros sueñan con eso.

—No es nuestro mérito —le digo a él—. Lo hemos logrado gracias a Fernando. Conoce bien México, y sabe cómo funciona la cosa y…

Antes de que pueda seguir hablando, Fernando me interrumpe.

—Oye, Miguel —dice—. Todo está bien. Eso no viene al cuento.

Me echa una rápida mirada. Sé que no le gusta que hablemos de él y mejor me quedo callado.

—Fernando además conoce a un mara —dice Ángel—. Un mara de verdad. Él nos protegió.

Alberto levanta la cabeza de golpe, parece que eso le interesa.

—Pero él ya no está con ustedes, ¿o sí?

—No —dice Ángel—. Él nos llevó por Chiapas.

—Ah, eso está bien. Muy inteligente de su parte. Las montañas tampoco son cosa fácil, dejen que se los diga el viejo Alberto. Deben mantener los ojos bien abiertos.

—¿Aquí hay redadas? —pregunta Jaz.

—Ah, no, de hecho no. Los cuicos están allá abajo, aquí arriba no se ven muchos de esos. En realidad el problema en las montañas son las bandas de gentuza. Tipos condenadamente desagradables, pueden creerme. Se mueven alrededor de las vías del tren, dan su golpe y desparecen en sus escondites en las montañas.

—¿Cómo lo sabe? —pregunta Emilio—. ¿Se ha topado con alguno de ellos?

Alberto titubea. Se alisa la barba, sus dedos tiemblan.

—Me asaltaron —dice—. Durante mi cuarto recorrido. Por suerte puedo decir que sobreviví. A esos tipos les importa un comino la vida de la gente. Me quitaron todo y me aventaron del tren. De alguna manera logré llegar al lugar más próximo y un médico me curó ahí. Él y su esposa me cuidaron como si fuera parte de su familia. Hasta hoy les sigo agradecido. El viejo Alberto nunca olvida cuando alguien hace algo bueno por él.

—Nosotros mismos apenas vivimos algo parecido —dice Ángel y sus ojos se iluminan—. El padre de Tierra Blanca. Él nos salvó de la chota y nos permitió dormir en su iglesia.

Alberto se queda pensando.

—Sí, creo que ya he escuchado algo sobre ese padre. ¿En Tierra blanca, dices? Por desgracia no me lo he encontrado, pero después de lo que me ha contado la gente, debe ser una persona magnífica.

—Sí, lo es —dice Ángel—. Cuando nos fuimos incluso nos dio dinero para podernos comprar algo para comer y no tener que mendigar o robar.

Alberto asintió elogiosamente.

—¿Ven? Eso es justo a lo que me refiero. Puedes hablar de suerte cuando te encuentras con ese tipo de personas. Este médico, por ejemplo, me dijo en aquel entonces qué lugares eran especialmente peligrosos cuando estuve preparado para poder continuar con mi viaje.

Fernando aguza los oídos cuando escucha eso.

—¿Sabe en dónde acechan los bandidos?

—Bueno, pues, sé por lo menos en lo que hay que tener cuidado y cómo reconocerlos.

Se interrumpe y nos mira pensativo.

—Miren muchachos, ustedes me agradan. ¿Qué les parece si nos unimos? No tiene que ser para siempre. Sólo durante las montañas. Es cierto que mis ojos son un poco más viejos que los de ustedes, pero justo por eso ven cosas que ustedes no ven. ¿Qué opinan?

—No lo sé —dice Fernando—. ¿Qué saca usted de esto?

—Bueno, me alegra no estar solo aquí arriba —responde Alberto y se ríe—. Está muy claro: ¿quién si no va a agarrar mi bolsa y a comerse mis chocolates?

Por supuesto que ése es un argumento. Yo no tengo nada en contra de su compañía y parece que Jaz, Ángel y Emilio tienen la misma opinión. Sólo Fernando parece tener un poco de desconfianza. Pero eso no dice mucho. De hecho, él siempre es desconfiado, incluso con el padre se comportó así. Le insistimos durante largo tiempo y al final encoje los hombros y no dice nada más en contra de que Alberto se nos una.

Poco después el tren se detiene en una vía de cruce en pleno trayecto. Ya comienza a anochecer y es probable que el conductor quiera pasarse algo entre los dientes con calma. Saltamos del tren y nos dispersamos para tumbarnos en los arbustos y para buscar un arroyo en donde rellenar nuestras botellas.

Camino por la zona, me hace bien andar un poco. Después de un rato noto un cactus que está parado cerca y que de alguna manera se ve chistoso. Parece un *cowboy* amenazado por un revólver y por eso mantiene los brazos alzados. Me acerco, orino sobre él y me imagino que me abraza con sus brazos espinosos. Luego me divierto apuntando hacia las puntas de sus espinas, se doblan cuando el chorro les da y es lo suficientemente fuerte.

Cuando cierro mi braguueta veo que Alberto está parado un tramo más adelante. Al parecer acaba de hablar por teléfono pues apaga su celular y lo guarda. Ni siquiera tenía idea de que tuviera uno. Se da la vuelta y me descubre, vacila un poco y después me hace señas para que me acerque.

—Oye, muchacho —me dice cuando ya estoy a su lado—. Lo acabo de localizar.

—¿A quién, pues?

—Bueno, al médico del que les había contado. No estamos demasiado lejos del lugar donde vive. Dijo que podíamos pasar la noche en su casa.

—¿Qué? ¿Todos nosotros?

—Por supuesto. Si nos acercamos un poco más, llegamos. Es maravilloso, ¿no?

—Sí, está genial.

Regresamos al tren y les contamos a los otros conforme van subiendo. Todos están sorprendidos. Ahora que ya ha oscurecido se siente lo fría que será la noche. De verdad es una buena noticia que podamos tener un techo sobre nuestras cabezas y que no nos tengamos que congelar.

—Ah, no saben cuánto me alegra ver nuevamente a esas personas —dice Alberto—. No me avergüencen, ¿me escuchan? Lávense las orejas y no eructen en la mesa. Sí lo lograrán.

Cuando el tren parte de nuevo ya está oscuro. Atosigamos a Alberto con preguntas: cuánto falta para el lugar, cómo se llama en realidad ese lugar, qué tan grande es la casa de ese médico, si tiene hijos y todo lo que se nos ocurre. Alberto nos cuenta todo y mientras lo escuchamos, me resulta claro de una vez qué tan fascinante es todo eso. Desde que llegamos al río Suchiate nos han perseguido, cazado, pisoteado y golpeado, y ahora –en medio de este enorme país–, ¡de repente hay alguien que ni siquiera nos conoce y sin embargo nos abre las puertas de su casa como si fuéramos buenos conocidos! Simplemente estoy agradecido cuando pienso en eso.

También los demás están del mejor humor, sobre todo Jaz y Ángel. Comenzamos a relatar las aventuras que hemos vivido durante nuestro viaje. Siempre que uno ha terminado, a otro se le ocurre algo nuevo y mejor. Alberto quiere saber todo con exactitud y se interesa por cada detalle. Así, el tiempo pasa volando, el tren traquetea a través de la noche y ya no prestamos atención a lo que pasa a nuestro alrededor.

En algún momento la luna se posa sobre el horizonte y el cielo se aclara un poco. Veo a mi alrededor. La zona por la que pasamos parece fantasmal y sólo se pueden percibir algunas siluetas borrosas. De pronto, de reojo me doy cuenta de un movimiento. Miro con más exactitud y entonces me recorre la espalda un helado escalofrío. Ahí está parado alguien, en la esquina del techo, ¡en la punta más alta de la escalera!

Pero antes de que pueda hacer o decir algo, Fernando, que está sentado frente a mí, se levanta de un salto y mira fijamente detrás de mí. Me doy la vuelta. También del otro lado hay una figura a la luz de la luna. No, incluso son dos que debieron haber subido por ambos lados de la escalera. Primero no se mueven, pero en cuanto ven que las hemos notado, se acercan lentamente. No puedo reconocer sus caras. Sólo que están armados, una incluso trae un fusil.

Antes de que pueda pensar con claridad, los tres ya están parados a nuestro alrededor. Ninguno de ellos dice nada pero toda la manera en que se mueven y están parados hace evidente que no tienen buenas intenciones con nosotros. Miro a Fernando. Maquina algo en su mente, después se sienta paulatinamente, casi como en cámara lenta.

—¿Son ellos? —finalmente rompe el silencio uno de los hombres. Es el que trae el fusil.

Al principio nadie le contesta. En realidad no entiendo muy bien a quién está dirigida la pregunta ni lo que significa. Después Alberto se levanta de pronto.

—Sí, son ellos —titubea un poco y después nos mira y levanta los hombros—. Lo siento, compañeros. Me agradan, de verdad. Pero así es la vida. A veces ganas, a veces pierdes. Para la próxima vez tendrán más suerte.

Se para junto a los hombres. Siento como si me hubieran golpeado en la cara. Primero no quiero creer que en verdad es lo que parece ser, pero después miro a Fernando que cierra los puños, lleno de rabia e impotente. Entonces me queda claro con quién había hablado el viejo antes y, sobre todo, que la cosa estaba planeada desde el principio. Desde el momento en que este mentiroso tipo de mierda nos aventó su bolsa, todo estaba planeado. Todas sus historias eran puras mentiras. Lo del médico era mentira. Ni siquiera el chocolate era de verdad, sino una parte de la maldita mentira.

—Pues sí, así hay que ver las cosas —dice el que trae el fusil—. Y si les interesa sobrevivir una vez más, quédense bien sentaditos y dennos lo que queremos.

Toma su fusil del hombro y lo dirige hacia nosotros. No lo pienso mucho cuando veo la boca. Y aunque es una infamia que el dinero que nos dio el padre termine justamente con estos tipos, lo cierto es que no dárselos sería como suicidarse. Así que saco los billetes de mi zapato y se los paso; los demás hacen lo mismo.

—Bien —dice el del fusil mientras sus compinches reúnen el dinero—. ¡Y ahora sus zapatos!

—Ya no tenemos nada en los zapatos —dice Fernando—. Les hemos dado todo…

—¡Cierra el hocico! —le echa bronca el bandido—. ¿Quién te pidió tu opinión?

Fernando no responde.

El cañón del fusil se dirige hacia él.

—¿Que si alguien te pidió tu opinión de mierda?

—No —gruñe Fernando.

—Precisamente. Y como es así, repite después de mí: «Sólo hablo cuando me piden mi opinión de mierda».

—Sí, ya entendí.

—No me interesa si entendiste. Dije que tenías que repetir lo que yo dijera. ¿O quieres que te meta una bala en tu maldito cráneo?

La cara de Fernando está tan pálida como la de un muerto y sus ojos son sólo una hendidura.

—Sólo hablo cuando me piden mi opinión de mierda —dice entre dientes.

Verdaderamente puedo sentir su rabia.

—Muy bien, así está bien. Has aprendido algo más esta noche. ¡Ahora dennos los zapatos!

Le aventamos nuestros zapatos. Los examinan pero no encuentran nada.

—Caray, de verdad no habían escondido nada —dice el que tiene el fusil—. Parece ser que son chicos bastante buenos. Bueno, y para que ahí quede la cosa y no se les ocurran tonterías…

Les hace una seña a los demás. Toman los zapatos y los avientan del tren, uno tras otro en plena curva. Puedo escuchar cómo dan contra el piso o crujen en los arbustos.

—Así frenaremos sus ganas de hacer algo en caso de que crean que pueden recuperar su dinero.

—También los encontraré sin zapatos —murmura Fernando para sí.

Yo puedo entenderlo porque está sentado justo a mi lado, pero parece que también el líder de los bandidos lo ha escuchado.

—¿Qué dijiste? —le pregunta y se para delante de él.

—Dije que no queremos recuperar el dinero —explica Fernando.

—Qué raro. Podría jurar que entendí otra cosa. ¡Vamos, párate y date la vuelta!

Fernando hace lo que le dice pero a paso tortuga. Entonces se quedan parados viéndose ojo a ojo.

—Hombre, si pudieras ver la rabia que hay en tus ojos. ¡Ah, y ahora! Ahora intentas ocultarla. Pero no puedes, simplemente sale de ti. ¿Sabes? Conozco a tipos como tú. Te encantaría matarme, ¿no es así? En este momento estás pensando cómo puedes arreglártelas de la mejor manera —se hace a un lado—. ¡Vamos, amárrenlo y aviéntenlo del tren! —le dice a su gente.

Parece que ya conocen la orden. De inmediato se acercan a Fernando y lo agarran. Fernando opone resistencia pero no tiene oportunidad contra dos adultos. Uno de ellos le pone un cuchillo sobre la garganta y el otro le pone las manos en su espalda y se las ata con una cuerda.

Todo ocurre tan rápido; estoy como paralizado. Veo el rostro gesticulante de Fernando frente a mí, el cuchillo en su garganta, la cuerda y sus muñecas. Pero no puedo mover un solo dedo.

Entonces Emilio se levanta de repente.

—¡Déjenlo! —grita.

El líder de los bandidos se voltea hacia él.

—¿Qué dijiste, indio de mierda?

—Que deben dejarlo. No hizo nada.

—¿Ah, eso piensas? Muy bien, ahora empezaremos contigo. De cualquier manera es el orden que dios manda.

Sus hombres sueltan a Fernando y lo avientan en nuestra dirección de tal manera que choca sobre el techo, entre Jaz, Ángel y yo. Después agarran a Emilio, lo que parece divertirles más que antes con Fernando. Al resistirse, sin vacilar uno lo golpea con el puño en la cara y el otro le sujeta las manos por detrás.

Fernando hierve de furia. Se levanta y quiere saltar cuando se escucha un clic fuerte y metálico. El líder de los bandidos le quitó el seguro a su fusil y apunta con éste a Fernando; el cañón está apenas a un brazo de distancia de su cabeza. Se inmoviliza en medio del movimiento.

Entretanto, ambos hombres han atado a Emilio. En secreto, dentro de mí espero que la orden de aventar a uno de nosotros del tren no sea en serio. Sólo una amenaza para intimidarnos. Para enseñarnos lo que puede pasar si no obedecemos. Pero entonces tengo que ver cómo, de hecho, arrastran a Emilio hacia la orilla del techo y lo arrojan de cabeza hacia la oscuridad.

Jaz y Ángel gritan. Antes de que me quede claro lo que pasó, ambos hombres están de vuelta y quieren agarrar a Fernando. Pero justo cuando lo hacen, se entromete el viejo que nos metió en este lío y que hasta ese momento se había quedado en la parte de atrás. Les grita que esperen. Después camina hacia el líder y le dice algo.

Éste se ríe burlonamente.

—¿Te hiciste amigo de estos tipos o qué? ¿Cuál fue el truco de hoy? ¿El bondadoso y viejo Alberto? Ya puedes guardarlo en su cajón, ya no lo necesitamos.

—No se trata de eso —dice el viejo.

Se aparta de nosotros y susurra, pero puedo entender la mayor parte de lo que dice.

—Tú sabes cómo es la cosa. A nadie le interesa un indio muerto, ¿pero qué crees que pasará si encuentran otros cuatro cadáveres junto a las vías?

—Sí, ¿y? Para entonces ya estaremos lejos.

—Sí, pero queremos regresar aquí y seguir trabajando con tranquilidad. Déjalos ir, ¿me escuchas? Ya vieron lo que les espera si hacen tonterías. No pueden ir con la chota, no tienen papeles. Y tampoco tienen zapatos ya. ¿Qué podrían hacer?

—Ay, anciano, déjate de tonterías —dice el líder y niega con la cabeza—. Te estás haciendo muy blando para el negocio. ¿Qué demonios debo hacer contigo?

Pero al parecer las palabras del viejo sí tienen impresión sobre él, ya que después de titubear un poco coloca el fusil de nuevo sobre el hombro y se voltea hacia nosotros.

—¡Vamos, váyanse! —nos ordena—. Y recuerden siempre esto: si nos siguen o si van con la policía, están muertos.

Nos ponemos de pie de un salto y caminamos hacia las escaleras. Mi único pensamiento es bajarme tan rápido como sea posible del tren, alejarme de estos tipos brutales ¡y encontrar a Emilio!

Mientras bajo apenas logro sujetarme de la escalera con los pies descalzos. El tren va demasiado rápido; se siente en el viento. Jaz baja después de mí; escucho que es ella por los sonidos. Ahora llego al último travesaño. No se puede ver el suelo, sólo algunas sombras como de matorrales que pasan.

—Ten cuidado —grito hacia arriba, después, junto todo mi valor y brinco.

Todo lo que puedo percibir es un dolor punzante e insoportable sobre las plantas de los pies que palpita por todo mi cuerpo. Grito, me vuelco y choco contra un obstáculo. Inmediatamente después pierdo el conocimiento.

El desmayo no pudo haber durado mucho, pues al despertar aún se escuchaban los sonidos del tren en la lejanía. Después, todo quedó en silencio. Intento moverme pero algo me detiene y cuando intento hacerlo con todas mis fuerzas es como si me pincharan miles de agujas. Abro los ojos y me doy cuenta de que estoy colgado de un arbusto y que las agujas son espinas que han perforado mi piel y mi ropa.

—¡Miguel! —una voz suena desde algún lugar.

Es un grito ahogado y difícil de entender; suena como si fuera Jaz.

—Sí, aquí estoy. ¿Jaz? ¿Cómo estás?

—No estoy mal. Espera, voy hacia ti. ¿En dónde estás?

—Aquí, en un maldito zarzal. Tienes que sacarme de alguna manera de esta cosa.

Escucho cómo se abre camino hacia mí. Por fin está aquí y se puede ver en la fría luz de la luna. ¡Gracias a Dios, parece que nada le pasó! Por lo menos a primera vista parece que no le falta nada.

—¿No pudiste encontrar un mejor lugar para aterrizar? —me pregunta llena de reproches y se acuclilla frente a mí.

—Alégrate de que haya brincado antes que tú, si no tú hubieras caído aquí. ¡Y ahora deja de presumir y sácame de aquí!

Jaz comienza a sacar las ramas espinosas de mi ropa. Algunas veces se pincha ella misma en los dedos con una espina y suspira hondamente, pero cada vez continúa como si no hubiera pasado nada. Pronto puedo moverme y ayudarla, y no pasa mucho tiempo hasta que la maleza me pone en libertad.

Nos subimos al terraplén y llamamos a Fernando y a Ángel. Al principio no se mueve nada por un largo rato, después los dos aparecen del otro lado de las vías y se arrastran hacia nosotros. Ángel cojea y Fernando se sostiene la cabeza. Cuando ya están con nosotros, vemos que la herida de su frente se abrió de nuevo. Arrancó un pedazo de su playera y la presiona en la frente, pero de todas formas su cara está llena de sangre.

Jaz quiere ayudarlo y ver la herida, pero él se rehúsa.

—Da igual, quítame las manos de encima —dice y hace a un lado la mano de Jaz—. No nos merecemos nada menos que la bronca en que nos metimos.

—¿Cómo que nos merecemos?

—Bueno, no es difícil de entenderlo. ¡Cómo demonios se puede estar tan tonto para dejarse engañar por ese viejo de mierda! Nos engañó, según todas las reglas del arte, y nos dejamos seducir como niños pequeños.

Se voltea hacia Ángel.

—¡Sobre todo tú, hombre! Justamente a este bastardo, completamente extraño, le cuentas sobre la plata que tenemos. Una sola persona no puede ser tan tonta.

Ángel no dice nada, sólo deja caer su cabeza.

—De verdad había pensado que tenías más sesos en la cabeza. Pero me dejé engañar. Lo mejor será que te largues al lugar de donde viniste.

—Ya déjalo, Fernando —dice Jaz—. Si Ángel no se lo hubiera contado es probable que yo lo hubiera hecho. Yo también confiaba en el viejo.

Me mira.

—Y tú también, ¿no es así?

—Sí, yo también dejé que me engañara.

Fernando resopla y avienta los jirones de tela ensangrentados que aún sostiene sobre su frente. Después me fulmina con la mirada.

—¡Sí, tú! Tú eres tan increíblemente listo que incluso lo ves hablar por teléfono sin que comprendas de qué va la cosa. ¡No se puede confiar en ti, héroe!

—¡Maldita sea, Fernando! —injuria Jaz. —Deja de descargar tu furia en los demás. Sólo estás enojado contigo mismo porque siempre trataste miserablemente a Emilio y, a pesar de ello, él metió las manos al fuego por ti.

Al momento siguiente Fernando explota.

—¡No digas tanta maldita mierda! —reprende a Jaz y le da un empujón que hace que se vaya para atrás y caiga—. ¡Ya déjame en paz con toda tu psicocaca!

Brinco entre los dos y empujo a Fernando.

—Y tú déjala en paz, ¿entendido?

—¿Ah, sí? Pero quiere que la traten como a un chico, ¿no? Pues así lo haré.

—Puedes intentarlo si te atreves. Ya verás qué sacas de eso.

—Basta ya, los dos —maldice Jaz desde atrás—. ¡Miguel, hazte a un lado!

Titubeo un momento y después hago lo que me dice.

—¡Fernando!

—¿Qué quieres?

—Lo vamos a encontrar, Fernando —dice Jaz—. Seguro encontraremos a Emilio.

Fernando respira profundamente. Presiona los dientes y puedo ver cómo se le alzan los pómulos. De pronto algo brilla en sus ojos.

—Yo debí de haberme dado cuenta —dice—. Justo en el momento en que el viejo supo lo del dinero lo hubiera echado del tren con un puñetazo. O más tarde, cuando Miguel me contó la cosa con el celular, debió de haberse encendido dentro de mí la alarma. Lo eché a perder.

—Ésas son tonterías, Fernando —dice Jaz, se incorpora y se levanta—. No puedes prever todo. Hay cosas que simplemente pasan sin que tú puedas hacer algo. Y no siempre alguien tiene la culpa.

Fernando, molesto, niega con la mano.

—Ésas son tonterías. ¿Les digo cuándo empezó todo la mierda? Con el padre, en Tierra Blanca.

—¿Cómo se te ocurre eso? Deja al padre fuera de esto. Él no tiene nada que ver con esto.

—Y vaya que tiene que ver con esto. Incluso él tiene que ver mucho con esto. No digo nada en contra de él, por sí mismo, él es un buen tipo. Pero el problema es que cuando te topas con alguien como él, comienzas a confiar nuevamente en la gente. Y ése es el peor error que puedes cometer. Estás perdido cuando confías en los demás sin conocerlos. Pueden creerme, si no nos hubiéramos encontrado con el padre tampoco nos hubiéramos dejado engañar por el viejo.

—Puede que tengas razón —le digo—. Porque para empezar no hubiéramos llegado tan lejos.

—Ah, basta, eso no sirve de nada—dice Jaz—. Estamos aquí parados peleando y Emilio está por ahí afuera y necesita ayuda.

Se dirige a Fernando.

—Qué tan lejos creen que esté el lugar en donde lo...

Fernando traga saliva. Se queda mirando el suelo durante un largo tiempo; al parecer intenta tranquilizarse y poner en claro sus pensamientos.

—Creo que dos o tres kilómetros —dice finalmente y se limpia unas gotas de sangre que le corren por los ojos.

Después señala a lo largo de las vías en dirección de donde veníamos.

—Bien, vamos. Lo mejor será que vayamos entre las vías, todo lo demás en la oscuridad es demasiado peligroso. Tengan cuidado de pisar sólo en los maderos y no entre ellos, sino se van a lastimar los pies. Llamamos a Emilio y si él... quiero decir, si no está desmayado o algo así, nos escuchará y se reportará.

La propuesta suena bien, en cualquier caso ninguno de nosotros tiene una mejor. Así que nos marchamos, Fernando hasta adelante, después Ángel, detrás de él Jaz y yo al final. Por suerte el cielo está un poco más claro, la luna está en lo alto del cielo y también podemos ver algunas estrellas. A pesar de eso, sólo podemos observar un pedazo de la vía y, en el mejor de los casos, algunos arbustos o cactus a los lados; detrás de eso todo desaparece en la oscuridad.

Cuesta trabajo caminar sobre los maderos con los pies descalzos. La madera es áspera, a veces, también resbalosa por el aceite de los trenes; tanteo hacia delante con cada pisada. Siempre hay pequeñas piedras afiladas en el camino y cada vez que piso una, el dolor sube por mi cuerpo entero.

Después de caminar unos cuantos minutos, empezamos a llamar a Emilio. La mayoría de las veces lo hace Fernando, él tiene la voz más fuerte de todos nosotros, a veces también lo hace Jaz. Luego escuchamos, pero no hay ninguna respuesta más que algunos sonidos de animales o el crujido o crepitar en la maleza junto al camino. Sin importar cuánto gritemos, Emilio no se reporta.

Seguimos caminando a través de la noche. En algún momento me doy cuenta de que Ángel y Jaz van más lento. Es seguro que llevemos más de una hora caminando y que ya hayamos pasado el lugar en el que los bandidos aventaron a Emilio del tren. Me duelen las plantas de los pies; siento que están ensangrentadas. Parece que a Ángel le va peor, ya no puede colocar un pie delante del otro. Un hueco grande se abre entre él y Fernando.

—¡Oye, Fernando! —le grito.

Fernando se queda parado. Pero no porque lo llamé sino para colocar sus manos alrededor de su boca y llamar nuevamente a Emilio. Cuando se calla, continúa caminando. Lo llamo de nuevo pero no me escucha –o no me quiere escuchar. Apenas podemos verlo; ya ha desaparecido en la oscuridad.

Jaz me voltea a ver.

—¡Deténlo! —susurrara solamente, su voz suena completamente agotada.

Junto todas las fuerzas que aún tengo y cojeo hacia Fernando. Cuando llego hasta él, lo agarro de los hombros y lo detengo.

—Basta, Fernando. No tiene sentido, ya pasamos desde hace rato el lugar. Ángel está completamente cansado y Jaz no aguantará mucho tiempo más.

Fernando mira fijamente hacia delante en la oscuridad, como si esperara que Emilio viniera de frente hacia las vías. Después deja caer la cabeza y se desploma. De pronto me queda claro lo desconcertado que está. Hasta ese momento no lo había notado, lo había disimulado muy bien, primero con su explosión de rabia y después con la caminata a lo largo de los rieles. Pero ahora la puedo notar en él. Nunca lo había visto así. Me asombra de verdad.

—Yo lo estropeé, Miguel —dice después de un momento.

—¿Por qué, hombre? ¿De qué hablas?

—Debí haber cerrado mi maldito hocico en el tren. No hubiéramos llegado a esto.

—Tú maldito hocico es parte de ti, de otra forma no serías el mismo. Además es probable que hubiera pasado lo mismo si no hubieras dicho nada.

Eso no parece consolarlo especialmente. Me ve a los ojos.

—Emilio está muerto, ¿no?

—No, no puedes decir eso. Sólo no podemos encontrarlo en la oscuridad, eso es todo. Escucha, Fernando, debemos sobrevivir la noche de alguna manera. Cuando sea de día buscaremos nuevamente. Eso es todo lo que podemos hacer. No nos queda nada más en este momento.

—¿De verdad crees que simplemente voy a ceder?

Mira buscando sobre las vías.

—¿En dónde están los demás?

—Te dije que ya no pueden. Vamos, tenemos que regresar con ellos.

Cuando llegamos con los otros, Fernando ve que tiemblan y que están sentados sobre las vías con los pies ensangrentados; le resulta claro que debemos interrumpir la búsqueda. Nos decidimos a buscar un lugar en el que podamos pasar la noche y continuar al amanecer, a primera hora. Mientras tanto se ha puesto intensamente frío, mis pies son costras de hielo y me duelen endemoniadamente.

—Necesitamos a toda costa algo caliente —dice Jaz y se voltea hacia Fernando—. Seguramente aún tienes el encendedor del viejo borracho.

Fernando busca en sus bolsillos.

—Mierda, debí haberlo perdido cuando salté —dice y sacude inquieto las piernas de sus pantalones. Después se detiene repentinamente.

—No, estaba en mi mochila, y ésa se quedó…

Nos miramos. De golpe nos damos cuenta de que todas nuestras cosas se quedaron en el tren. Con el pánico no pensamos en traerlas. Las mochilas, las cobijas, ya no tenemos nada. Sólo tenemos lo que llevamos en el cuerpo.

—Diablos, ni fuego ni cobijas —murmura Jaz—. Será muy difícil.

Fernando asiente disgustado.

—Pero eso no ayuda en nada —dice—. Vamos, fuera de las vías. Debemos ir a algún sitio en donde por lo menos no nos pegue el viento.

Durante algunos minutos cojeamos por la zona, después encontramos una depresión en un lugar que está rodeada por arbustos casi por doquier.

—Aquí nos quedamos —dice Fernando—. No encontraremos algo mejor. Y ahora hacemos la tortuga.

—¿La qué? —pregunta Jaz.

—Una vez me senté con unos tipos que me contaron sobre la mejor forma de sobrevivir la noche en las montañas. La llamaban la tortuga.

Nos muestra lo que quiere decir con eso. Nos sentamos en círculo, las caras una frente a la otra y entrelazamos las piernas hasta que nuestros pies forman un gran conglomerado. Después, Fernando se quita su suéter y envuelve el conglomerado, bien sujeto, de tal forma que todas las partes están tapadas.

—Eso no funcionará, Fernando —protesta Jaz—. Tú mismo necesitas esa cosa. No puedes estar sentado toda la noche con una playera desgarrada.

—Cierra la boca, aún no hemos terminado —dice Fernando—. Inclínense hacia delante hasta que sus hombros se junten. Los brazos hacia adentro, las manos juntas y las cabezas hacia adentro con las caras para abajo, de tal manera que la respiración mantenga el calor. ¿Ven? —su voz se ensordece porque estamos sentados como él nos dice—, ésta es la tortuga.

—No está mal —dice Jaz—. Pero si nos sentamos así durante toda la noche mañana nos veremos como tortugas. Es seguro que ya no podremos caminar derecho.

—Es mejor tener las espaldas torcidas que helarnos —responde Fernando—. Y ahora ahorra tu aire porque la vas a necesitar.

Pasan algunos minutos antes de que todos encuentren una posición en la que estén más o menos cómodos. Después la tranquilidad regresa poco a poco. Puedo sentir cómo mis manos y pies, y los de todos los demás, se van calentando. Al principio duele, mientras la sangre regresa, pero después es una bella sensación. Mientras el frío aún muerde a mis espaldas, la valiosa calidez entre nosotros es como una casa, una casa diminuta en medio de la naturaleza.

Desde algún lugar en las cercanías llama un búho e inmediatamente después, desde bastante lejos, casi como una respuesta, atraviesa el grito de un coyote por la noche. Durante algún tiempo, escucho la respiración acompasada de los otros; después me siento somnoliento.

Deben caminar, caminar, caminar para que sus pies permanezcan calientes. ¡No se cansen ni se queden dormidos! ¡No se queden parados con sus zapatos rotos en el frío hasta que ya no sientan nada y sus dedos de los pies se pongan azules y comiencen a congelarse!

La agarro de la mano y la jalo. Conozco muchos trucos para mantenerla caminando. ¿Ves la piedra de ahí adelante, Juana? Si llegas antes que yo, te levantaré y te daré vueltas en el aire. ¿Ves? ¡Así! Pero ahora continuemos, si no llegaremos muy tarde. Mi provisión de trucos alcanza hasta que llegamos a la montaña de basura.

Cuando llegamos es temprano por la mañana, el sol aún no ha salido. Los demás llegan desde todas las direcciones. Salu-

damos a nuestros amigos y nos sentamos con ellos, ponemos los pies en el cálido montón de cenizas y colocamos nuestras manos sobre las llantas de auto humeantes; se siente bien.

Froto los dedos de Juana. Huele a estiércol podrido y a hule quemado. El sol sale lentamente y podemos ver las siluetas de las montañas de desechos. Ahora ya no falta mucho. Ya vienen los camiones de basura en fila por la calle, y levantan el polvo en remolinos.

Nos paramos de un salto y caminamos hacia la rampa que brama y ruge como un animal, justo sobre nosotros. El contenedor se eleva y se inclina. Inmediatamente después, cruje y llueve sobre nosotros. Es como una catarata de botellas y latas, cartones y ropa; toda la montaña cae de la resbaladilla.

Nos precipitamos y luchamos por lo que viene de arriba; Juana es la más pequeña, pero también la más rápida. Sólo las águilas ratoneras y las cornejas que bajan con chillidos furiosos, son más rápidas que ella. No tenemos mucho tiempo. En algunos minutos las aplanadoras llegarán y lo allanarán todo; tenemos que haber terminado para entonces.

Juana y yo somos un buen equipo. Antes de que el sol esté en lo alto del cielo, eso quiere decir, antes de que el basurero y el olor sean insoportables, nuestra bolsa de plástico está llena. La cargo sobre mi hombro, vamos a la ciudad y vendemos todo lo que nos pueda dar dinero.

Generalmente, ya está oscuro cuando llegamos a casa, por la tarde. Hay muchos de esos días. Hasta que finalmente llega uno de esos. Aquella tarde en la que mi madre dice que esto no puede continuar. «Ya no quiero que vayan al basurero», dice. «Los dejaré. No será por mucho tiempo, pronto regresaré. Pero no regresarán jamás al basurero.»

En la mañana me despierto con un crujido. Levanto la cabeza y abro los ojos. Está amaneciendo; cortinas brumosas de niebla cuelgan en el aire. Justo delante de mí, en los arbustos, hay una cabra que me mira. Tritura unas cuantas hojas entre los dientes, después se da la vuelta y desaparece.

De tanto frío estoy entumido. Sólo mis manos y mis pies están calientes, así los conserva la tortuga de Fernando. Pero mi espalda está helada y me duele, como si alguien me hubiera metido un tornillo de arriba a abajo. Me enderezo, cruzo las manos detrás de la cabeza y arqueo la espalda. Después respiro profundamente un par de veces.

Con eso, los otros se despiertan y se estiran. Jaz y Ángel se ven como si no entendieran en dónde están. Pero esto cambia en cuanto Fernando agarra su suéter y se los quita de los pies sin compasión.

—Se acabó la hora de soñar —dice—. A partir de ahora cada quien es responsable de sus propios huesos.

Se pone de pie de un salto, se pone el suéter encima y hace que sus brazos giren como las aspas de un molino de viento en el aire.

—Pónganse en movimiento. Debemos marcharnos.

¡Emilio! Me viene a la cabeza y me imagino cómo tuvo que pasar la noche en algún lugar, él solo. Al momento siguiente estamos sobre nuestras piernas y caminamos por la zona para calentarnos.

Entretanto, el cielo ya está bastante claro, no podemos permitirnos perder más tiempo.

Caminamos de regreso a las vías y vamos en la dirección desde la que llegamos antenoche. Fernando y Ángel se detienen a un lado del terraplén, Jaz y yo, del otro lado. Así nos abrimos camino lentamente y buscamos en cada arbusto, en cada mata y en cada depresión con la esperanza de encontrar a Emilio en algún lugar, o por lo menos alguna huella de él.

Durante largo rato no pasa nada y no encontramos a nadie. Entonces escucho un grito del otro lado. ¡Ángel! Iba hacia él cuando aparece en el terraplén.

—¡Jaz! —nos grita desde el otro lado—. ¡Éste es tuyo!

Triunfante alza uno de los zapatos de Jaz. De un momento a otro llegamos a él; también Fernando llega corriendo.

—¡Vaya, hombre! —le dice a Ángel—. ¿Dónde estaba?

—Estaba metido en un arbusto. Sólo se podía ver la punta.

—Ok, entonces los otros deben de estar cerca. ¡Hay que encontrarlos!

Nos dispersamos y después de un rato encontramos nuestros zapatos a unos cien metros, en los alrededores, también encontramos los de Emilio. Todos están bastante rotos, cortados y agujerados, pero por suerte aún podemos usarlos. Nos sentamos sobre las vías y nos los ponemos.

—Uy, qué bien se siente tener de nuevo algo en los pies —dice Jaz—. Mis plantas de los pies ya querían disolverse en el aire.

—Sí, hace que sea más sencillo.

Fernando limpia la mugre de los zapatos de Emilio, amarra las agujetas y se los cuelga en el cuello.

—¡Pero ahora continuemos! No pasó mucho tiempo entre lo de los zapatos y lo de Emilio. Así que debe estar cerca el lugar en donde lo aventaron. A partir de ahora tenemos que levantar cada piedra.

Encontrar los zapatos nos ha dado un fuerte estímulo. Además, entretanto, el sol ya está en el cielo y los primeros rayos nos regresan los ánimos. Y Fernando tiene razón, no puede estar muy lejos el lugar en el que Emilio voló del tren. Nos levantamos de un salto y nos ponemos a buscar con nuevo empeño.

Durante algunas horas seguimos caminando; llamamos, gritamos y registramos cada centímetro junto a la vía para encontrar, si no a Emilio, por lo menos una prueba de que vive o de lo que pudo haberle pasado. Entonces es casi medio día, de repente estoy parado otra vez frente al zarzal sobre el que caí la noche anterior y del que Jaz me liberó.

Subo al terraplén, los demás están un tramo detrás de mí.

—¡Déjenlo! —les grito—. No tiene sentido.

Fernando, que es el que está más cerca de mí, alza la cabeza.

—¿Por qué? ¿Qué pasó?

—Mira a tu alrededor. Éste es el lugar en el que saltamos del tren. Hace rato que pasamos a Emilio.

Fernando se endereza. Se pasa la mano por el pelo, indeciso, y después parece que le tiene claro. Lentamente sube hacia mí; poco después Jaz y Ángel están con nosotros. Confundidos y agotados nos dejamos caer sobre las vías.

—Ni una huella de él —murmura Fernando—. Ni una jodida huella a lo largo del tramo. ¿Cómo puede ser?

—Yo tampoco sé —dice Jaz—. Pero, piénsenlo, en realidad no es una mala señal, ¿no?

Fernando tiene la mirada perdida, parece que no la escuchó en lo absoluto.

—Debemos regresar de nuevo —dice solamente.

—No, ya buscamos por todas partes —responde Jaz—. Si Emilio no hubiera sobrevivido a la caída o se hubiera quedado tumbado herido gravemente, lo debimos haber encontrado. Pero no fue así. Así que debió haber logrado levantarse. Eso es prueba de que vive, ¿no?

Fernando mira sombríamente a Jaz.

—O puede ser que alguien lo encontró antes que nosotros —gruñe.

—¿Ay, pero quién lo va a encontrar en este lugar? Aquí no hay nadie.

Fernando titubea. Durante un buen tiempo mira pensativo a lo largo de las vías hacia el lugar por donde veníamos. Cuando gira la cabeza hacia nosotros, su rostro ya no se ve tan sombrío. Al parecer tiene un poco de esperanza.

—Créeme, pueden pasar muchas cosas aquí afuera —le dice a Jaz—. Pero bueno, digamos que tienes razón y que Emilio sobrevivió. Sin embargo, puedes estar segura de que está herido. Nadie se salva de una caída así. Probablemente incluso se rompió algo. Seguro se desmayó al principio, o nos habría escuchado cuando lo buscamos en la noche. ¿Pero quién sabe? Tal vez se despertó en algún momento.

—Sí, así pudo haber sido —dice Jaz—. Intentemos pensar como él. Está herido en medio de la oscuridad. Está completamente destrozado y está solo. Pero sobrevive la caída y se puede mover a medias. Así que, la pregunta del millón: ¿qué hizo?

—Pudo haber intentado seguir las vías —propongo, es lo primero que se me ocurre—. Para seguir al tren. Porque espera encontrarnos de nuevo.

—Sí, sería posible —dice Jaz—. Pero también pudo intentar buscar ayuda. Aún en estas miserables montañas tiene que haber gente en algún lugar.

Fernando cavila.

—No creo que esté detrás del tren —dice después y observa los zapatos de Emilio que aun trae en el cuello—. No es del tipo de personas que se hace esperanzas en donde no las hay. ¿Cómo podría haber sabido que los tipos nos dejaron en libertad? Nadie podía saberlo. No, Emilio no es ningún soñador. Créanme, él pensó que si seguimos con vida hace tiempo que pasamos por las montañas y es probable que nunca más nos vuelva a ver.

Eso suena lógico. Pensar así iría con Emilio. Desde que lo conozco, no se ha engañado en nada sino que toma las cosas como son. ¿Por qué sería ahora de otra manera?

—Está bien —digo—. Digamos que Jaz tiene razón y que Emilio fue a buscar ayuda. ¿Adónde pudo haber ido?

—Con un campesino —se entromete Ángel.

—¿Por qué?

—Bueno, porque es en los que más confía.

Jaz se ríe.

—Podría ser cierto —dice—. La última pequeña granja, eso encajaría con Emilio. De alguna manera tengo la sensación de que es así.

Fernando se levanta.

—¡Entonces vamos, el día es largo! Lo encontraremos así tengamos que buscar en cada una de las granjas de México.

Es una huella débil y vaga. Una delgada línea sobre el pasto, una pequeñez más oscura que los alrededores. Ángel la descubrió cuando casi la pasamos de largo. Fue el primero en ver las gotas de sangre, las manchas secas y cafés en la paja.

Durante todo el día hemos deambulado por las granjas que quedan cerca de las vías, pero la gente no ha visto ni oído de Emilio. La mayoría ni siquiera quiere hablar con nosotros, aunque hemos alzado las manos y les hemos dicho que no tramamos nada malo. Apenas aparecemos con las ropas rasgadas, ellos nos echan de su país; incluso alguien nos persiguió con su perro. Es desconfiada la gente de las montañas.

Aún queremos hacer un último intento antes de que oscurezca; hacia una pequeña granja que está a unos kilómetros y que podemos ver a la distancia. Vamos caminando y Ángel nota una huella en el camino, la línea angosta con las gotas de sangre secas que justamente se dirige hacia la pequeña granja.

—Ah, no sé —dice Jaz mientras nos acercamos a las casas—. Si las huellas realmente fueran de Emilio las hubiéramos tenido que ver en las vías.

—No, todo estaba pedregoso.

—¡Pero las gotas de sangre!

—Quizá los pies le empezaron a sangrar en el camino. O las pasamos por alto en las vías, finalmente no desciframos caminos.

La huella lleva directamente a una cerca que da la vuelta a la granja. Escalamos hacia el otro lado y nos quedamos en cuclillas en el suelo, por si las dudas. Aquí también hay manchas de sangre hacia delante y se dirigen a un granero que queda justo del otro lado de donde estamos.

Fernando pone el dedo sobre sus labios, como aviso. Como podemos, avanzamos a hurtadillas hacia el granero, encubiertos, abrimos la puerta y nos metemos. Adentro huele a heno fresco y a madera húmeda. Está oscuro y tardo un poco en acostumbrarme. Después puedo ver las vigas que soportan el techo y las tablas arriba de nuestras cabezas sobre las que está el heno. En un lugar hay una escalera que lleva hacia arriba.

Mientras que Ángel, Jaz y yo seguimos ahí parados y vemos a nuestro alrededor, Fernando sube y desaparece en el heno. Durante largo rato lo escuchamos buscar, después aparece su cabeza al final de la escalera.

—Alguien estuvo acostado aquí —dice—. Y hay manchas de sangre por todas partes.

—¿De Emilio? —pregunta Jaz.

—No lo sé, pero no encontré nada más aquí. Pudo haber sido cualquiera.

Jaz camina hacia la escalera y se sienta en el último escalón.

—Pero podría ser él, ¿no? Imagínense esto.

Levanta la cabeza y me mira.

—Sobrevive a la caída y se arrastra lejos de las vías. En algún momento ve la granja a la luz de la luna, entra a hurtadillas en el granero y se esconde en el heno porque es un poco más caliente. Tal vez esperaba que la gente lo ayudara en la mañana.

—Sí, sería posible —dice Fernando y columpia las piernas desde las tablas—. Pero durante este tiempo me he preguntado algo: las huellas de sangre llevan hacia dentro del granero, pero ya no salen.

—Tal vez se amarró los pies de alguna manera —dice Jaz—. O el sangrado cesó en la noche, no es del todo importante.

—Como sea —dice Fernando y mueve sus pies hacia la escalera—. Sólo lo descubriremos cuando le preguntemos a las personas de aquí. ¡Quítense allá abajo!

Jaz se pone de pie y Fernando baja la escalera. Cuando ya está abajo con nosotros, pasa la mano por su pelo y sacude el heno de su ropa. Después se voltea hacia nosotros.

—Lo mejor sería que no fuéramos todos de una sola vez, creo. Si no, van a desconfiar y nos mandarán al diablo antes de lo que podamos pensar.

Nos mira pensativo y su mirada se posa finalmente en Ángel.

—¿Y si tú lo intentas? Seguro contigo no tendrán…

Se interrumpe. De pronto, la puerta del granero se abre con un fuerte crujido. Entra la luz de afuera y un momento después un hombre se arrastra hacia dentro. No puedo ver mucho de él, sólo que trae un fusil y que nos apunta con éste. Entonces escucho ladrar a un perro e inmediatamente después, la bestia brinca hacia nosotros y deja salir un ladrido que hace que las paredes tiemblen.

El miedo me recorre los miembros, mis dedos se ponen tensos. Al principio apenas puedo moverme, sólo logro dar algunos pasos hacia atrás hasta que mi espalda choca contra las vigas.

—¿Quiénes son ustedes? —pregunta el hombre. Apenas puedo entenderlo porque el perro hace un ruido del demonio—. ¿Y qué buscan aquí?

Primero nadie se atreve a contestar. Finalmente, Fernando da un paso hacia delante.

—Buscamos a alguien —dice.

El hombre titubea, después chasquea con la lengua para ordenar al perro que deje de ladrar.

—¿A quién?

—A nuestro amigo Emilio —dice Jaz—. Unos bandidos lo lanzaron del tren. ¡Debemos encontrarlo!

Cuando el hombre escucha eso, baja el arma y se acerca algunos pasos. Ahora puedo verlo mejor. Es bastante viejo y camina casi inclinado. No parece especialmente amenazador, más bien como si tuviera por lo menos tanto miedo de nosotros como nosotros de él.

—Tranquilízate, Carlito —le dice a su perro y después se dirige a nosotros—. No me tomen a mal que los haya tratado como ladrones. Pero pensé que quizá pertenecían a los bandidos que le hicieron eso a su amigo.

Pasa un rato antes de que entienda lo que dice. Entonces me resulta claro que conoce a Emilio, que lo vio y al parecer ¡incluso habló con él!

—¿Eso quiere decir que estuvo aquí? —pregunta Jaz antes de que yo pueda hacerlo.

—Sí, estuvo aquí.

—Así que las huellas de sangre de verdad son de él —dice Fernando —¿Cómo está? ¿Está malherido?

—Bueno, no se veía especialmente bien, podrán imaginárselo. Sus cosas estaban desgarradas y su cuerpo entero sangraba. Sobre todo sus pies estaban muy lastimados. Pero no tenía nada roto, al parecer. Es un muchacho fuerte, sobrevivirá. Nada que no pueda sanar en un par de semanas.

Ahora ya no podemos contenernos y acosamos al hombre con preguntas sobre los que ocurrió la noche anterior, lo que Emilio le contó y, sobretodo, en dónde podemos encontrarlo. Él levanta las manos y nos detiene. Después camina hacia la puerta del granero, escucha un poco hacia fuera y la cierra.

—Por favor, sean silenciosos —dice y nos mira casi suplicante—. Al parecer mi esposa no ha notado nada. Y es mejor si así se queda. Es un poco miedosa, ¿saben?

Va hacia su perro que, mientras, se ha sentado, pero que aún nos mira con desconfianza y le acaricia el pelaje calmándolo. Después coloca el fusil en la pared y se acerca a nosotros.

—Bien, les cuento la historia de la noche de ayer —dice—. Pero deben prometerme que seguirán su camino. Créanme, es mejor así, para todos.

—De cualquier manera no teníamos en mente quedarnos aquí —dice Fernando—. Lo único que queremos es a Emilio.

—Bien, entonces escuchen. Probablemente era la medianoche. Me desperté porque escuché un sonido en el patio. Por la ventana observé cómo su amigo entró a hurtadillas en el granero. Dejé que mi mujer siguiera durmiendo y fui detrás de él, para ver si todo estaba en orden. Estaba acostado sobre el heno y se quejaba. De inmediato vi que no tenía que tener miedo.

—¿Lo ayudó? —pregunta Jaz.

—Le ofrecí llevarlo al médico, pero él no quiso. Entonces yo me encargué de sus heridas tan bien como pude. Después le traje una cobija y unos zapatos. Zapatos de mi hijo. Ya no los necesita, ahora vive en la ciudad. Dejé que su amigo durmiera en el granero y le pedí que se fuera en la mañana, tan pronto como pudiera para que mi esposa no lo viera y se asustara. Y cumplió su palabra. Cuando vine hoy al granero, se había ido.

Fernando golpea nerviosamente las vigas con los nudillos de sus dedos.

—Sí, pero, ¿a dónde fue?

—Eso no lo dijo. Lo siento, pero… en realidad él no dijo mucho.

Miro a los demás. Todos parecen un poco inquietos. Por un lado es un enorme alivio que Emilio esté vivo y que no esté tan malherido, que haya sobrevivido la noche y que en general le vaya más o menos bien. Pero, por otro lado, había empezado a tener la esperanza de que él siguiera aquí, en la casa, o por lo menos en las cercanías, y que lo veríamos pronto. Ahora ya no sé si debo estar contento o triste.

Pero antes de que alguien pueda decir o hacer algo, el portón del granero se abre de repente. Pero esta vez no con un fuerte crujido como antes, sino silencioso y cuidadoso y sólo un pequeño espacio. Una mujer nos mira por el resquicio.

—¿Quiénes son esas personas, Antonio? —pregunta.

El hombre va hacia ella y se para entre ella y nosotros.

—No es nada, María —dice—. Regresa a la casa y no te preocupes. Es gente del tren.

La mujer titubea un momento, después abre el portón completamente, empuja a su esposo hacia un lado y nos observa.

—¡Por Dios! —exclama—. ¡Si son niños!

Se voltea hacia su marido y lo mira con reproche.

LOS NIÑOS DEL TREN

—¿En dónde tienes los ojos, Antonio? ¿Qué no ves que están hambrientos? ¡Vamos a la casa!

—Creo que no tienen tiempo para eso —dice titubeante el hombre—. Ya se querían ir.

—Ah, eso es una tontería. Míralos —la mujer nos asiente y nos llama con la mano—. ¡Ninguna excusa, vengan a la casa!

Sin esperarnos, desaparece afuera.

Permanecemos parados, indecisos. El hombre reflexiona durante un tiempo, después suspira:

—Muy bien, tal vez tenga razón. Quizás de verdad no sea correcto dejarlos ir simplemente.

Hundió la voz.

—Pero, por el amor de dios, prométanme una cosa. Bajo ninguna circunstancia pueden decirle a mi esposa nada de lo que le pasó a su amigo. No importa lo que pase ¡deben guardárselo para ustedes mismos!

El techo bajo, las paredes completamente oscuras por el humo, las cazuelas que golpetean, las imágenes de los santos sobre la puerta, las tablas que crujen sobre el suelo, las hierbas arriba del estante sobre el horno, todo es familiar. Todo es como antes. Ni siquiera tengo que cerrar los ojos para estar de nuevo ahí. De regreso en las pequeñas granjas del pueblo en el que nací. Y después el olor. El olor a montañas, fuego, madera y pan, condimentado, enrarecido y cálido. Me llega a los ojos hasta que se humedecen.

Me agrada la mujer. Cuando dice algo se tiene la sensación de que, en realidad, querría decir otra, eso encaja con la pequeña habitación de paredes oscuras. Sus ojos revelan lo que siente; no pueden más que mostrarlo. De cierta manera, ella y la casa son exactamente lo opuesto al mundo de los trenes y todo lo que hemos vivido allí.

Nos sentamos a la mesa de la cocina y comemos; la mujer cocinó para nosotros apenas abandonamos el granero y entramos en la casa. Hay frijoles calientes con chile, algo de carne y mucha cebolla y, además, pan de maíz caliente. Tenemos bastante hambre y nos zampamos todo lo que aterriza en nuestros platos, y al final tomamos el pan y con éste limpiamos los últimos diminutos restos de la salsa hasta que el plato queda tan reluciente como si lo hubiéramos lamido.

Y entonces llega el momento en el que se le va la lengua a Ángel. No hablamos mucho durante la comida. El hombre sí está ahí sentado, pero está callado y de alguna manera parece preocupado de que alguno de nosotros abra la boca. La mujer estuvo durante este tiempo entre la mesa y la estufa, ahora se aquieta lentamente, se sienta con nosotros y nos pregunta qué es lo que en realidad buscamos en esta región apartada. Finalmente no hay ninguna estación de tren cerca y, además, estábamos lejos, por mucho, de las vías.

—Buscamos a un amigo —murmura Ángel mientras hace ruido al comer, mientras agarra un pedazo más del pan.

Jaz lo empuja con el codo en el costado, advirtiéndole, pero es demasiado tarde, la frase ya se dijo.

—¿Qué amigo? —la mujer quiere saber.

Ángel deja de masticar y su rostro se pone colorado.

—Yo… yo dije, ustedes son muy amistosos —intenta salvar la situación.

La mujer arruga la frente.

—Escucha, muchacho, es cierto que mis ojos ya no son agudos, pero mis oídos todavía funcionan bastante bien. Así que, ¿a quién te refieres con eso?

Ángel mira fijamente al piso y calla, tampoco nosotros decimos nada. Jaz juega con sus pies debajo de la mesa y Fernando comienza a escarbar detalladamente algo entre sus dientes.

—¡Antonio! —dice la mujer y voltea a ver a su marido—. ¿Qué significa esto?

Él titubea durante largo tiempo, pero eso no hace que la cosa mejore. Finalmente no le queda nada más que admitir que buscamos a un muchacho que durmió en el granero la noche anterior.

—Le di algo de comer y beber y le llevé una cobija —dice—. No te habías despertado y pensé que era mejor no contarte porque no quería que te asustaras.

Ella lo mira incrédula.

—¿Por qué tendría que asustarme de un muchacho que necesita de nuestra ayuda? ¡¿Hay algo más, Antonio?!

—No, no hay nada más, ahora tranquilízate. El muchacho sólo estaba un poco lastimado y no quería que lo vieras, eso es todo.

La mujer le lanza una mirada meditabunda, después nos voltea a ver.

—¿Qué pasó con su amigo? —pregunta—. Tú, Fernando, ¿así te llamas, no es cierto? Tú eres el mayor. ¡Dímelo!

Fernando deja de hurgar en su boca. Se sienta derecho, ve a la mujer, luego al hombre y de regreso a la mujer y después empieza a contarle. Él le cuenta todo desde el momento en el que el viejo aventó la bolsa sobre el tren hasta lo ocurrido en el granero. No deja nada de lado, como si no pudiera parar después de haber empezado.

Mientras él habla, un cambio extraño sucede en la mujer. Lo puedo observar bien porque estoy sentado justo delante de ella. Primero deja de sonreír. Tiene un rostro amigable con ojos cálidos y oscuros, pero ahora desaparece la alegría de éste. Después se hunde dentro de sí. Y finalmente, cuando Fernando habla sobre la noche helada y las huellas de sangre de Emilio, las lágrimas corren por su rostro. Al final coloca sus manos sobre sus ojos y está sentada sobre la silla, sollozando.

Al principio no sé qué debo pensar al respecto. ¿Por qué le afecta tanto la historia? Claro, tiene un buen corazón y puede ser cierto que comprenda lo que sentimos cuando nos ve. Pero no puede tratarse sólo de eso.

—Nuestro hijo, saben… —dice el hombre que está sentado ahí después de un tiempo, completamente triste—. Les dije que se había ido a la ciudad, pero eso es cierto sólo a medias. Él se marchó así como ustedes, hacia el norte, para buscar fortuna.

—Pensé que eso sólo lo hacía la gente entre nosotros —dice Jaz.

—No, también los hay en México. La vida es pobre aquí en las montañas, muchos no ven que haya futuro aquí. Nuestro muchacho… es algunos años mayor que ustedes, ya no quería quedarse en la región. Hace un mes que se puso en camino. Durante la primera semana escribió dos o tres veces, desde entonces no hemos sabido nada de él. Él también tomó el tren, como ustedes. Ahora sentimos una terrible preocupación.

Se interrumpe y suspira.

—Sobre todo mi mujer. Por eso no quería que se enterara de esto.

—Pero nosotros sólo tuvimos mala suerte —dice Jaz rápidamente—. A pesar de todo, es lo peor que nos ha pasado hasta este momento, la mayoría no vive algo así.

La mujer se quita las manos del rostro y niega con una de las manos.

—Es lindo que intentes tranquilizarnos. Pero basta con que los vea a los ojos para saber las cosas horribles que han vivido. No lo pueden evitar, sobre todo el pequeño. Y... —y en eso mira a Fernando—, tú tampoco puedes.

Saca un pañuelo de su bata y se limpia las lágrimas.

—Bien, ahora sírvanse más —dice y señala la cazuela con los frijoles—. No quiero que queden sobras de la comida.

Nos miramos. Nadie quiere ser el primero en servirse. De alguna manera no se siente bien atiborrar la barriga con el triste ambiente que hay en la habitación.

Cuando la mujer ve que vacilamos, nos empuja la cazuela.

—Háganme el favor, ¿sí? Sólo quiero estar segura de que hicimos todo por ustedes. Pues en algún lugar hay un dios que me ve, y seguramente se ocupará de que afuera haya alguien que haga todo por nuestro muchacho.

Eso es, por supuesto, algo diferente. No es que ya no tengamos hambre, al contrario. Y aun cuando estuviéramos satisfechos, siempre es bueno tener algo para alimentarse. No tendremos que esperar mucho hasta las próximas dificultades, eso está claro, y entonces nos alegraremos de que lo que nos dieron aquí. Así que tomamos la cazuela y la vaciamos.

Al terminar de comer, repentinamente Fernando agarra los zapatos de Emilio de debajo de su silla. Durante nuestra búsqueda los había llevado en el cuello, también en el granero, y hasta que llegamos a la mesa los dejó. Ahora se los ofrece al hombre y a la mujer.

—¡Tomen! —dice—. Son de Emilio pero ahora tiene otros y ya no los necesita. Para que sepan que hicieron todo lo que pudieron.

El hombre titubea un poco, después sonríe y toma los zapatos.

—¿Saben? No deberían preocuparse por su amigo. Creo que le va a ir mejor. Y con esto no me refiero a que me ocupé de sus heridas. Ahora él sabe a dónde pertenece.

—¿Cómo llegó a eso? —pregunta Fernando.

—Bueno, no hablamos mucho, ya se los había dicho. Pero se lo vi en los ojos. Creo que regresará con su gente. Y eso es también lo mejor para él. Se veía como alguien que ha aprendido su lección. No se los puedo explicar mejor. Tan sólo un presentimiento.

Fernando mira pensativo, después asiente lentamente. ¿Piensa que el hombre tiene razón sobre ese presentimiento? En realidad, yo todavía tengo la esperanza de que Emilio pudiera continuar con el camino y que se encuentre de nuevo con nosotros. Pero en algún lugar en lo profundo de mí también sé que es probable que el hombre tenga razón.

Entretanto ha oscurecido afuera. El hombre nos ofrece que pasemos la noche con ellos. Para mañana estaríamos descansados, podríamos regresar a las vías y continuar con nuestro camino.

—Pueden quedarse a dormir en la casa —dice—. No tenemos demasiado espacio, pero si se juntan se podrá.

Me parece que es una propuesta sensata, pero Fernando niega con la cabeza.

—Los demás pueden hacer lo que quieran —dice—. Yo dormiré en el granero. Ahí en donde Emilio se acostó.

La mujer se inclina y le coloca una mano sobre el brazo.

—Este Emilio era un buen amigo tuyo, ¿no?

Fernando se estremece. Primero quita el brazo y, molesto, arruga la frente. Después su cara se relaja de nuevo, pero puedo ver cómo algo se mueve dentro él. Permanece en silencio por toda una eternidad. De repente hace su silla para atrás, se pone de pie y camina hacia la puerta. Ya está casi afuera y se queda de nuevo parado y se da la vuelta.

—Sí —dice—. Emilio era mi amigo. Sólo que no me había dado cuenta.

Poco más tarde estamos acostados en el heno del granero. La idea de dormir en la casa junto a la estufa es tentadora, pero de alguna manera sentimos que Fernando tiene razón. Emilio se ha ido, quizás no lo veremos nunca más, y éste es el lugar que nos lo recuerda, aunque sea un poco.

El hombre y la mujer nos dieron algunas cobijas y, además, una hoja con su dirección y el nombre de su hijo. Les dijimos que si sabíamos algo de él les escribiríamos. Se los prometimos aunque sabemos que no tiene sentido. El país es demasiado grande; no descubriremos nada sobre él. Pero hicieron tanto por nosotros que no queremos quitarles la esperanza.

Ahora estamos envueltos en nuestras cobijas. Jaz y Ángel ya están dormidos, lo escucho en su respiración. Fernando está acostado a mi otro costado. No puedo verlo porque está oscuro como la boca de un lobo, pero de alguna manera siento que aún está despierto y que se rompe los sesos.

—¡Oye, Fernando! —susurro en su dirección.

El heno junto a mí cruje, al parecer ha levantado la cabeza. Pero no responde.

—¿Recuerdas la noche en el cementerio? ¿En Tapachula? —sigue sin decir nada. Pero sé que me escucha—. Cuando desperté en la mañana, cuando el cielo clareó, no estabas. ¿Te acuerdas? Porque fuiste por algo de comida. Pero yo no lo sabía. No sabía en dónde estabas. Y entonces de pronto sentí pánico. Pensé que te habías ido sin nosotros porque te fastidiábamos.

Crujió de nuevo. Como si se hubiera levantado y se apoyara sobre los hombros.

—¿En serio pensaste eso?

—Sí, eso pensé.

—Oh, hombre —soltó una pequeña risa—. De verdad que a veces tienes ideas graciosas. Pero… en realidad no estabas del todo equivocado. Aún no me conocías. ¿Por qué debías confiar en mí?

—Bueno, Emilio tampoco te conocía. Pero a pesar de ello confiaba en ti.

—¿Por qué lo dices?

—Él lo dijo.

—¿Él dijo que confiaba en mí?

—Sí, les dije a los otros lo que pensaba, que tal vez no fueras a regresar. Jaz y Ángel estaban en shock. Sólo Emilio no dudó de ti ni por un segundo. «Fernando se quedará con nosotros», dijo. «Confíen en ello».

Por un rato nos quedamos en silencio, después escucho cómo Fernando se sume de nuevo en el heno.

—¿Por qué me cuentas eso?

—No sé. Me puse a pensar en Emilio y entonces se me ocurrió. De alguna manera era típico de él, ¿no?

Fernando suspira. Cruje y entonces cuando dice nuevamente algo, su voz se escucha más cerca, como si su cabeza estuviera justo al lado de la mía.

—¿En dónde crees que esté ahora? —pregunta.

—Daría mucho por saberlo. Cuando el viejo nos platicó de él aquí en el granero, tuve la esperanza de que seguiría su viaje hacia el norte y lo encontraríamos de nuevo, cuando muy tarde en la frontera. Pero ahora, de alguna manera, tengo la sensación de que es como dijo el viejo: que regresó con su gente porque ahí es en donde pertenece en realidad.

—Sí, yo también lo creo. Y probablemente ya lo había pensado desde hacía tiempo.

—¿Te acuerdas todavía de lo que nos contó? Junto al fuego, cuando dormimos en esas ruinas en Ixtepec.

—Ahí contó algunas cosas. Probablemente más de lo que contará en lo que le queda de vida.

—Sí, pero me refiero a lo de los rebeldes.

—¿Ah, que al principio no sabía si debía ir hacia el norte o a las montañas?

—Exacto. Y acabo de pensar que quizás vaya a ir por eso. Tal vez ahora irá a las montañas —Fernando titubea. Después siento su mano, me tantea y la coloca sobre mi hombro.

—Puede que tengas razón sobre eso —dice, y suena casi como si hubiera encontrado la respuesta a una adivinanza sobre la que había pensado una eternidad.

—¡Por supuesto! Ésa es la razón por la cual ya no nos siguió. Se dio cuenta de que tenía que hacer lo que quería desde el principio. ¿Y sabes qué será lo primero que hará tan pronto esté en casa y se haya unido a los rebeldes? Irá a la plantación en la que trabajaba y se vengará. De este… espera, ¿cómo llamó a este tipo?

—Administrador, creo.

—Justo. De él y de sus hijos. Se vengará por cada una de las cicatrices de sus piernas. De tal manera que nunca lo olviden en su vida. Eso será al mismo tiempo algo así como su prueba de admisión con los rebeldes. Después pertenecerá realmente al grupo.

—Sí. Y así como lo conozco, pronto será uno de los líderes.

—Puedes estar seguro de eso. Y ni siquiera uno de los líderes, sino *el* líder. ¿Y sabes cómo será después?

—No. ¿Cómo?

—Silencioso. Silencioso, decidido e incorruptible. Todos los días dirá cuando mucho algunas palabras. Algo así como «¡Cuélguenlo!», «¡Quémenlo todo!» o «¡Liberen a los prisioneros!». Pero eso significará más que cualquier discurso de horas de un político de mierda. Pronto estará en todas las bocas. Aparecerá en la televisión y en los periódicos y en las vallas publicitarias. Y nosotros podremos decir que lo conocimos.

No tengo que ver a Fernando para darme cuenta de que su humor ha cambiado. Hace algunos minutos estaba aún bastante triste, ahora es como si una piedra pesada hubiera caído de su corazón. Estamos ahí acostados e intensificamos cada vez más nuestra historia.

—Y algún día —dice Fernando para concluir, cuando ya no se nos ocurre nada más—. Algún día la gente dirá que eso comenzó en las montañas de México. En un tren, en medio de la noche, cuando Emilio se convirtió definitivamente en la persona que sería después. Aquí y hoy, dirán, aquí comenzó todo.

El mundo de afuera se reduce a dos círculos. Dos pequeños círculos llenos de luz al final de la oscuridad. El primero está a mi derecha, el segundo al otro lado, detrás de Jaz, Ángel y Fernando. Del otro lado de los círculos está más iluminado; aquí adentro, sombrío y silencioso. Y hace bien estar en la oscuridad, significa protección. Afuera, en la luz, acecha el peligro.

Hicieron falta dos días para salir de las montañas. Más o menos ahí, en donde encontramos nuestros zapatos junto a las vías, brincamos de nuevo al tren, pero fue un viaje penoso. El primer día estuvo bastante bien, en el segundo nos atormentó el hambre. Intentamos atrapar animales pequeños, pero no somos tan hábiles como Emilio para eso. Entonces empezamos a mendigar, en los pueblos junto a las vías. Por suerte Ángel está con nosotros. Él sabe cómo funciona la cosa de su época de niño de la calle y pronto nos dimos cuenta de que nos va mejor cuando lo mandamos a él solo. Simplemente tiene el mejor aspecto para ablandar a la gente.

En la noche del segundo día las montañas se quedaron atrás y llegamos a las cercanías de la capital. Al lado izquierdo pudimos ver un hormiguero infinito de casas, debajo del humo del que sobresalían torres y rascacielos. Por suerte no cruzamos por ahí, sino que pasamos a una distancia conveniente a lo largo de fábricas y centros comerciales. Y cuando oscureció, estábamos en Lechería, la estación para trenes de carga más grande del país, por la que, según dice Fernando, la enorme ciudad, entera, se mantiene con vida.

Como está bien custodiada, nos bajamos, la rodeamos y nos escondimos en un campo al norte de ésta.

Alrededor había algunos viejos conductos de aguas residuales, nos arrastramos adentro de uno de éstos y pasamos ahí la noche. Ahora está clareando, desde las aberturas de los conductos nos caen los primeros rayos desde ambos lados.

—¿Hay algo para comer? —pregunta Ángel apenas se despierta.

Se endereza lamentándose. El conducto es tan angosto que nos acostamos ahí todos torcidos; a mí también me duelen todos los huesos.

Jaz agarra las bolsas con todas nuestras provisiones.

—Ya no tenemos mucho, algunas tortillas y una penca de plátanos —dice y reparte las cosas.

Mientras comemos, escuchamos voces afuera. Desde ayer en la noche me di cuenta de que no estamos solos en el campo. Algunos de los demás conductos estaban ocupados y entre ellos también había figuras en cuclillas por todas partes en la oscuridad.

—Parece que este lugar está muy solicitado —digo.

Fernando da golpes al conducto, se escucha un latido metálico.

—Bueno, los trenes que van hacia la frontera parten de Lechería— dice—. Así que aquí se reúnen todos los que hasta ahora lo han logrado. Lo suficientemente lejos para que nadie de la estación los vea. Pero no demasiado, porque los trenes son muy rápidos. Hay tres o cuatro lugares y éste es uno de ellos. Bien, vamos, debemos salir a sondear el terreno.

Nos arrastramos hacia el aire libre. Ayer en la noche llegamos mientras estaba oscuro, por eso ahora no puedo ver bien a dónde fuimos a parar. Por todos lados se alzan fábricas, cajas grises con chimeneas humeantes que llenan la zona de neblina, como si un fuego hubiera estallado. Entre éstas, hay casas chuecas en cuyas paredes sobresalen las antenas para televisión. Y en medio de todo, van rieles de cuatro o cinco carriles. El terraplén parece un vertedero de basura; por todas partes hay llantas viejas, zapatos y muebles rotos.

Nuestro campo limita directamente con los rieles. En la parte de atrás hay algunas vacas que comen la mísera brizna de pasto que crece aquí; parecen completamente perdidas en esta zona. Los tipos de los trenes holgazanean entre y sobre los conductos, algunos están saliendo al aire libre, como nosotros. Desde hace mucho no veía a tantos en un lugar, no desde Chiapas. ¡Cuánto han cambiado! Allá abajo estaban aún llenos de fuerza y de esperanza. Aquí están adelgazados, tienen ojeras, algunos tiemblan y hablan con voz ronca y apenas se les puede entender. Claro, nosotros mismos no nos vemos mejor. Pero todos los días estamos juntos, eso nos salta a la vista.

Ahora mismo un tren traquetea sobre la vía hacia el norte y hace un ruido de los mil demonios. Parece que no tiene final. Dura toda una eternidad hasta que termina de pasar.

—¿Y ahora? —pregunta Jaz mientras vemos cómo los últimos vagones desaparecen entre las fábricas—. ¿Cómo continuamos y cómo salimos de aquí?

—Bueno, lo malo es que no hay un solo camino hacia el norte —dice Fernando—. Antes, la mayoría de las vías iban hacia Tijuana. Hacia el oeste, a la frontera con California. Pero desde que construyeron un muro ahí, ni siquiera las hormigas logran cruzar al otro lado. Por eso muchos lo intentan por Nogales, un tramo más hacia el este. Ahí es más sencillo, pero detrás de la frontera está el desierto y hace calor, ahí te mueres miserablemente de sed. Así que lo mejor es ir hacia el río Bravo, ahí hay más oportunidades.

—Ése es el río enorme, ¿no? —dice Jaz—. ¿A qué lugar debemos llegar?

—Las más grandes son Ciudad Juárez y Nuevo Laredo. Muchos creen ciegamente en Ciudad Juárez, pero si me lo preguntas, Nuevo Ladero es mejor. El camino hacia allá es más corto, puedes cruzar más fácilmente el río y, además, bueno… ahí tengo algo así como una cuenta pendiente.

—¿Qué tipo de cuenta?

—Ah, Jaz, deja de preguntar —dice Fernando molesto y hace un gesto de rechazo con la mano—. Te lo explicaré cuando estemos ahí.

—Pero quiero saberlo ahora —dice Jaz—. No tengo ganas de viajar a un lugar sólo porque tú tienes algo que resolver.

Fernando se lamenta.

—Solamente confía en mí, ¿sí? Nuevo Laredo es lo mejor para nosotros. Todo lo demás es cosa mía, además es demasiado pronto para hablar de eso. Para empezar tenemos que llegar allá.

—¿Y cómo nos las arreglaremos? —me entrometo antes de que los dos se peleen—. ¿Cómo podemos saber cuál es el tren correcto?

—Ése es justo el problema —dice Fernando—. Nadie aquí lo sabe. Desde Lechería parten todos los trenes que van hacia el norte. No puedes ver exactamente hacia qué ciudad van.

Mientras seguimos ahí parados y miramos desconcertados los rieles, de pronto escuchamos una risita detrás de nosotros. Me doy la vuelta y veo a un hombre que está recargado sobre el conducto de agua. No puede haber estado mucho tiempo ahí parado, pero al parecer ha escuchado nuestra conversación.

—¡Ah, los malvados trenes! —dice y se ríe de nuevo.

Tiene un hueco aparatoso entre los dientes delanteros y pequeños ojos rojos con los que casi hace pensar en un conejo.

—¿Por qué no está escrito ahí hacia dónde viajan? ¡Por favor aborden, estimados pasajeros, los llevaré a Nuevo Laredo! Debería estar escrito en cada vagón, ¿no les parece? Y lo mejor serían letras luminosas para que uno pueda leerlas durante la noche.

Fernando lo mira con un gesto de disgusto, parece que su chiste no le resultó especialmente gracioso.

—¿Tienes algo que decirnos? —gruñe simplemente—. Si no, lárgate.

El hombre hace como si no lo hubiera escuchado. Nos mira a uno después del otro y después señala a Jaz.

—¿Cómo te llamaron? ¿Jaz? Es un nombre curioso para un muchacho, ¿no?

—Te importa un comino —dice Fernando—. Ocúpate de tu propia mierda.

—Te he observado —le dice el hombre a Jaz como si Fernando no existiera en lo absoluto—. Cómo te arrastraste fuera del conducto y luego te estiraste. No eres un muchacho, ¿o sí? Yo diría que eres o un maldito marica o, lo que creo en realidad, una chica. Y a decir verdad, si no me equivoco, la única a lo largo y ancho de aquí.

Fernando se coloca delante de él.

—¡Lárgate! —le advierte—. ¡Y de inmediato!

El hombre ríe irónicamente.

—¿Y si no lo hago?

—Le daré una paliza de mierda a tu hocico de conejo.

—Bien, parece que te sientes muy fuerte.

El hombre gira desenfadado la cabeza hacia un lado y escupe a través del hueco entre sus dientes.

—Pero puedes calmarte de nuevo. No me interesa si es chica o chico. Presta atención, te hago una oferta de paz, les mostraré el tren hacia Nuevo Laredo.

Fernando lo mira desconfiado.

—¿Y cómo pretendes hacerlo? ¿Eres vidente o algo así?

—No, tan sólo mantengo los ojos abiertos. Deberías intentarlo alguna vez, vale la pena. Entonces te habrías dado cuenta de que aquí en el norte los vagones tienen escritos nombres de compañías. Sí, y hay compañías que sólo hacen entregas en Tijuana, otras en Nogales y hay otras que lo hacen en Nuevo Laredo. Si las conoces, sabes hacia donde viaja el tren. ¡Es así de fácil!

Fernando no responde nada. Al parecer le ha dado en su orgullo que lo trate como a un niño de primaria.

—Ah, no me mires así de enojado —dice el hombre riéndose, después se voltea hacia nosotros—. ¿Son nuevos en el norte, no? Bien, entonces escuchen lo que les diré. Deben poner atención en pescar un tren que los lleve los más lejos posible pues como las vías son mejores aquí que en el sur, los trenes viajan más rápido. Así que no pueden simplemente subirse y bajarse. Lo mejor será que tomen uno que los lleve hasta la frontera y no lo abandonen.

Mientras habla, Fernando se aleja de él y se hace a un lado. Hace como si no le interesara todo eso, pero puedo ver que escucha muy atentamente. Y también suena bastante lógico lo que dice el hombre.

—¿Y qué hay de los vagones de aquí arriba? —le pregunto—. ¿Cuáles son los mejores?

—Ah, qué bueno que lo preguntas. También es diferente a como es en el sur. Bajo ninguna circunstancia pueden viajar sobre los techos. Generalmente sobre las vías hay cables de alta tensión que pueden ser mortales, aun cuando no los toquen, simplemente si viajan debajo de ellos. Además, la asociación de ferrocarriles cuenta con un servicio privado de seguridad y tiene vigilantes que observan los trenes. Así que lo mejor es que trepen al interior de los vagones, tienen grandes puertas corredizas en los lados, y ciérrenlas. Si tienen buena suerte viajarán de un jalón hacia la frontera.

Nos da algunas otras recomendaciones, después nos deja y camina hacia un grupo de personas que se encuentra a algunos metros de distancia para hablar con ellos. Nos ponemos en cuclillas en la sombra, junto a los conductos, y esperamos a los trenes que abandonan la estación. Siempre que escuchamos uno, nos levantamos de un salto, pero el hombre nunca nos da la señal que habíamos acordado. Mira un poco hacia arriba, observa el tren y hace un gesto negativo con la mano, mientras que inmediatamente después se dirige hacia un nuevo grupo.

Así pasa hasta el mediodía. Entonces finalmente ha llegado el momento. Nuevamente traquetea un tren entre las fábricas y ahora llega la señal anhelada. Con ambos brazos y los dedos índice levantados, el hombre señala la vía. De inmediato corremos, pero no sólo nosotros, sino casi todos los que están en el campo. Parece que no somos los únicos que quieren llegar a Nuevo Ladero.

El tren es infinitamente largo, hay lugar para todos. Vemos cómo algunos de los otros se preparan para abrir las puertas y escalar hacia adentro. No parece ser demasiado difícil, aquí en la zona industrial el tren es aún tan lento que puedes correr relajadamente a su lado. Nosotros somos los siguientes en la fila. Fernando y Ángel buscan un vagón, Jaz y yo tomamos el que está detrás. Hemos quedado en subirnos en el mejor de los dos.

Mientras Jaz corre a lado, brinco sobre el estribo desde el cual puedo alcanzar el cerrojo de la puerta corrediza y lo presiono hacia abajo. Como en cámara lenta, la pesada puerta se desliza hacia un lado. Adentro hay cajas apiladas hasta el techo y apenas si dejan un milímetro de lugar. Mientras miro desilusionado hacia adentro, escucho a Fernando llamar desde adelante. Nos hace una señal; al parecer él y Ángel tuvieron mejor suerte.

—Vamos, hacia adelante, Jaz —le digo, pero ella ya corre a toda velocidad.

Salto y corro detrás de ella. Cuando llego al vagón delante de nosotros, Fernando y Ángel ya jalaron a Jaz hacia adentro, ahora hacen lo mismo conmigo.

El vagón está cargado con sacos de cemento. En algunos lugares están apilados cuidadosamente, en otros están aventados en desorden, como si los trabajadores hubieran perdido las ganas o ya no tuvieran tiempo para apilarlos. Cerca de la puerta hay suficiente lugar para que todos podamos sentarnos.

—¡Oye, tráeme uno de los sacos! —me grita Fernando—. Tengo que bloquear la puerta.

—Pero…yo pensé… —recuerdo lo que el hombre nos aconsejó.

—No hables ahora, sólo haz lo que te digo.

Me levanto de un brinco y levanto en las alturas uno de los sacos con mucho esfuerzo; pesa de los mil demonios. Después lo arrastro hacia Fernando que está parado junto a la puerta corrediza y cuida que no se cierre de golpe. Toma el saco, bloquea la puerta y se deja caer sobre el piso con un suspiro de satisfacción.

—Pero… ¿no dijo el hombre que debíamos de cerrar la puerta? ¡Para que los vigilantes de las vías no nos vean!

Fernando hace un gesto de desdén.

—No puedes cerrar nunca la puerta, eso es lo peor que puedes hacer. Una vez que está cerrada sólo puedes abrirla por afuera, y ya no por adentro.

—¿Quiere decir que quedaríamos atrapados?

—Caeríamos en la trampa de los corderos y en una redada nos sacarían. Además más adelante en el desierto hará tanto calor que no podríamos aguantar sin un poco de viento. Nos moriríamos de sed aquí adentro.

—¿Entonces por qué el tipo dijo eso? —pregunta Jaz.

—Porque él sólo es un fastidioso sabelotodo —responde Fernando—. Supo eso de los nombres de las compañías, está bien. Debe haberlo escuchado en algún lugar. Pero de ahí en fuera no tiene idea, se nota.

Ahora el tren es perceptiblemente más rápido. Durante un rato viaja todavía por la zona industrial, detrás del resquicio del ancho de los sacos se escucha el murmullo de fábricas y almacenes sobre las que hay una red desordenada de cables eléctricos. Después quedan los últimos rastros de la ciudad. El tren acelera de nueva cuenta, ya es demasiado rápido como para que alguien pueda brincar.

Fernando permanece sentado en el resquicio de la puerta para cuidar que el saco de cemento no se caiga o se resbale de lado. Yo me siento a su lado para tener buena vista de afuera. Nos estiramos; los sacos son buenos apoyos para la espalda. En realidad no son cómodos, pero por lo menos aquí el clima no nos puede hacer nada, no nos podemos caer y tampoco nos golpearán las ramas y eso es, hasta cierto punto, tranquilizador.

El tren viaja a lo largo de una curva amplia. Fernando se inclina hacia afuera y escudriña en todas las direcciones.

—No hay vigilantes a la vista —dice cuando está de nuevo adentro.

—Parece que todo el techo está vacío, lo que es bueno. Eso eleva nuestras posibilidades de no ser pillados.

—Probablemente el tipo advirtió a todos los del campo sobre treparse en los techos —supuso Jaz—. Por cierto, ¿lo vio alguno de ustedes después? ¿También está en el tren?

Encojo los hombros. No me había dado cuenta, sólo tenía ojos para los vagones y las puertas. Tampoco los otros saben qué fue de él.

—Da igual —dice Fernando—. De cualquier manera, parece que todos le hicieron caso, casi por todas partes las puertas están cerradas. Ojalá la gente tenga suficiente agua, sino les resultará difícil despertar, o no despertarán.

Jaz lanza una mirada a las bolsas con nuestras provisiones, después me mira y sonríe levemente. No tenemos mucho para comer pero por lo menos tenemos dos botellas de plástico llenas de agua. Ángel las mendigó para nosotros, desde entonces sobre la marcha las llenamos en fuentes o en llaves de agua. Si las economizamos hay suficiente agua para un día y una noche.

El tren hecha vapor como se debe. Afuera se extiende un amplio y ondulado terreno montañoso con campos de trigo y ganados de reces. Los jinetes sobre el pasto se ven como los cowboys de las películas viejas; entre éstos aparecen una y otra vez cactus con formas fantásticas y pueblos blancos. Intentamos calcular qué tan rápido vamos y cuánto tiempo tardaríamos en llegar a la frontera, pero no nos podemos poner de acuerdo exactamente.

Así pasan las horas. Nos asustamos muchísimo dos veces cuando Fernando descubre un puesto de vigilancia en los árboles. En cada ocasión jala inmediatamente hacia adentro el saco de cemento con el que bloquea la entrada y desliza la puerta para que el espacio para dejarla abierta sea del tamaño de su mano. Después de un tiempo, cuando estamos seguros de que los vigilantes están fuera de la vista, la abre de nuevo.

Finalmente empieza a oscurecer. Viajamos a lo largo de una línea infinita de campos; tengo la sensación de que aquí la transición a la noche dura más que en el sur. Para ahuyentar el tiempo y olvidar el hambre hablamos simplemente de todo sobre lo que se nos ocurre. Sobre Emilio, la gente en la estación de tren, sobre el padre, sobre la frontera. Todos cuentan historias acerca de las cosas que han vivido cuando los otros no estaban. Les cuento sobre el hombre en el tren que dijo que nos volveríamos a ver. Y que siempre paga sus cuentas.

Cuando es de noche y las estrellas están en el cielo, nos hubiera gustado saltar del tren. Buscarnos en algún lugar un campo, tal vez uno de maíz como el que vimos en el último anochecer; atiborrarnos la panza y dormir con toda calma entre la paja mientras el viento cruje ente las hojas. Pero el tren es demasiado rápido y, además, debemos pensar en lo que nos dijo el hombre en Lechería: que aquí en el norte no es tan fácil subirse de nuevo al tren una vez que lo has abandonado.

—Imagínense que los sacos son almohadas —dice Fernando—. No son grises, sino bonitas y con dibujos. Y no hay cemento adentro, sino plumas suaves. Entonces esto es como una cama en el cielo.

—¡Sí, y antes de dormir tendremos una pelea de almohadas! —dice Jaz—. Me da curiosidad saber quién ganará.

Nos arreglamos nuestro lugar para dormir tan bien como podemos. Pero nos parece muy riesgoso dormir todos al mismo tiempo. El vagón tiembla y se mece y si no estamos atentos todo el tiempo, existe el peligro de que el saco con el que bloqueamos la puerta se resbale y, al final, quedemos atrapados. Así que decidimos que cada uno haga de vigía durante algunas horas.

Sorteamos el orden; yo soy el primero. Mientras los otros planchan la oreja, me instalo en mi puesto junto a la puerta. Por precaución la obstruyo además con el pie. Durante un rato mato el tiempo al golpearla una y otra vez con un fuerte puntapie y espero a que regrese lentamente hasta mí. Pero después Jaz se queja y dice que con ese ruido ninguna persona sensata puede dormir, así que dejo de hacerlo.

Afuera en este momento está tan oscuro como la boca de un lobo y no puedo ver mucho. Sólo el viento me sopla en la cara, de cuando en cuando escucho los ruidos de los postes telegráficos o casetitas eléctricas, o qué sé yo, que crujen cuando pasamos. De ahí en fuera sólo está el monótono ruido de las ruedas, y en algún momento el ronquido de Ángel, eso es todo.

De vez en cuando se mueven en la lejanía las luces de un pueblo o de una pequeña ciudad. Intento retenerlas tanto como puedo. Hasta que se haya extinguido la última de ellas. Hasta que los ojos me arden y apenas puedo mantenerlos abiertos.

Me siento a la ventana y miro hacia fuera. El camino está desierto, excepto por las nubes de polvo arremolinadas por el viento. Nada de lo que espero llega —su figura, sus ojos, su sonrisa, su voz. Ni siquiera mi amigo el viento me trae de vuelta algo de eso. Ni siquiera se puede contar con él.

Con frecuencia me siento aquí arriba, todos los días, desde que se fue hace algunos meses. Me siento aquí y me imagino cómo de repente aparece allá afuera. Cómo camina por el sendero, me toma en sus brazos y me explica que todo fue un error, un grande y triste error.

Lo último de lo que me acuerdo es de la expresión en su rostro cuando se fue. Cuando se despidió de Juana y de mí tenía lágrimas en los ojos, como siempre que está triste, me regaña para que no me dé cuenta. Me dio miles de advertencias en el camino. Que debía cuidar a Juana. Que debía ir a la iglesia. Que no debía hacer enojar al tío y a la tía.

Debes tener paciencia y esperar, me dijo. Si haces eso, todo saldrá bien. Tan pronto como esté allá, los recogeré, será lo primero que haga. Al día siguiente me senté aquí y miré por la ventana, y desde entonces lo hago todos los días.

Después de algunas semanas, llegó su primera carta. «Ya llegué al norte. Me va bien, encontré trabajo como niñera en casa de gente rica. Son gente agradable, ahora pronto los recogeré. En tu cumpleaños, Miguel. Estaremos todos juntos cuando cumplas nueve.»

En mi cumpleaños llegó un paquetito. Adentro había una chamarra cara y unos tenis, como los que siempre había deseado. Mis amigos me tenían envidia. También había una tarjeta de cumpleaños, pero ni una palabra porque había roto su promesa. Un día después me deshice de la chamarra y de los tenis.

Después el dinero. Los días en la montaña de basura habían acabado. Ya no habría pies helados que se calentaran sobre llantas de coche humeantes. Ya no habría peleas con las cornejas ni con las águilas ratoneras. Ya no habría estómagos hambrientos. Es bueno, el dinero. Pero no cuenta historias en la noche, no responde cuando le haces preguntas y no te consuela en la oscuridad.

Después de algunos días, por primera vez, ya no podía recordar su rostro. Por lo menos no exactamente. Intenté retenerlo pero se desdibujaba como el reflejo que se diluye en el agua cuando cae una gota. Eso me da miedo.

Así que me siento aquí y miro hacia fuera y me pregunto todos los días si podría haber alguna otra razón por la que se fue. Si todo fueron sólo excusas. Si yo mismo soy la razón, a fin de cuentas. Pero no se me ocurre qué pude haber hecho. Qué hice mal.

¿Por qué ya no me quería? ¿Qué valgo yo si ya no me quiere? Eso siempre me pasa por la cabeza.

La bestia toca el tambor. Sus ojos centelleantes, redondos y rojos, me miran fijamente. Viene hacia mí, todo derecho; con cada paso que avanza, las baquetas caen retumbando. El ritmo es monótono y sin piedad. Nunca cambia, solamente se pone cada vez más fuerte.

Finalmente, el ruido se vuelve tan insoportable que me hace despertar. La bestia que toca el tambor se convierte en el tren que traquetea al cruzar las juntas de carril. Puedo escuchar el traca traca, traca traca, traca traca directamente debajo de mí. Y entonces, me llevo un susto enorme. Ya me deslicé del vagón hacia fuera hasta la mitad del cuerpo. Un pedacito más y perderé el equilibrio por completo.

Rápidamente me agarro de algo, me arrastro hacia el interior del vagón y empujo con las piernas apartándome de la entrada lo más lejos posible. Pero apenas estoy a salvo, escucho el deslizante ruido al cerrarse la gran puerta corrediza. Y ahora me doy cuenta: el saco con el cual la bloqueamos, debe haberse deslizado hacia afuera. Ésta es también la razón por la cual casi me caigo del vagón.

Me lanzo hacia adelante e intento detener la puerta, pero ya es demasiado tarde. Se cierra de un portazo, e inmediatamente después el traqueteo del tren se escucha solo como un eco lejano. ¡Estamos encerrados!

Enfurecido, golpeo con la palma de la mano contra la puerta, después me maldigo a mí mismo. ¡Cómo pude haber sido tan tonto para dormirme justo cuando estoy de guardia! ¿Y cómo se lo voy a explicar a los demás? Pero nada ayuda. Me arrastro hacia Fernando, busco a tientas su hombro y lo despierto.

—¿Qué pasa? —murmura medio dormido—. ¿Me toca velar?

—No. Ya no hay nada que vigilar.

—¿Cómo? —se incorpora y me empuja hacia un lado. Escucho cómo se lanza hacia la puerta y la tienta—. ¡Maldita sea!, ¿cómo pudo haber pasado esto?

—No lo sé tampoco. Es que yo...

—Mierda, hombre —ahora golpea la puerta exactamente así como lo acabo de hacer yo—. Si algo así le pasara a los otros, lo puedo entender. Pero contigo, hubiera pensado... —ya no habla más. Y de algún modo, esto me afecta más duro a que si me insultara de manera más desagradable. Al parecer, hasta ahora había creído que podía confiar en mí. Pero esto ya se acabó; lo eché a perder por completo. Y eso que para mí su opinión es la más importante de todas, bueno, a excepción de Jaz.

Mientras tanto despiertan también los demás y se dan cuenta de lo que pasa. Examinamos cada ángulo de la puerta con la esperanza de que encontremos una posibilidad escondida de poder abrirla desde el interior, pero por supuesto no hay ninguna. Está como si estuviera soldada y no se mueve ni un milímetro.

—En algún momento tenía que pasar esto —dice Jaz, cuando nos dimos por vencidos y nos sentamos en la esquina sumidos en pensamientos tristes—. Sólo podemos esperar. Pero en realidad, ¿para qué?

—Tampoco me sé la respuesta —contesta Fernando—. O llegamos a ciegas a la frontera o nos detendrán antes. En el primer caso, nos la pasaremos jodidos en el desierto; en el segundo, es posible que nos agarren. Ni idea de qué sería mejor para nosotros.

Nos quedamos sentados y esperamos, ya nadie piensa en dormir. En el interior del vagón está muy oscuro, lo que no ayuda precisamente a levantar nuestro ánimo. Nadie dice ni una palabra. Entre más tiempo permanecemos en silencio, más incómodo me siento, como si fuera un mudo reclamo por no tener cuidado.

No sé cuánto tiempo hemos estado sentados así, hasta que de repente el tren va más lento. Una fuerte sacudida atraviesa el vagón. Y entonces nos espanta un fuerte ruido, uno de los sacos de cemento debe haberse deslizado de las pilas y caído en el suelo. El tren frena otra vez y finalmente se detiene. A través de la puerta nos llegan voces sordas. Alguien da órdenes que no entiendo. Algunas puertas de los vagones se deslizan, se escuchan gritos, de repente se oye un disparo.

El ruido se acerca. Alguien manipula nuestro vagón y la puerta se abre de golpe. En el siguiente momento, entra una luz deslumbrante al interior, pasa por el cargamento y nos agarra en la esquina, donde nos refugiamos. Hay voces gritando que debemos bajar.

Estoy tan espantado que hago caso, sin pensarlo ni un solo momento. Pero la luz me ciega, y al bajar pierdo el equilibrio, me resbalo y caigo al suelo. Alguien maldice y me levanta de un golpe, después algo frío y metálico se cierra alrededor de mis muñecas.

Apenas ahora puedo reconocer que el tren está parado en pleno trayecto; en un camino están estacionados numerosos todoterrenos, alumbrando el tren con sus focos. Todos los vagones están abiertos, por todas partes expulsan a la gente que camina tropezando como una manada de ganado hacia el camino hacia los todoterrenos.

Yo también recibo un golpe en la espalda y echo a andar, los demás ya están un paso adelante. Muy lejos, en la punta del tren, apenas se logra reconocer, alguien está arrodillado en el suelo, probablemente el maquinista. Uno de los hombres que pararon el tren le amenaza con un arma. ¿Qué pasará con él?, esto ya no lo veo, ya llegamos al camino y tenemos que subirnos a la superficie de carga de uno de los todoterrenos. Dos hombres también se suben y con movimientos sutiles nos obligan a sentarnos en el piso. Después, cierran de golpe el portón trasero y el carro arranca.

Estamos sentados muy apiñados. Junto a mí está Jaz, un poco más atrás están sentados Ángel y Fernando. El carro traquetea por la calle, da una vuelta y acelera. Al principio no me atrevo a levantar la cabeza, después me atrevo a echar una mirada a los hombres que nos secuestraron. No es la chota, eso queda claro, y tampoco son de la Migra. Visten uniformes de batalla, además sus caras están pintadas de negro. No sé qué pensar de ellos pero me dan la impresión de que son jodidamente peligrosos.

De reojo observo a los demás que están sentados sobre la superficie de carga. La mayoría puso sus cabezas en las rodillas y clavan los ojos en el piso, nadie se mueve o dice algo. Fernando está sentado en la esquina. Se ve pálido. Así de pálido como nunca lo había visto antes.

Viajamos por una hora a través de la oscuridad, seguramente. Después, el carro se detiene, y tenemos que bajar. Nos hacen avanzar hacia una casa totalmente abandonada en la naturaleza, tal vez sea un rancho. Cuando camino tropezando hacia allí, tengo la sensación que no hay ni un alma en varias millas a la redonda.

Además de nuestro carro, llegaron un par más y también se detienen delante de la casa. A la luz de los focos, reconozco a ese tipo con cara de conejo que habló con nosotros en el campo cerca de Lechería. Uno de los tipos sombríos le da unos billetes en la mano, y desaparece en la oscuridad.

Llegamos a la entrada de la casa y nos empujan hacia dentro. A través de una escalera bajamos al sótano. Huele a moho y humedad, a sudor y algo más. Caminamos por varios pasillos y nos quedamos parados delante de una puerta de acero.

Uno de ellos la abre y nos empuja hacia dentro. El cuarto donde estamos parece un calabozo. Está totalmente pelón, sólo hay un foco colgando en el techo y tuberías que recorren las paredes. Hay gente atada con cadenas a ellas, seguramente una docena o más. Están sentados en el piso, extrañamente torcidos, los brazos estirados hacia arriba, de donde cuelgan de los tubos con las esposas. Cuando los veo, me quedo sin aliento. La mayoría de ellos están completamente desnutridos, todos tienen rastros de golpes o de patadas en la cara. Algunos se ven más muertos que vivos.

En una pared todavía quedan algunos lugares libres, allí tenemos que sentarnos. Uno de los hombres abre mis esposas, las coloca en un tubo y me ata con una cadena. Hace lo mismo con Jaz, Ángel y Fernando. Todo sucede en un silencio total, solo se puede escuchar el chasquido de las esposas y el eco en los tubos. Luego los hombres desaparecen, cierran la puerta de golpe y con llave. Durante un tiempo, aún nos llega el ruido de los pasos, otras puertas se abren y cierran, finalmente hay silencio.

Algunos de los que estaban sentados en la pared, levantaron las cabezas cuando nos metieron y ataron. Ellos también vienen de los trenes, esto se les ve, pero son más grandes que nosotros. Después de habernos observado, bajan sus cabezas de nuevo. Algunos ni siquiera levantan la mirada, solamente dormitan apáticos.

A mi lado está sentado Fernando y no se mueve. Durante un tiempo acecho hacia afuera, parece que ya no hay nadie en los pasillos. Después me inclino hacia él.

—¡Fernando! ¿Qué está pasando aquí?

Voltea lentamente la cabeza en mi dirección.

—Lo peor que nos pudo haber pasado —murmura—. La chota, bandidos, la Migra, todo sería mejor que esto de aquí.

—¿Por qué? ¿Quién es esta gente?

—¿Estás ciego? Los Zetas, quién más.

—¿Te refieres a los narcos? Esta…

Banda de asesinos, quiero decir, pero las palabras se me quedan como un nudo en la garganta. Tan solo el nombre me deja como piedra. Ahí de donde vengo, México queda bastante lejos, pero todos ya escucharon de los Zetas. Que de todos los tipos malos en el negocio de la droga, ellos son los peores. Y que no se dejan intimidar ante nada ni nadie.

—Pero, ¿qué quieren de nosotros? Nosotros no tenemos nada que ver con las drogas.

Fernando gime y se endereza un poco. La cadena entre sus esposas roza el tubo al cual estamos atados.

—La vez que logré llegar hasta la frontera —dice—, alguien me contó que los Zetas están metidos no solamente en el negocio de la droga, sino que actualmente están involucrados en todo. En todos lados donde se puede hacer dinero, también en los trenes. Hasta ahora pensé que era solamente un rumor, pero, mierda, al parecer realmente hay algo detrás de eso.

—De todas formas, ¿cómo pueden hacer dinero con gente como nosotros? Nosotros no tenemos nada.

—Estos tipos son más astutos de lo que piensas —contesta Fernando—. No se contentan con un poco de morralla. Ellos quieren extorsionar con el pago del rescate. Primero, tenemos que decirles los números telefónicos de nuestra gente, de todos a los que les importamos algo. Después, llaman allí y amenazan que, si no les llega pronto un montón de varo, nos van a matar.

—¿Pero de dónde quieren que venga ese dinero? —susurra Jaz, que está sentada del otro lado de Fernando y al parecer escuchó todo. Se inclina hacia adelante, hasta donde le permiten sus cadenas—. Nadie de nosotros conoce a alguien que pueda conseguir mucho, ¿o sí? Por lo menos yo no, y seguramente ustedes tampoco.

—Ah, maldita sea, esto no importa nada —dice Fernando y golpea enfurecido el tubo del cual colgamos—. No entendieron que está pasando aquí. Si alguien paga por nosotros o no, eso no importa un carajo. Incluso si alguien lo hace, jamás lograremos salir de este calabozo. ¿O acaso creen ustedes que ellos permitirán que los delatemos?

—Pero esto significaría que ya no tenemos absolutamente ninguna oportunidad. Pase lo que pase —dice Jaz con voz entrecortada.

Al principio, Fernando no contesta. Sólo mira frente a sí y rechina los dientes.

—¿Quién sabe? A lo mejor sí —dice entonces—. Si bien no podemos utilizar nuestras manos, nuestras cabezas sí. Probablemente pronto vendrán y nos acosarán con preguntas. Entonces tendremos que ofrecerles algo. Tienen que creer que pueden sacar algo de nosotros. Porque mientras lo crean, nos mantendrán vivos. Y mientras estemos vivos, tenemos tiempo para que algo se nos ocurra. Ni idea qué, pero esto es lo único que podemos hacer por el momento.

—No sé si seré capaz de inventarles una historia —dice Jaz—. Me estoy cagando de miedo.

—Claro que tienes miedo. Quien no tiene miedo aquí abajo, o es Superman o un idiota. Pero tienes que lograrlo, y lo harás. Todos tenemos que lograrlo —Fernando se inclina hacia adelante y mira a Ángel que está sentado detrás de Jaz—. Tú también, ¿entendiste?

Ángel, quien está colgado recto debajo del tubo y apenas llega con el trasero hasta el piso, gime.

—Las esposas dan comezón —es lo único que dice.

De alguna manera, tengo la sensación de que aún no capto en qué situación estamos.

—¡Ángel! —repite Fernando—. ¿Entendiste lo que te dije?

—Sí. Y ya sé que voy a hacer. Les voy a contar sobre Santiago y su banda. Entonces les entrará miedo.

—¡Oh, hombre! —Fernando pone los ojos en blanco—. Ni lo pienses, es lo más estúpido que puedes hacer. A estos tipos no les va a dar miedo cuando los amenaces con tu hermano mayor.

—¿Pero qué les digo entonces?

—Diles que tu hermano vive en Los Ángeles y gana un montón de dinero. Y que te quiere, y que hará todo por ti. Esto es suficiente, ¿ok?

Seguimos sentados, sumidos en pensamientos sombríos. Observo alrededor y pienso como loco, si pudiera existir una posibilidad de huir de este sótano. Pero el tubo al cual estamos atados, es demasiado ancho; y aunque hubiéramos logrado desatarnos, todavía está la puerta de acero y arriba en la casa… los hombres armados. Es inútil.

Después de un rato, abren la puerta y dos de los Zetas entran en el cuarto. Miran rápidamente a su alrededor, después vienen hacia nosotros. Uno se queda parado, el otro se pone en cuclillas delante de mí y me ve a la cara. Apresuradamente bajo la mirada. Su mirada me causa miedo y algo me dice que es mejor no devolverla.

Por un rato, solamente me mira fijamente, mi corazón palpita como loco. Hay un silencio sepulcral en el cuarto y su mirada fulminante casi me está volviendo loco. ¿Por qué no dice nada? ¿O acaso quiere que lo haga yo?

—Estoy esperando —por fin escucho su voz, suena bastante molesto—. Pero no lo haré por mucho tiempo más.

—Mi... mi madre —digo rápido—. Le puedo dar el número de mi madre. Ella está en Los Ángeles. Ella me está esperando. Nosotros... nosotros no nos hemos visto en una eternidad.

De hecho, tenía preparada toda una historia, pero ahora sólo logro balbucear. Echo una mirada corta hacia arriba, él me mira irónicamente a la cara.

—Entonces seguramente te echa mucho de menos.

—Sí, me... me imagino que sí. Haría todo para volver a verme. Me refiero a que ella... ella no tiene tanto, ella trabaja de niñera, pero ella...

Antes de que pueda seguir hablando, me golpea. No me da simplemente una bofetada, me golpea con el puño en la cara. Todo pasa tan rápido que ni siquiera alcanzo a voltearme. El dolor explota en mi cabeza como un fuego artificial, todo gira alrededor de mí.

—Esto ya nos lo contará ella personalmente —escucho su voz como desde muy lejos, como si hubiera una cortina entre nosotros—. ¿Cuál es su número?

—Yo... yo no me lo sé de memoria, está... —otra vez me golpea. Esta vez, me doy un golpe en el cogote contra la pared. Por un instante, todo se pone negro, y tengo un silbido insoportable en los oídos— ... debajo de mi planta del pie —de alguna manera logro sacar de mí las palabras.

Me arranca los zapatos de mis pies y los avienta a un lado. Después de haber examinado rápidamente mi tatuaje, me mira y esboza una sonrisa.

—Desafortunadamente, hoy no es tu día de suerte. Lo que pasa es que no tengo nada para escribir —de repente, aparece un cuchillo en su mano—. Por eso tendré que recortar el número.

El pánico me atraviesa como una descarga eléctrica. Pero antes de que pueda cumplir su amenaza, el otro hombre, que estaba parado detrás de él, se mete a empujones en su lugar y lo empuja hacia un lado.

—Encárgate del siguiente —dice, sacando una libreta de un bolsillo, y apunta el número.

—¿Nombre?

—Miguel —guarda la libreta.

—Ya cometiste dos errores, amigo —dice—. No cometas el tercero.

Dicho esto, se aparta de mí. Sigue Fernando. No me entero mucho de lo que le están haciendo, porque ya tengo suficiente preocupación por mí mismo. Mi cabeza me zumba y duele, como si alguien la hubiera estado golpeando con un martillo. Hasta que me recargué en la pared, poco a poco me sentí mejor. Sin embargo, me está sangrando la nariz. Y como no alcanzo a llegar con mis manos a la cara, me lamo la sangre de los labios con la lengua. Al sentir el sabor, me queda claro qué olor me llamó la atención cuando nos trajeron aquí. Huele a sudor… y a sangre.

Tampoco los demás se libran de los golpes, ni siquiera Ángel. Por lo visto, no importa qué es lo que uno dice, ellos siempre golpean. Probablemente, para fatigar y agotar a la gente; para cansarla y evitar que hagan disparates.

Por fin los dos hombres se han ido. Por suerte, nos compraron nuestras historias y por lo pronto parecen estar contentos. Ganamos un poco de tiempo. ¿Pero cuánto? ¿Y qué pasará después? Trato de no pensar en esto. Trato de no pensar en nada en absoluto.

Nos acercamos lo más que se puede. Nuestras caras se ven horribles. A Jaz y Ángel no les han pegado tan duro como a mí y a Fernando, pero de alguna manera, en su caso, incluso lo poco se ve particularmente terrible. Sobre todo en Jaz. Veo como la sangre le corre por la cara y eso casi me rompe el corazón.

Y entonces, cuando los cuatro estamos así en cuclillas, de repente me pongo a pensar en Emilio. Qué bien que por lo menos él no está pasando por esto aquí, me pasa por la mente. Que bien que captó a dónde pertenece y regresó. Tal vez hubiera sido mejor si nosotros hubiéramos hecho lo mismo hace tiempo.

—No se puede —dice Ángel—. No puedo, Fernando. Es que me duele demasiado.

—Ah, tonterías. Ya casi lo tienes, lo lograrás. ¡Vamos, esfuérzate!

Ángel aprieta los dientes e intenta otra vez. Gime, su cara desfigurada de dolor, de su muñeca gotea sangre. Pero no logra liberarse. Finalmente, se rinde y baja la cabeza.

—No se puede —vuelve a decir—. Simplemente no se puede.

Una noche, un día y una media noche más, seguimos atrapados en este calabozo. En la primera noche estuvimos tan desesperados, que nadie pudo pegar ojo. Mi cara ardía como fuego por los golpes, tenía un hambre insoportable, pero lo peor de todo era el terrible miedo y la incertidumbre de lo que pasará con nosotros.

En la mañana, los dos Zetas que nos habían interrogado la noche anterior, entraron al sótano. Nos desencadenaron uno tras otro y nos dieron una paliza; todos en el cuarto tenían que mirar. Después nos volvieron a atar y nos hicieron hablar en un dictáfono. Tuvimos que decir que estamos presos y que nos van a matar si en los próximos días no se paga el rescate por nosotros.

Después nos dejaron solos, pero por lo visto no estuvieron contentos con lo que grabamos, porque después de un par de horas volvieron y todo empezó de nuevo. Esta vez, las palizas que recibimos fueron aún más fuertes, y cuando quedamos encadenados otra vez, nos gritaron en la cara y amenazaron que nos matarían, si no hacíamos caso. Cuando nuestro miedo llegó al máximo, nos hicieron hablar otra vez en el dictáfono. Y al parecer, esta vez acertamos la nota correcta que ellos querían, porque después nos dejaron en paz.

Lo peor fue lo que pasó en la tarde. Dos de ellos, que aún no conocíamos, entraron al cuarto y desataron a uno de los presos. No se pagó dinero por él, nos dijeron, y ya no se pagará. Se lo llevaron hacia fuera. Nunca voy a olvidar la última mirada que nos echó. A través de la puerta, pude escuchar sus ruegos y súplicas, luego se oyó un disparo. Después, silencio.

Esto se repitió tres veces más. De por medio, espera, esperanza, temor y, al final, solamente puro miedo. Dos veces nos dieron algo de comer y beber, pero era tan poco que después tuvimos aún más hambre que si no hubiéramos comido nada. Hace un par de horas, finalmente cayó la noche otra vez. Desde entonces colgamos de los tubos en la fría luz del foco y nos sentimos tan miserables y desesperados como nunca nos hubiéramos podido imaginar. Ya desde un buen rato, escucho como Ángel sacude sus esposas. Primero no le prestaba mucha atención, pero después, me di cuenta de que, a lo mejor, con sus pequeñas manos logra liberarse de las cadenas. Ahora estamos sentados ahí y observamos cómo se angustia, y casi nos estamos volviendo locos al no poder ayudarle.

—Es inútil —dice finalmente—. Si intento una vez más, me romperé la mano.

—Bueno, ¿y?, ya sanará —refunfuña Fernando—. ¿Qué es mejor? ¿Una mano rota o un culo helado?

—Ay, ahórrate tus comentarios, Fernando, esto no nos lleva a ningún lugar —dice Jaz. Después se dirige a Ángel—. Eres el único de nosotros que puede lograrlo. Tienes que intentarlo otra vez, ¿me escuchas? De lo contrario, moriremos aquí abajo.

Ángel cierra los ojos y deja caer la cabeza. Por un buen rato permanece sentado así, sin moverse; y entonces respira profundo y con un fuerte tirón, jala las cadenas. No puedo soportar verlo y volteo la cabeza. Por una eternidad, escucho sus lamentos y gemidos, de repente un terrible chasquido, e inmediatamente después, el metálico sonido con el cual la cadena de sus esposas se desliza por el tubo.

Cuando vuelvo a mirarlo, yace doblado en el piso. Todo su cuerpo tiembla a causa del dolor, pero de alguna manera, logró liberarse. Qué pasa con su mano, eso no lo puedo ver. Me da la espalda y sostiene la mano frente a sí mismo.

—¡Ángel! —dice Jaz y hace un movimiento como si quisiera arrastrarse hacia él, pero sus cadenas la detienen—. ¿Qué te pasa?

Ángel deja de gemir, se incorpora a duras penas y voltea. Las esposas cuelgan ahora solamente de su mano derecha, la mano izquierda está libre, pero se ve terrible: llena de sangre y contraída como una garra. Va hacia Jaz y sacude sus cadenas con su mano derecha.

—Eso es inútil, Ángel—dice Fernando—. Así no nos vas a liberar. Tienes que salir e ir a buscar ayuda, ésa es nuestra única oportunidad.

Ángel titubea por un instante, después va hacia la puerta e intenta abrirla, pero está cerrada con llave, como siempre.

—Ahí no, joven —dice de repente uno de los otros, quienes están presos con nosotros. Él está sentado justo al lado de la puerta y no se ha movido por tanto tiempo, que pensé que ya estaba muerto—. Está cerrada como concreto y detrás de ella acecha la muerte —señala arriba de nuestras cabezas—. Tienes que tratar de llegar arriba.

Arriba de Fernando y yo, justo debajo del techo, hay una diminuta ventana y detrás, un estrecho canal de acceso cubierto con una malla. A través de él, durante el día, entra al sótano un poco de luz. Nunca me fijé en él, porque para una persona normal es demasiado pequeño. Pero el tipo en la puerta podría tener razón: tal vez no lo es para Ángel.

Fernando me da un empujón y señala hacia arriba. Entiendo a lo que va, nos enderezamos hasta donde nos permiten las cadenas.

—Tienes que treparte por arriba de nosotros —dice Fernando—. Y luego, de alguna manera procura llegar a la ventana.

Ángel hace lo que Fernando le dice. Se sube a nuestras rodillas, de allí a nuestros hombros y finalmente, al tubo al cual estamos atados. Con esfuerzo, llega al siguiente tubo arriba del primero, y de ahí ya puede alcanzar la ventana.

Se deja abrir fácilmente, pero ahora viene la parte difícil. Ángel tiene que subir al canal de acceso, el cual está lleno de viejas y polvorientas telarañas; y eso solamente con una mano, porque, por lo visto, su mano izquierda está herida tan gravemente que no puede agarrarse con ella. Necesita algunos intentos, pero finalmente lo logra. Serpenteando a través de la ventana, llega al canal, aparta las telarañas y empuja la malla hacia arriba. Entonces, se columpia hacia arriba y con una voz reprimida, nos grita algo que no puedo entender... y desaparece.

—Mucha suerte, pequeño —murmura Fernando y se deja caer nuevamente al piso.

Me siento con él.

—¿Entendiste qué es lo que gritó?

—No.

—¿Qué crees que va a hacer ahora?

—¿Y tú qué harías? Va a salir disparado y ¡a largarse! Lo más lejos posible. Y luego... ni idea.

—Pero tú le dijiste que debe ir a buscar ayuda —le recuerda Jaz.

—Sí, claro que lo dije. Pero no era más que un vano deseo. Digo, ¿a dónde podría ir? ¿Con la chota? Ustedes ya saben bien cómo están las cosas aquí. Aquí no hay ayuda.

Escuchamos atentamente a través del canal hacia afuera, pero no se oye nada. Bien que mal, es una buena señal: por lo visto, los Zetas no se dieron cuenta de la fuga de Ángel. A lo mejor, ya se alejó bastante de la casa. Me imagino cómo corre en la oscuridad, con su mano rota y las esposas colgantes, a través de los campos y las colinas, cómo siente las briznas de hierba en sus pies y el viento en la cara. Todas estas cosas bonitas, que nosotros a lo mejor nunca más volveremos a vivir...

Pocos minutos después de que Ángel desapareció, alguien de repente abre la puerta de acero. En un primer instante, me da un terrible espanto, porque temo que los Zetas a fin de cuentas podrían haberlo descubierto y agarrado, y ahora nos lo traen de vuelta, golpeado hasta casi dejarlo inconsciente. Pero entonces se abre la puerta y no es nadie más que Ángel mismo quien se asoma.

Fernando se encoleriza, cuando lo ve.

—¡Maldita sea! Te dije que te largaras —le cuchichea—. Jamás volverás a tener otra oportunidad como ésta —después se interrumpe—. Por cierto, ¿de dónde sacaste la llave?

Ángel entra por el resquicio de la puerta.

—Colgaba detrás de la puerta. Y esto aquí, también —levanta todo un manojo de llaves.

—¡No lo puedo creer! Son de las esposas —dice Fernando—. ¡Vamos, tráelas!

Primero, con dedos temblorosos, Ángel prueba las llaves uno por uno, hasta que Jaz descubre que tienen números que también están en las esposas. Desde entonces todo va rápido y pronto estamos libres de estas cosas espantosas. Fernando libera todavía a este hombre en la puerta y le deja el manojo de llaves, para que se pueda encargar de los demás; y entonces nos fugamos del corredor de la muerte.

Por suerte, los Zetas parecen no contar con que los presos podrían escaparse del sótano, porque ni la escalera ni la entrada están vigiladas. Unos pocos de ellos hacen ruido arriba en la casa, pero no se dan cuenta de nosotros. Salimos a hurtadillas y nos echamos a correr lo más rápido que podemos.

No nos preocupamos por la dirección, simplemente queremos alejarnos de esta maldita casa, de ese infierno. Es una huida salvaje. En el cielo hay unas pocas estrellas, pero su luz es muy débil, así que apenas podemos reconocer el suelo delante de nosotros. Una y otra vez tropezamos o pisamos en un hoyo, o delante de nosotros aparecen cercas con los cuales casi chocamos. A pesar de todo, no nos detenemos, sino que seguimos corriendo, hasta que no se vea nada de esta casa, ni siquiera las luces de los pisos de arriba.

—¡Fernando! —jadea Jaz finalmente—. ¡Espera! ¿A dónde corremos por cierto?

—¿Cómo lo voy a saber? —dice Fernando y se detiene, respirando con dificultad—. Ni siquiera sabemos dónde estamos. Solo sé que tenemos que seguir. Cuando los Zetas se den cuenta de que nos fugamos, correrán como el diablo detrás de nosotros. A más tardar mañana al amanecer se nos pegarán a los talones y para entonces tendremos que estar lo más lejos posible.

—Sí, pero, ¿en qué dirección?

—No importa un carajo —Fernando gira la vista y señala hacia unas estrellas que forman un evidente triángulo—. Vamos a guiarnos por ellas; seguiremos en su dirección. Así nos aseguramos de no correr en círculos.

Entonces volvemos a trotar. Fernando a la cabeza, trata de evadir las conejeras y otras trampas. Detrás de él sigue Ángel, sosteniendo su herida mano lejos del cuerpo y, de vez en cuando, lanzando en voz baja un grito de dolor; es jodidamente valiente. Delante de mí está Jaz. Cuando la veo, me pongo a pensar en lo que prometí a ese padre. Estoy aliviado de que no le pasó nada grave, porque sería mi culpa y no me lo podría perdonar ni siquiera en mi tumba.

Ahora caminamos más despacio, las estrellas nos guían. De vez en cuando el terreno nos obliga a dar un rodeo, así que nos desviamos de nuestro rumbo, pero nunca por mucho tiempo, y entonces volvemos a tener nuestro triángulo luminoso delante de nosotros. Es una zona abandonada, parece no haber pueblitos ni nada por el estilo. Seguramente tardará una hora, si no es que más, hasta que aparezca ante nosotros una pequeña granja.

Fernando se detiene.

—Mejor pasamos alrededor de la choza —propone—. Lo bastante lejos para que nadie nos note.

—Pero, ¿no queremos intentar conseguir ayuda? —pregunta Jaz—. Alguien tiene que ocuparse de la mano de Ángel.

Fernando niega con la cabeza.

—Demasiado peligroso. No sabemos quién vive allí. Tal vez también pertenecen a los Zetas o son sus alcahuetes. O, a lo mejor, van a querer ganarse un poco de dinero extra, y nos regresarán al rancho.

Jaz suspira.

—Pero necesitamos algo para comer y beber —dice—. Y a alguien que nos pueda decir cómo llegar a la línea del ferrocarril.

Por lo visto, también Ángel daría algo por ir a esta casa, se ve débil y agotado. Echo un vistazo hacia la pequeña granja. Todo luce muy tranquilo, en una cuenca debajo de las estrellas, de la chimenea sale humo en un hilo ondulado.

—Vamos, Fernando —digo—. De veras necesitamos ayuda. De lo contrario, no aguantaremos la noche.

Fernando titubea.

—Bueno —entonces se da por vencido—. Pero abran bien los ojos. Y prepárense a que en cualquier segundo tengamos que largarnos.

Bajamos a la cuenca y nos dirigimos hacia la granja. Todo está quieto. Entonces hacemos de tripas corazón y tocamos la puerta. Cuando no pasa nada, volvemos a tocar. Después de un rato, se escuchan unos pasos.

—¿Quién? —se oye una voz poco amable desde adentro.

—Nosotros… nosotros necesitamos ayuda —dice Jaz titubeando—. Nos asaltaron.

Primero hay silencio, luego alguien corre el cerrojo. La puerta abre. En la abertura aparece la boca de un rifle, detrás está un hombre con un rostro viejo y barbudo y con ojos amargados que nos examinan con desconfianza.

—¡Lárguense! —nos advierte después de habernos examinado un buen rato y levanta el rifle un poco más—. ¡Váyanse y que nos los vuelva a ver por aquí nunca más!

Nos quedamos parados e indecisos. A pesar de su griterío y el arma, el hombre me parece más miedoso que amenazador. La boca de su rifle tiembla frente a nuestras cabezas.

—Por amor de Dios, Felipe —de repente se escucha otra voz. Una mujer se pone a su lado—. Ellos vienen de esa casa.

—Yo sé de donde vienen ellos —refunfuña el hombre—. Por eso tienen que irse. Yo no quiero problemas con esa gente.

—Pero son casi unos niños —dice la mujer.

—Eso no importa. Si los encuentran con nosotros, nos van a matar a todos, niños o no, por igual —carga el arma—. ¡Así que lárguense!

Fernando lo mira sombrío a la cara. Después, voltea sin decir palabra y empuja a Ángel hacia adelante.

La mujer se tapa la boca con la mano, cuando lo ve.

—Voy a traer algo para comer —murmura—. Y los vendajes —dicho esto, desaparece en la casa.

El hombre baja la cabeza. Finalmente, también baja el rifle y lo pone en el marco de la puerta. Casi no se atreve a mirarnos a los ojos.

—¿Por qué lo hacen? —sólo dice eso, con la mirada perdida—. ¿Por qué no se quedan ahí en dónde pertenecen? ¿Por qué nos hacen esto?

—Nosotros no hacemos nada a nadie —dice Fernando—. Y creo que usted lo sabe.

El hombre parpadea nerviosamente.

—Esta zona está maldita —susurra—. Antes ésta era una buena zona, pero hoy en día está maldita.

—Nosotros solamente queremos algo de comer —dice Jaz—. Y ayuda para Ángel. Eso es todo. Luego seguiremos nuestro camino.

Sin mirarnos otra vez, el hombre toma su rifle y entra a la casa. Poco después, su esposa regresa y se ocupa de la mano de Ángel.

—Está fracturada, muchacho —dice—. Tienes que ir lo más rápido posible con un doctor.

Le aplica una venda y le pone una bufanda, en la cual le mete su brazo. Después, le da a Fernando una bolsa con alimentos.

—Vayan ahora —dice—. No podemos hacer más por ustedes. Corran, tan rápido y lejos como puedan, y no vuelvan a regresar a esta zona.

Nos asiente con la cabeza, entra a la casa y cierra la puerta con cerrojo. Inmediatamente después, puedo verla a ella y a su esposo en la ventana, están parados detrás de una cortina y nos observan.

—Ya, vámonos —dice Fernando—. Se están cagando de miedo.

—También lo harías, si estuvieras en su lugar —dice Jaz—. Imagínate que vives aquí, muy cerca de aquella casa, tienes su edad y no te puedes ir. También tendrías miedo, cada día, desde la mañana hasta la noche.

Fernando se encoge de hombros.

—Puede ser. Sea como sea, en cualquiera de las casas de aquí nos pasará lo mismo. Así que, ¡larguémonos de la zona!

Mientras nos ponemos en marcha, Fernando registra la bolsa que nos dio la señora. Hay tortillas allí, unos mangos, unas mazorcas y otras cosas que agarró a toda prisa. Devoramos todo, hasta dejar la bolsa vacía, y la tiramos. Hace jodidamente bien meter algo al estómago, incluso aunque no sea mucho. Sin esas cosas no podríamos aguantar mucho más. En secreto, mando al cielo una oración de agradecimiento por esa mujer.

Después de haber seguido por un rato nuestro triángulo de estrellas, al este empieza a amanecer. Muy lentamente, se acerca el día, con cada minuto puedo reconocer más del paisaje a través del cual corremos. De alguna manera, la claridad nos anima; avanzamos más rápido y más seguro. Pero también tiene algo amenazante: si los Zetas se dispersan ahora, nos encontrarán más fácilmente en la luz del día que de noche.

Después de que salió el sol, frente a nosotros aparece otra granja. Otra vez, nos quedamos parados y pensamos qué es lo que debemos hacer. Esta vez todos estamos de acuerdo que tenemos que ir allá; a fin de cuentas, no podemos seguir vagando sin rumbo por la zona. Tenemos que saber por fin dónde estamos y cuál es la mejor manera para regresar a las vías del tren.

La granja es más grande y mejor conservada que la pequeña granja de la pareja grande, esto se nota a primera vista. Los edificios son bastante nuevos, en el pastizal pasta ganado vacuno por doquier. En el patio, entre la casa residencial y los establos, un chico más o menos de la edad de Fernando está cortando leña. Cuando nos ve, baja el hacha, que sostenía arriba de la cabeza, y titubea. Después, la coloca encima del hombro y se nos acerca. A unos pocos metros de nosotros se detiene, nos observa y finalmente va de prisa con Fernando.

—Ustedes… vienen de aquella casa, ¿verdad? —habla tan bajo, como si temiera poder ser escuchado desde ahí.

Fernando lo mira a la cara, voltea la cabeza hacia un lado y escupe.

—¿Y qué tal si sí? —replica.

El chico echa un vistazo a la venda de Ángel. Tengo la sensación de que esto le basta para saber qué es lo que pasó.

—¿Los están persiguiendo? —pregunta.

—No —dice Fernando—. Todavía no. Pero tal vez pronto.

—Entonces no se queden parados aquí. Vengan mejor a la casa.

Lo seguimos, pasando por los establos, hasta llegar a la casa residencial. Cuando entramos, un hombre que está ahí sentado a la mesa e inclinado sobre unos papeles, levanta la cabeza. Nos mira con ojos entrecerrados, mira al chico y hace un movimiento sutil con la cabeza en la dirección de la cual venimos. El chico solamente asiente con la cabeza.

—Malditos cerdos —murmura el hombre y se levanta—. Prepara el carro, Ramón —le dice al muchacho—. Empaca algo para comer adelante y un par de lonas en la superficie de carga.

Mientras el chico desaparece, el hombre se dirige a nosotros.

—No se pueden quedar aquí. Seguramente ya los están buscando. Cuando los encuentren, nadie de nosotros quedará con vida —piensa por un momento—. Mejor los llevo a San Luis Potosí, a la Casa del migrante. Allí se ocuparán de ustedes; en el albergue para migrantes estarán a salvo.

—¿Y de ahí llegamos a la línea del ferrocarril? —pregunto.

—Sí —dice Fernando, antes de que el hombre pueda contestar—. Lo vamos a hacer. Yo conozco ese albergue.

Queremos marcharnos, pero Jaz titubea.

—En esa casa —dice en voz baja—, hay más presos. ¿No deberíamos…?

El hombre la interrumpe con un movimiento de mano enérgico.

—No —dice—. No podemos hacer nada. No contra los narcos. ¡Vamos ya, tenemos que irnos!

Cuando salimos, el muchacho ya cargó una camioneta vieja y lista para ponerse en marcha.

El hombre nos lleva hacia allá y señala hacia la superficie de carga. Por lo visto, quiere que nos escondamos debajo de las lonas que extendió el muchacho. Cuando Fernando lo ve, titubea y mira hacia atrás con desconfianza.

—¿Qué pasa? —le pregunta el hombre—. ¿Crees que les quiero tomar el pelo? ¿Piensas que los voy a llevar con esos cerdos y cobrar dinero por ustedes?

Fernando no contesta.

El hombre se le acerca y le pone la mano en el hombro.

—¿Es lo que esperas de nosotros? —pregunta—. ¿De mí y de mi muchacho?

Fernando lo mira a los ojos, un buen rato.

—No —dice entonces—. Está bien.

Nos hace una seña con la cabeza y sube a la superficie de carga. Lo seguimos, nos metemos debajo de las lonas y nos hacemos lo más chiquitos posible. Escucho cómo el hombre sube a la camioneta y arranca el motor, e inmediatamente después la camioneta se pone en marcha.

El camino está lleno de baches, traqueteamos todo el tiempo por caminos de tierra y de grava. El carro parece no conocer algo así como amortiguadores, todo el tiempo hay sacudidas muy fuertes. De por sí, todavía me duele todo de las golpizas que me dieron en el calabozo de los Zetas; con cada piedra y cada raíz por las cuales pasamos, podría gritar de dolor. A pesar de eso, estoy muy feliz de que estemos debajo de las lonas y no tengamos que correr dando vueltas ahí afuera, donde estamos indefensos y visibles para todos.

El viaje parece no tener fin. Hasta que el sol ya está tan elevado en el cielo, que el aire debajo de las lonas se volvió caliente y sofocante, el carro se detiene. El hombre baja y se nos acerca.

—Ya estamos lo suficientemente lejos —dice y levanta las lonas—. En esta zona ya no les pasará nada. Pueden sentarse adelante.

No nos lo tiene que decir dos veces. Bajamos de la superficie de carga, subimos a la cabina del conductor y nos sentamos todos, apretados, en el asiento. Mientras el hombre vuelve a arrancar, nos abalanzamos sobre las cosas que empacó para nosotros su hijo. No es como la noche pasada, en aquel entonces solamente tuvimos algo para la peor hambre. Ahora, por primera vez desde muchos días, podemos de verdad saciarnos otra vez.

—Gracias por todo —dice Jaz cuando terminamos—. Nunca podremos devolver todo lo que usted hizo por nosotros.

—Descuiden —dice el hombre, negando con una seña—. Hay solamente una cosa que importa y eso me lo tienen que prometer de verdad. No importa con quien hablen: nunca estuvieron en nuestra granja. Nunca viajaron en este carro y nunca me conocieron ni a mí ni a mi hijo. Porque si la gente equivocada se entera de que les ayudamos, nos irá de la fregada.

—Por nuestra parte, nadie se enterará de nada—dice Fernando—. Puede estar seguro.

—Bien. Entonces, hay algo más: no cuenten en el albergue nada sobre aquella casa y los Zetas. Escuché que hay gente buena ahí. Seguramente querrían emprender algo y eso podría acabar jodidamente mal para ellos. No les den ni siquiera la idea, ¿de acuerdo?

—Pero, ¿cómo podemos explicar quién nos maltrató así? —pregunta Jaz—. ¿Y dónde se fracturó la mano Ángel?

—Inventen algo —dice el hombre—. Lo lograrán. De lo contrario, no hubieran llegado tan lejos.

Un poco más tarde llegamos a San Luis Potosí. Es una ciudad bastante grande, con fábricas, supermercados e iglesias, y simplemente todo lo que ello implica. Pasamos por un barrio periférico, después el hombre se detiene.

—Desde aquí tienen que seguir solos —dice—. Tengan cuidado de no tropezar con la policía. Se les ve a diez kilómetros que vienen de los trenes.

Nos bajamos y nos despedimos de él. Todavía nos quiere explicar el camino hacia el albergue, pero Fernando niega con la cabeza y le dice que ya había estado ahí. El hombre asiente con la cabeza, da la vuelta con la camioneta, nos saluda con la mano; e inmediatamente después desaparece en una nube de polvo.

—Ojalá no le traigamos la desgracia —murmura Jaz, mientras observamos cómo se aleja.

—No si cerramos el pico —dice Fernando—. Escuchaste lo que dijo.

Enfrente de nosotros, del otro lado de la calle, hay un mercado. Allí hay puestecitos con techos amarillos y rojos que, desde donde estamos parados, casi parecen un mar de flores. Cuando lo veo, me pregunto si de verdad sobrevivimos las últimas dos noches. Parece tan lejano como una pesadilla, tan exagerada y aterradora, que no es posible que tuviera algo qué ver con el mundo real.

Vuelvo a mirar en la dirección donde desapareció el hombre. Un todoterreno dobla la esquina de la calle. Se me hace un nudo en la garganta, cuando lo veo. Al volante están hombres con caras oscuras. Nos ven y se dirigen hacia nosotros. Ahora están aquí… y dan vuelta hacia el mercado de enfrente. Son campesinos, llevan melones y jitomates. Y sus caras solamente están bronceadas por el sol.

Un escalofrío me corre por la espalda, me estremezco.

—Vámonos —digo a los demás—. Larguémonos de aquí.

¡Querida Juanita!

Por fin logro escribirte otra vez. Antes simplemente no me fue posible. Nos perdimos en los últimos días y tuvimos que dar un rodeo. Afortunadamente, nos ayudaron unas personas. Ahora, otra vez estamos mejor. Yo y los otros, de los cuales te escribí la última vez.

Estamos lejos, en el norte. La gran sierra quedó detrás de nosotros y estamos contentísimos por ello, porque a veces hacía mucho frío ahí y era jodidamente difícil atravesarla. Pero lo logramos y ya no falta mucho hasta la frontera.

La ciudad donde estamos se llama San Luis Potosí. Aquí hay un albergue para gente como nosotros, en el cual podemos dormir unas noches y obtener suficiente comida. ¡Incluso hay chocolate caliente, tanto como queramos! Te puedo decir que ya casi olvidé cómo es dormir en una cama de verdad y comer algo caliente. Como si caminaras por un desierto, casi muriéndote de sed, y de repente llegas a un oasis con agua, sombra y árboles; así más o menos nos sentimos ahora.

La encargada del albergue es una de las personas más lindas que jamás había conocido. Se ocupa de cada uno de nosotros casi como si fuéra-

mos sus propios hijos. Tiene una forma de ser que, de alguna manera, le cuentas cosas que nunca le hubieras contado a nadie, y sólo después te das cuenta cuánto le dijiste. Ella fue la que me dio la pluma para que pudiera escribir esta carta, lo que pasa es que perdí mi libreta en algún lugar en las montañas. Cuando sigamos nuestro camino, ella se ocupará de que esta carta llegue al correo para que la recibas.

No te imaginas lo agradecidos que estamos. ¡Incluso Fernando! En su caso, siempre tarda mucho para que confíe en alguien. Pero hasta él se dejó abrazar por ella cuando pensó que nadie lo estaba viendo.

Nos quedaremos uno o dos días, después seguiremos. El albergue queda a sólo unos cien metros de la línea del tren, siempre escuchamos el resoplido y el silbido de los trenes, sobre todo en las noches. Un solo viaje más, si todo va bien. Un viaje más y llegamos a Nuevo Laredo. Eso queda en la frontera; y detrás de eso, ya están los EUA.

Ya no falta mucho, Juanita. Pronto llegaré al destino, y entonces recibirás otra carta de mí, o de mi mamá y de mí juntos. Solo quédate en Tajamulco y espera. Pronto nos volveremos a ver.

Te mando un apapacho,

Miguel

—¿Podrías por lo menos bajar tus sucios zapatos? —pregunta Jaz, dándome un ligero codazo en el costado.

—¿Por qué sucios? No están sucios, sólo un poco desgastados.

—Está bien, pero imagínate que tampoco quiero tus zapatos desgastados en mi cama.

Le hago el favor y me quito los viejos zapatos. Aunque no están realmente sucios, por lo menos no tanto como para que Jaz se ponga así.

—Listo, ya me los quité. ¿Contenta?

—Sí, mucho mejor. Qué bien que te sientas tan a gusto en mi cama. Por cierto, ¿por cuánto tiempo más piensas quedarte aquí?

—Hasta mañana, es lo que pensé.

—¿Hasta mañana? —Jaz ríe, señalando con el dedo a la sien—. Éste es el dormitorio para chicas, ¿ya se te olvidó?

—Ah, Jaz, ¡cómo podría olvidarlo! Sólo pensé: hasta ahora siempre tuviste que actuar como si fueras un chico, entonces ahora yo actúo como si fuera una chica. Eso es justo, ¿no crees?

De la cama de al lado de nosotros se escuchan risitas. Allí está recostada Alicia, de quen Jaz se hizo amiga en los últimos días. Tiene pelo cortito como un soldado, pero a pesar de eso se ve muy linda. Ella y Jaz son las únicas aquí, en el dormitorio de chicas. En el dormitorio para los chicos somos veinte o treinta.

—Pues si quieres hacerte pasar por una chica, tienes que esforzarte mucho más —me dice.

—Lo estoy haciendo. Además, ya estoy en el dormitorio para chicas. Ya es un inicio, ¿verdad?

Alicia se ríe.

—Tu amigo sí que es gracioso, Jaz, hay que reconocerlo.

—Ah, no le hagas caso, en algún momento solito dejará de decir tonterías —Jaz voltea hacia mí y hace una sonrisa burlona—. ¿Escuchaste?

Tiene razón, digo tonterías. Pero por el momento, es lo que se me antoja. Ya llevamos dos días y dos noches en el albergue de San Luis Potosí. Hicimos tal como le prometimos a ese hombre, y no contamos nada sobre aquella casa y los Zetas. Pero a la encargada del albergue, la Santa, como le dicen aquí, no la podemos engañar. Cuando te mira a los ojos, sientes que sabe exactamente qué es lo que pasó. Ni siquiera tiene que preguntar, simplemente lo sabe.

Entretanto, las lesiones de las golpizas y las heridas en las muñecas, más o menos sanaron; nos quedaron unos moretones, arañazos y costras. Un médico examinó la mano de Ángel, le ajustó los huesos y le puso una férula. Gracias a la buena comida, literalmente revivimos. Pero todos esos cambios son solamente externos; dentro, en la cabeza, todo se ve diferente, sobre todo en las noches. Y ésta es de hecho la razón por la cual me fui a hurtadillas con Jaz al dormitorio para las chicas, a pesar de que eso está prohibido.

—Por cierto, ¿tú pudiste dormir la noche pasada? —le pregunto y la miro.

—No muy bien que digamos. De hecho, estuve platicando todo el tiempo con Alicia. Nos contamos qué es lo que nos pasó en nuestro viaje. ¿Y tú?

—No. Por eso estoy preguntando. Solamente dormité un poco. En algún momento me levanté de un susto y estaba bañado en sudor. Así de plano en todo el cuerpo, como si me hubiera caído al agua. Y de repente, algo me quedó claro, ya no existiríamos, si Ángel no hubiera logrado librarse de las esposas. Eso fue todo. Empecé a temblar y no pude parar.

—¿Y?, ¿qué hiciste?

—Me levanté y fui al patio. Fernando también estaba ahí, sentado debajo de los árboles. De alguna manera consiguió unos cigarros y estaba fumando.

—¿Y Ángel?

—No lo vi, pero en su cama no estaba.

—Probablemente estaba con la Santa.

—¿Tú crees?

—Sí. Me contó que había estado con ella.

—Como sea, no importa. De cualquier manera, me senté con Fernando y fumamos juntos.

—¿De qué estaban hablando?

—De esto y lo otro.

—¡Vamos, cuéntame!

—De nada importante. Solo estábamos fantaseando un poco.

—Sí, ¿pero sobre qué?

—Ah, Fernando empezó con eso. Sólo fueron unas quimeras, nada especial. Nos imaginamos qué haríamos si fuéramos un poco más de personas y tuviéramos armas. Qué es lo que haríamos con los Zetas y eso.

Jaz me mira sin entender.

—¿Cómo que qué es lo que haríamos con ellos?

—¿A poco no te gustaría vengarte de ellos?

—¿Qué te hace pensar eso? Estaré feliz si jamás tengo que regresar con ellos.

—Ok, entonces para ti es diferente. De cualquier manera, nosotros nos lo imaginamos. Cómo viajamos hacia allá, en medio de la noche, y los sorprendemos. Cómo liberamos a la gente en el sótano. Cómo los Zetas se arrodillan ante nosotros e imploran por sus vidas. Cómo les hacemos lo mismo que nos hicieron ellos. Exactamente lo mismo, sabes, todo eso. Cómo los dejamos reventar, muy lentamente.

Jaz titubea. Me mira a los ojos y por un momento tiene una expresión rara sobre el rostro, como si nunca me hubiera visto antes.

—¿Serías capaz de hacer eso?

—En mi estado de ánimo de anoche… Sí, creo que sí.

—No —niega decidida con la cabeza—. No podrías. Yo te conozco mejor.

—¿Ah sí? Bueno, si te parece. De cualquier manera, me hizo bien anoche imaginarme algo así. Dejé de temblar. Y después, incluso pude dormir unas horas.

Por un buen rato Jaz no dice nada. Luego se me acerca.

—¿Sabes que es lo que más miedo me da? —pregunta en voz baja.

—No. ¿Qué?

—Que a veces no pienso para nada en a dónde quiero llegar y por qué. Casi lo olvidé. Solamente quiero cruzar de alguna manera, esto es todo. Pero, ¿para qué?

—Sí. Me pasa lo mismo. A veces, me pregunto cuál fue la razón de todo esto, pero luego, por lo general, trato de volver a olvidarlo igual de rápido.

—¿Por qué? —Jaz me mira y frunce el ceño—. Ponte feliz porque todavía lo sabes.

—Pero es que ya no lo sé, ése es el problema. Ya no sé si sigo buscando a mi madre o a una imagen que me hice de ella en los últimos años. Ya no sé nada. Ni siquiera si ella es mi madre.

—Y si no, ¿quién podría ser ella entonces?

—Simplemente una mujer que conocí una vez y que ya no me quiso. Y sigue sin quererme. A lo mejor nos engañamos a nosotros mismos. A lo mejor deberíamos terminar con toda esta ridícula historia y empezar a hacer nuestras propias cosas, en vez de perseguir unas fantasías.

—¿Fernando dijo eso?

—No. Fíjate que yo también tengo mis momentos lúcidos a veces.

Jaz baja la cabeza y mira pensativamente frente a sí.

—Pero para llegar a saber si nos engañamos a nosotros mismos, primero tenemos que llegar al destino —dice.

—Sí. Suena lógico. A lo mejor ése es el único sentido de todo esto: llegar a saber qué tan locos estamos.

—Ni idea —dice Jaz—. A lo mejor el único sentido de todo esto es también el hecho de que nos conocimos y que pasamos algunos momentos bonitos juntos. Tal vez esto será finalmente todo lo que nos quedará de este asunto.

Al día siguiente vamos con la Santa, a su pequeña oficina, para despedirnos de ella. Ya pasaron las tres noches que podemos quedarnos aquí. Hay otras personas que están esperando a que se desocupen nuestras camas.

La oficina es muy sencilla. No hay mucho ahí y lo poco que hay, está cuidadosamente ordenado. En la pared cuelga una cruz, a su lado unos cuadros; parece un lugar de tranquilidad y sosiego en medio del caos que hay en las calles y la línea de tren.

Los cuatro nos sentamos amontonados en el sofá de los visitantes, la Santa está sentada enfrente de nosotros. Es bajita y modesta, pero la impresión engaña, como nos dimos cuenta en esos días que pasamos aquí. Para la despedida nos empacó todavía algo para comer y ahora nos está explicando cómo podemos salir de la ciudad y llegar al norte de la mejor manera.

—Nuestra estación de trenes es una de las mejor vigiladas en todo el país —dice—. Por eso, por lo general le recomiendo a mi gente intentar más lejos en el norte, en Bocas. Allí hay una pequeña estación que está cerrada, y donde paran casi todos los trenes, porque el trayecto desde ahí está limitado a una sola vía y tienen que esperar a los trenes que vienen de la dirección contraria. No hay guardias. Es una caminata de un día, pero ya saben, más vale seguro que rápido.

—¿Por qué dice usted que por lo general? —pregunta Fernando—. ¿Esto es lo que por lo general usted le recomienda a la gente?

La Santa sonríe.

—Porque hoy es diferente. Hoy me visitó un hombre que… —titubea—. Bueno, cómo se llama y quién es, no importa. Como sea, él se siente muy agradecido con la iglesia y el albergue y de vez en cuando hace algo bueno, sin la necesidad de que todo el mundo se entere de ello. Tomamos juntos un café. Después me fui directamente al lado de la oficina y él estaba monologando, lo que por casualidad escuché.

Nos guiña el ojo.

—Por eso sé que hoy hacia mediodía partirá de la terminal un gran tren en dirección de Nuevo Laredo. Del andén 8, por si quieren saberlo exactamente. Y el hombre que estuvo conmigo, se encargará de que no inspeccionen este tren.

Fernando quiere decir algo, pero ella le pone un alto.

—Esto es todo que escucharán de mí al respecto. Yo me lavo las manos. Ustedes ya sabrán qué tienen que hacer.

Eso es típico. Así como conocí a la Santa, y según las historias que los otros cuentan aquí sobre ella, ella rompería casi todas las reglas y las leyes que existen para ayudarnos. No porque tenga algo en contra de las reglas. Al contrario: en el albergue hay un buen de ellas. Pero ella piensa bien cuáles son las reglas que vale la pena seguir. Y si no vale la pena seguirlas, entonces le importan un bledo.

Nos da unos consejos más y por un buen rato seguimos hablando, después nos levantamos y estamos a punto de irnos. Pero ella nos detiene.

—Esperen un poco más —dice—. Ángel les quiere decir algo.

Apenas ahora caemos en la cuenta de que Ángel se quedó sentado en el sofá. Cuando nos volvemos a sentar con él y lo miramos, se sonroja y no para de moverse. Después se levanta y se sienta en la silla al lado de la Santa, frente a nosotros.

—Yo no voy —murmura en voz baja sin mirarnos.

En el primer instante pienso que mis oídos me están haciendo una jugarreta. También Jaz y Fernando se quedan desconcertados. Pero por lo visto, Ángel parece decirlo en serio, sólo se queda sentado y mira en silencio al suelo.

—¡Ángel! —dice Jaz después de un rato—. ¿Qué se supone que es esto? —por un momento nos quedamos en silencio, luego también Fernando exige una explicación, y finalmente, los tres le hablamos con insistencia y tratamos de hacerle cambiar de opinión. Él tiene lágrimas en los ojos y no reacciona.

La Santa levanta la mano.

—No, paren esto —dice—. No intenten disuadirlo de su decisión. Hablamos mucho sobre esto y estamos de acuerdo: lo mejor para él es regresar.

—Pero, ¿por qué? —pregunta Jaz—. ¿Y por qué justo en este momento? ¡Si ya casi lo logramos!

—Ah, hay varias razones —dice la Santa—. Para empezar, lo que ustedes vivieron. Ángel primero no quiso hablar de ello, porque se lo prometieron a aquel hombre que los trajo aquí. Pero de alguna manera, no pudo guardarlo para sí mismo. Yo sé qué es lo que sufrieron ustedes.

Fernando se levanta, mete las manos a los bolsillos del pantalón y anda por el cuarto. Después se queda parado delante de la Santa.

—Bueno, está bien, usted lo sabe entonces —dice—. ¿Y? Ya pasó, lo sobrevivimos. No hay razón para rendirse ahora.

—Tal vez no para ustedes —dice la Santa—. Pero ustedes también son unos años más grandes que Ángel. Ustedes vivieron más cosas que él y por eso a lo mejor pueden sobrellevarlo un poco mejor. Ustedes pueden reprimirlo y encontrar de alguna manera la fuerza para seguir adelante. Ángel no puede.

Fernando se aparta de ella y mira a Ángel. Después niega con la cabeza, va hacia la puerta y se recarga en ella. Nos da la espalda.

—Pero nosotros nos ocupamos de él —dice Jaz—. Le ayudamos en todo.

—Sí, probablemente lo hacen —contesta la Santa—. Pero hay también otra razón y ésta es mucho más importante. Ustedes quieren ir con sus padres. Pero Ángel solo tiene un hermano en EUA y él está en una de esas pandillas. Ustedes saben qué significa eso. Probablemente no son mejores que los Maras o los Zetas, o lo que hay por aquí. Ustedes los conocieron —levanta la voz—. ¡Fernando! Tú lo sabes mejor que todos nosotros.

Fernando voltea rápido la cabeza en su dirección, luego vuelve a apartar la vista.

—Tipos como aquellos no tienen nada de romántico, no son ejemplos, no son amigos. Simplemente son brutales, crueles y pérfidos. Ángel también lo sabe ahora, ¿no es cierto?

Ángel sigue mirando hacia el suelo y sólo asiente sin decir palabra. Cuando lo miro, me da muchísima pena. Está sentado ahí, hecho pedazos, como alguien que acaba de renunciar a sus esperanzas y sueños más bonitos. ¡Entonces, sobre esto hablaba él con la Santa en las noches! Y por lo visto, lo hizo muy a fondo.

—Entonces, ¿a qué iría con su hermano? —dice—. Está bastante claro cómo terminaría esto. Así que no le hagan eso y déjenlo ir.

Por un buen rato, todo permanece en silencio. No sé qué debo pensar. Ángel está sentado ahí, y la idea de seguir el camino sin él y dejarlo aquí, es horrible. Pero al mismo tiempo, siento que la Santa tiene razón con lo que dice. Sólo que no quiero que la tenga.

En algún momento Fernando regresa con nosotros y se sienta.

—¿Cuál es tu plan ahora? —le pregunta a Ángel.

—Yo conozco al jefe de la migra en San Luis Potosí —responde la Santa, antes de que Ángel pueda decir algo—. Su gente lo llevará hasta la frontera con Guatemala. No se preocupen: no le va a pasar nada.

Todos están un poco turbados. Finalmente, Ángel levanta la cabeza y rompe el silencio.

—Voy a regresar con mis abuelos —dice—. Seguramente estarán felices de tenerme de vuelta. Es que conmigo nunca tuvieron problemas, sólo con Santiago. Y, a lo mejor, intentaré otra vez en un par de años, cuando sea más grande.

Mira a Fernando.

—Tenías razón, Fernando. Tú y el Negro y todos los que dijeron que estoy demasiado joven para este viaje. Todos ustedes tenían razón.

Fernando lo interrumpe con un movimiento de mano enérgico.

—Esto lo pensé antes —dice—. Al principio. Ahora lo sé mejor. Tú nos rescataste a todos nosotros. Sin ti, nadie de nosotros estaría vivo. Después de lo que hiciste por nosotros, te llevaría descalzo en mis hombros hasta la frontera… si tan sólo lo permitieras.

Antes de que pueda seguir hablando, se entromete la Santa.

—Ya está decidido —dice—. Y creo que es una decisión correcta. Ustedes tres quieren seguir su camino. Y lo lograrán. Pero para Ángel, el viaje termina aquí.

Se levanta, se despide de nosotros y nos desea todo lo mejor. Entonces no nos queda nada más que despedirnos también de Ángel. Fernando empieza. Está parado ahí, uno poco inclinado, con las manos en los bolsillos del pantalón. Puedo ver que tiene un nudo en la garganta. Quiere decir algo, pero no logra decir ni una palabra, algo que nunca me tocó vivir con él. Después se voltea y se precipita hacia afuera.

Jaz abraza a Ángel como si no quisiera soltarlo nunca, unas lágrimas le corren por la cara. Cuando llega mi turno de abrazarlo, siendo yo el último, se me parte el corazón. Por tanto tiempo nos fiamos el uno del otro, compartíamos todo, sobrellevamos juntos las cosas más terribles… y ahora, en un solo instante, todo se acabó.

No soporto más ver a Ángel a los ojos, me volteo y salgo corriendo detrás de Jaz y Fernando, que ya están en la calle. A lo mejor, esto es lo peor de todo lo que nos está pasando aquí, me pasa por la cabeza: uno conoce gente, hace amistad con ella, le agarra cariño, y luego la pierde de vista o tiene que dejarla, y sabe exactamente que lo más seguro es que nunca más la volverá a ver.

Eso es brutal, es molesto y duele tremendamente. Éste es uno de los momentos en los cuales deseo nunca haber emprendido este maldito viaje.

Me parece como si hubiéramos salido del horno y entrado directamente al refrigerador. Hace unas horas, cuando el sol todavía estaba en el cielo, hacía un calor tan insoportable que nos arrastrábamos de una sombra a la otra y estábamos ávidos de cada soplo de viento. Ahora, cuando está oscuro, se puso tremendamente frío. Estamos sentados al lado de las vías, con nuestras playeras delgadas, nos acurrucamos uno al lado del otro, envueltos en la cobija que agarramos en el albergue y deseamos el calor agobiante de vuelta.

Todo el día viajamos en el tren del que nos había hablado la Santa, hacia el norte. Entre más avanzábamos, más seco se ponía el paisaje. Primero terminaron los árboles, había solamente matorrales y arbustos, luego ni siquiera esto. El pasto se volvió color café y pálido; el suelo, arenoso y pedregoso, aparecieron cauces secos. Unos pocos pueblos solitarios con pequeñas iglesias yacían todavía a la orilla del trayecto, nada más. En algún momento ya estábamos en medio de un desierto. En el horizonte había solamente piedras, grava y arena, de vez en cuando unas colinas peladas, las vías corrían todo derecho a través del paisaje. Lo único verde que todavía había eran los cactus que alargaban sus espinas hacia el cielo. De vez en cuando pasábamos por desiertas ciudades fantasmas, las cuales se veían como si alguna vez hubieran sido escenario para una vieja película *western*.

En nuestro vagón se puso tan caliente, que por las caras nos corría el sudor sin que siquiera tuviéramos que esforzarnos para ello. Se acabaron nuestras reservas de agua, pronto estuvimos totalmente deshidratados. En realidad queríamos quedarnos en el tren, pero en la noche no pudimos aguantar más. Cuando se detuvo en una vía secundaria, aprovechamos la oportunidad y saltamos de él para buscar algo de beber.

Seguramente estuvimos caminando por una hora. Entonces, en una cuenca con briznas de hierba, frente a nosotros apareció un pasto con vacas viejas. El agua en el abrevadero se veía bastante reposada, pero teníamos una sed tan espantosa que no nos importó. Nos precipitamos, bebimos hasta hartarnos y al final todavía rellenamos nuestras botellas.

Cuando regresamos a las vías, el tren ya se había ido. Empezó a anochecer y se puso fresco, finalmente oscuro y frío. Y ahora estamos sentados aquí, debajo de nuestra cobija y tratamos de calentarnos de alguna manera.

—Allí viene otro —dice Fernando.

Esta vez ya no reaccionamos. Hace más o menos una hora ya había pasado un tren. Corrimos hacia las vías, pero era demasiado rápido como para que hubiéramos logrado saltar a uno de los vagones. Pero éste no se detiene, sino que pasa a toda velocidad con un ruido ensordecedor. Ninguna razón para sacrificar por él el calor de la cobija.

—Tal vez hubiera sido mejor si nos hubiéramos quedado en nuestro tren —dice Jaz, cuando el ruido de las ruedas se desvanece en la lejanía.

—Quién sabe —contesta Fernando—. Con ese calor, si no se hubiera detenido hasta la frontera, probablemente hubiéramos llegado allí en forma de fruta seca.

Jaz jala la cobija un poco más arriba de su cuello.

—Sí, pero así nos quedaremos aquí como unos cactus. Quién sabe cuándo podremos volver a viajar.

—En algún momento se detendrá otro —dice Fernando—. Para eso está, finalmente, esta desastrada vía. Sólo no lo podemos perder.

Entretanto está muy oscuro. Cuando estamos sentados así, me pongo a pensar en la noche en la montaña, cuando perdimos a Emilio y lo estábamos buscando. La noche con la formación de tortuga. Y sobre todo, me pongo a pensar que en aquel entonces todavía éramos cuatro, o hasta casi cinco.

—¿Cómo piensan que le va ahora a Ángel? —pregunto a los demás—. ¿Estará ya en la frontera en el sur?

—No, eso es demasiado lejos —dice Fernando—. Necesitan mínimo dos días para transportarlo hacia ahí abajo. A lo mejor hasta tres.

—Ojalá no esté sentado en ese autobús del cual hablaste.

—¿En el de las lágrimas? No creo. Después de lo que dijo la Santa, seguramente lo están tratando bien.

—Aún así —dice Jaz—. Así como se veía, está por lo menos tan triste como nosotros. Y está solo. No tiene a nadie con quien hablar.

—Sí, y de esta cosa aquí tampoco tiene nada —dice Fernando. Me da un empujón y me pasa la bolsa con el pegamento. Nos la estamos pasando desde hace un rato, está jodidamente bien tenerla. Me la pongo en la boca y aspiro lo más que puedo. Después se la paso a Jaz, que hace lo mismo.

—De hecho, era algo que nos correspondía a nosotros —dice entonces. Su voz suena diferente de lo habitual. Está tomada por el fuerte jalón que se acaba de dar.

—¿Qué es lo que nos correspondía a nosotros? —pregunta Fernando.

—Pues, decírselo a él. ¿Ya no se acuerdan cómo nos hablaba de su hermano? ¡Cuando estábamos viajando a través de las montañas! Nos dimos cuenta de que se estaba engañando a sí mismo. Pero nadie le dijo nada. Sólo estábamos sentados ahí con las bocas cerradas.

Fernando recibe la bolsa. Puedo escuchar como la dobla y la guarda.

—De cualquier manera, tienen que decírmelo, tienen que prometerme esto —sigue Jaz—. Si tienen la sensación de que yo también me engaño a mí misma y que todo es una tontería. ¡Tienen que decírmelo a la cara!

Mientras tanto logramos acercarnos tanto que la cobija nos envuelve de todos lados y no deja ni un solo huequito, a través del cual podría penetrar el frío. También el pegamento surte su efecto. Siento un calorcito por dentro, y entre más lejos se extiende el calor, los pensamientos se vuelven menos agudos y todo lo que nos rodea asusta menos. Todas las preocupaciones parecen derretirse como el chocolate sobre una placa caliente de la estufa y luego se juntan formando una dulce y pegajosa papilla, por la cual me dejo llevar.

En algún momento me adormezco. Unas veces despierto de un susto, pero no sé si realmente despierto o solamente lo estoy soñando. La primera vez, está pasando un tren, solo que es muy silencioso y parece flotar sobre las vías como una alucinación. La segunda vez, salió la luna y en su luz suave, a unos pocos metros de nosotros, está parado un perro callejero. Le cuelga la lengua de su hocico y nos mira fijamente con curiosidad. La tercera vez, el perro desapareció, pero justo en el mismo lugar está de repente el hombre que encontré en el viaje de Ixtepec a Veracruz.

Al verme, sonríe.

—¡Hola joven! ¿Te acuerdas? Te dije que nos volveríamos a ver.

Estoy totalmente desconcertado por su repentina apariencia.

—¿De… de dónde viene usted?

—Pues, es difícil de decir —responde—. ¿De dónde vienes tú?

—Pensé que no había sobrevivido. Cuando saltó del tren. En aquella noche… durante la redada.

Se ríe y se me acerca. Entonces se sienta a mi lado. Jaz y Fernando no se enteran de nada de esto, ambos duermen profundamente.

—¡Qué noche fue esa!, ¿verdad? Sí que nos atraparon de verdad. Pero de alguna manera, uno sigue adelante. Por lo menos de una u otra forma.

—¿Cómo sabía que nos íbamos a volver a ver? ¿Y quién es usted, por cierto?

—Yo soy tu acompañante, que siempre está contigo, pase lo que pase.

Hace un gesto de invitación con el dedo, me inclino hacia él.

—¿Sabes? Cambié mi opinión de aquel entonces —susurra—. En ese entonces pensé que eras solamente uno de esos soñadores. Ahora sé que eres duro de roer. Y tal vez, a fin de cuentas, conseguirás lo que te propusiste. Yo por lo menos te lo deseo —me pone la mano en el hombro—. ¿Te acuerdas qué es lo que te dije en ese entonces como despedida?

—Ya no me acuerdo exactamente. Que usted siempre paga sus cuentas o algo así.

—Así es. Eso no me dejó en paz, ¿sabes? Y exactamente por eso estoy ahora aquí: para pagar mi cuenta —señala en la dirección de las vías—. Allí está parado su tren. No lo pueden perder. Será por mucho tiempo el último que se detiene aquí.

Me volteo. Efectivamente, hay un tren en la vía secundaria. Debe haberse parado totalmente silencioso. Lo puedo ver claramente, ya está amaneciendo.

—Tienes que despertarte ahora —oigo decir al hombre. Cuando vuelvo hacia él de nuevo, se acaba de levantar y está a punto de irse, para meterse en medio del desierto. Pero una vez más se para.

—Esta vez, no nos volveremos a ver —dice—. ¡Mucha suerte, joven!

Quiero gritar algo detrás de él, pero en el mismo momento escucho un fuerte silbido. Me despierto de un susto, abro los ojos y de repente me queda claro: en la vía secundaria, de verdad está parado un tren y el silbido sólo puede venir de la locomotora que lo está esperando. En cualquier momento pasará traqueteando otro tren, este de aquí se pondrá en marcha y la valiosa oportunidad se echará a perder. Apresuradamente despierto a los demás. Fernando capta enseguida qué es lo que está pasando, se levanta de golpe y agarra sus cosas. Jaz necesita un poco más, tengo que sacudirla para que regrese de sus sueños. Ya pasa rodando la caravana de vagones en la otra vía. Corremos hacia el tren que está esperando, abrimos los vagones uno tras otro, hasta que encontramos uno que ofrece suficiente espacio y nos trepamos a él. Inmediatamente después el tren da un jalón y se pone en marcha.

Mientras, Jaz y yo nos dejamos caer entre las cajas y los sacos que carga el tren, Fernando se queda sentado en la puerta y la bloquea con el pie.

—¡Miguel, Miguel! —suspira, cuando el tren aceleró—. Tuvimos mucha suerte de que te despertaras. Creo que seguiría durmiendo por horas, si no nos hubieras despertado.

—Sí —me pongo a pensar en mi extraña vivencia—. Esto sí que fue… suerte de verdad.

Afuera ya está bastante claro; a través de la puerta que Fernando sostiene abierta con el pie, puedo reconocer bien los alrededores. En la lejanía hay una colina, encima de ella está sentado el perro que había visto en la oscuridad, mirando hacia nosotros. Cuando lo descubro, me siento raro. ¿Qué, de las cosas que viví en la noche, fue real y qué sólo un sueño? Un escalofrío me corre por la espalda.

—De cualquier modo, estaré jodidamente feliz cuando salgamos de este desierto.

—Eso sí que es verdad —contesta Fernando—. La gente cuenta que si uno se queda demasiado tiempo en el desierto, en algún momento se vuelve loco —para subrayarlo, dibuja con el dedo pequeños círculos frente a la sien—. Totalmente chiflado, si saben a lo que me refiero.

Me recargo en la pared del vagón, hasta que el perro no se ve más. Luego me pongo a pensar si debería de contarles sobre mi extraña vivencia. Pero antes de que pueda hacerlo, Jaz me saca de mis pensamientos.

—¡Ey, miren! —grita desde atrás. Nos volteamos hacia ella. Husmeó el cargamento y sin vacilar forzó unas de las cajas. Triunfante, sostiene una lata con duraznos en alto—. Aquí hay más de esto —dice.

Se me hace agua la boca. Fernando da un fuerte suspiro, hurga en el bolsillo del pantalón, saca una navaja y se la avienta a Jaz.

—¡Vamos, ábrela!

Jaz toma la navaja, mete la cuchilla en la lata y hace un hoyo grande. Después, se empina la apertura y bebe en grandes sorbos.

Nosotros la miramos con la boca abierta. Cuando termina, esboza una sonrisa radiante.

—Ah, esto se siente bien —dice y me pasa la lata—. ¡Por fin me quité el sabor de ese abrevadero para vacas!

Yo también tomo unos sorbos profundos, saco con los dedos una de las mitades del durazno y enseguida me meto el pedazo entero en la boca. Me siento como en un paraíso.

Cuando llega su turno, Fernando corre la puerta un poco más y se estira sobre la espalda. Luego levanta la lata sobre la cabeza y vierte el jugo de durazno desde lo alto a la boca.

—Ah —dice, lamiéndose los labios con placer—. Así podemos aguantar hasta la frontera. Abre de una vez otra, Jaz. O mejor dos. ¿Hay también otros sabores?

—Piña, mango, pera —enumera Jaz—. Mejor agarro una de cada uno, así no tendremos que dar tantas vueltas.

Viene muy cargada con nosotros hacia la puerta, pone las latas en el piso, y vuelve a ocuparse de ellas con la navaja. Poco después, estamos sentados ahí alrededor de las conservas saqueadas y vaciamos una tras otra, mientras afuera sale el sol.

—Por cierto, ¿cuánto nos faltará hasta la frontera? —pregunta Jaz, metiéndose una rebanada de piña a la boca.

—Pues, no soy un GPS —dice Fernando, echando dos latas vacías por encima del hombro hacia afuera—. Pero creo que, si tenemos suerte y el tren avanza sin pararse, podríamos llegar ahí hoy en la noche.

Jaz me esboza una sonrisa. Se ve chistosa. Sus ojos brillan y el jugo de fruta que se le derramó de la boca dibujó unas líneas claras sobre su barbilla.

—La ciudad a donde tenemos que ir… —digo a Fernando—. Tú ya estuviste ahí. ¿Cómo es?

—¿Nuevo Laredo? —Fernando ríe y niega con un gesto—. Pues, que las ciudades fronterizas resultan un poco más salvajes que cualquier otro lugar, es bien sabido. Pero Nuevo Laredo es un verdadero infierno. Infestado con traficantes de drogas, este poblacho. Las contrabandean a EUA y hacen un increíble dineral con ello. Los narcos controlan toda la ciudad.

—Pero nosotros no tenemos nada que ver con ellos, ¿verdad? —pregunta Jaz.

—Quien llega ahí, automáticamente tiene que ver con ellos. Están por todas partes, tienen la ciudad controladísima. Hace unos años salió a la luz que sobornaron a la chota. Entonces el ejército tomó el control. Así se quedó hasta hoy. Todo el tiempo circulan por las calles soldados en camionetas blindadas y con ametralladoras. Pero ni siquiera esto cambia algo. Ya la mitad del ejército figura en la nómina de los narcos. Con eso no hay nada que hacer. Quien está en contra de ellos, está prácticamente muerto.

—¿Eso significa —comienzo— que vamos a bajar las cabezas cuando estemos ahí?

—Literalmente —responde Fernando—. Lo peor es que hay muchos cárteles de droga que se combaten mutuamente con uñas y dientes. Todo el tiempo hay tiroteos en plena calle. La gente normal ya casi no se atreve a salir de sus casas, la ciudad es una verdadera pesadilla. Simplemente tenemos que cruzar la frontera lo más rápido posible.

—Suena verdaderamente tranquilizador —dice Jaz—. ¿Y de todos los lugares, nos llevas justo ahí?

—No creas que en otra parte de la frontera está mejor —dice Fernando—. Además, donde el caos es más grande, gente como nosotros destacamos menos. Ésta es nuestra oportunidad.

Seguimos viajando hacia el norte, a través de la tierra pelada, con cactus y cauces secos. Después de un tiempo, relevo a Fernando en la guardia en la puerta y dejo que los paisajes pasen frente a mí. No podría ser más grande la diferencia en comparación con la selva de color verde intenso en el sur, que ahora me parece como un mundo del pasado lejano.

¡Así de lejos llegamos!, me pasa por la cabeza. Saqueados y golpeados, casi muertos de hambre, casi muertos de frío, pero seguimos en el camino, todavía existimos y, por fin, estamos en la última etapa. Me pongo a pensar en nuestro primer viaje, entre Ciudad Hidalgo y Tapachula. Cómo nos parecía todo tan nuevo en ese entonces y cómo nos corría por la frente el sudor del miedo con cada sacudida del tren, por lo menos a Jaz y a mí. Ahora somos perros viejos, a los cuales casi nada les puede asustar.

Y también me pongo a pensar en el río, el río Suchiate. Cómo estábamos sentados ahí, escondidos detrás de un arbusto, mirando tan llenos de expectación y miedo a la vez. Todavía tengo la voz de Fernando en mi oído. «De cada cien personas que cruzan el río, diez consiguen pasar directo por Chiapas, tres hasta la frontera en el norte y uno logra atravesar.»

Cuando pienso en esto, de repente me queda claro, que hasta ahora en cierta manera tuvo razón. «Tres hasta la frontera en el norte…» Esto es verdad, somos tres: Fernando, Jaz y yo. Como si lo hubiera previsto.

«…y uno logra atravesar.» Solamente espero que la última parte de su profecía no se cumpla.

Los arbustos están vivos. Tienen ojos y orejas, con los cuales acechan y están a la escucha en todas direcciones. Tienen bocas que susurran mensajes jadeantes a la oscuridad. Tienen esperanzas y miedos. Y a cada rato se desprenden de ellos unas sombras que van a hurtadillas río abajo.

Ahí abajo yace y fluye a sus anchas y sin prisa: el río Bravo. El río, en el cual en algún momento se decide el destino de todos los que lograron llegar aquí. Por lo general, no así como lo esperan. Pero a veces sí. Y las historias de los pocos suertudos es a lo que se aferran todos los demás.

Efectivamente logramos llegar en la noche a Nuevo Laredo. Un poco antes de la estación, abandonamos el tren y caminamos a hurtadillas por las sombrías calles hacia el albergue para migrantes. Ahí hubo una cena caliente e inmediatamente después nos pusimos en camino hacia el río, para por lo menos echar una mirada rápida y desde lejos a la tierra donde queremos llegar.

No es una vista muy alentadora. Las fortificaciones de la frontera en la otra orilla son bastante impresionantes. A intervalos regulares hay torres con reflectores encima, cuyos conos de luz caminan por el río: de un lado al otro, y de regreso, cada vez de nuevo, probablemente toda la noche. Delante de las atalayas hay un camino en el que patrullan los fronterizos, algunos en todoterrenos, otros a pie con perros rastreadores. Y por si esto no fuera suficiente, cada pocos minutos aparece un helicóptero volando tan cerca del agua, que ésta pica verdaderamente.

Además, todo el tiempo hay anuncios por altavoces con advertencias ante un peligro, un verdadero griterío que nos llega retumbando a través del río. Todo parece amenazante y sombrío, y no me puedo imaginar cómo siquiera puede uno pensar, que sea posible llegar al otro lado sano y salvo.

Estamos sentados en una muralla, detrás de nosotros hay una autopista, a través de la cual zumba el tráfico. Debajo de nuestros pies hay una profundidad de unos metros y allí empieza: la lengua del agua, con sus arbustos y plantas leñosas, en los cuales está en cuclillas la gente que hoy en la noche quiere atreverse a cruzar.

Fernando señala hacia abajo.

—La franja de la muerte —dice.

Estoy viendo fijamente el terreno delante de nosotros, pero no puedo reconocer mucho. Todo está quieto y oscuro, por lo menos a primera vista.

—¿Por qué franja de la muerte? Así se ve más bien del otro lado, si me preguntas. Aquí todo está bastante inofensivo.

—No te dejes engañar. Ahí en los arbustos se esconde mucha chusma malvada. Parecido a lo que vivimos en La Arrocera. Si, por ejemplo, fuéramos tan tontos como para saltar ahora hacia abajo, no pasarían ni tres minutos y los tipos ya estarían ahí para desvalijarnos.

—¡Oh, hombre! ¿Eso significa que otra vez tenemos que pasar por la baqueta hasta la orilla?

—Sí, más o menos así.

—¿Y luego? ¿Cómo se cruza el río?

—Bueno, el río Bravo no es igual que el Suchiate. No sólo es más ancho y profundo, sino que también tiene más remolinos, de los cuales no sales una vez que estás dentro de ellos. Y además, están esas pequeñas serpientes; se ven tan inofensivas, pero en realidad son venenosas como la peste —Fernando mueve asqueado la cabeza y señala hacia río abajo—. Una vez escuché que más abajo frecuentemente hay cuerpos arrastrados. Son los que no lograron cruzar al otro lado.

Jaz suspira.

—No suena como si tuviéramos alguna oportunidad— murmura.

—No es precisamente un paseo —dice Fernando—. Pero tampoco una razón para estar cabizbajos. Solo tenemos que encontrar al *coyote* adecuado.

—¿Coyote? —en un primer momento pienso en el animal, pero por supuesto no puede ser a lo que se refiere—. ¿De qué estás hablando?

—Así llaman aquí a los traficantes de personas, que cruzan a la gente al otro lado. Hay cientos de estos tipos. La mayoría están organizados en pandillas, muchos pertenecen a los cárteles y contrabandean un poco de droga.

—¿Entonces nadie intenta cruzar por su propia cuenta?

Fernando se inclina hacia adelante y deja caer un abundante escupitajo a la profundidad.

—Claro que hay algunos que lo intentan por su propia cuenta. Sobre todo los que no tienen pisto para pagar a los coyotes. Pero nadie jamás los vuelve a ver. O acaban con ellos aquí abajo, o se ahogan en el río, o a más tardar del otro lado los agarran los fronterizos. ¡Ve bien la fortaleza! Solamente logras pasar si tienes a alguien que conoce los caminos secretos.

Justo en el momento cuando Fernando lo dice, aparece otra vez un helicóptero. Vuela a lo largo del río, la luz de sus focos planea sobre las olas. En un punto se queda parado y baja, el agua forma torrentes y hace espuma. En medio del río puedo reconocer unas islas. Entre ellas y la orilla del nuestro lado, algo flota en el agua, luego se hunde. El helicóptero asciende y desaparece.

—Tú ya estuviste una vez aquí, Fernando —dice Jaz, cuando el golpeteo de los motores ya no se escucha—. ¿Intentaste pasar al otro lado?

Fernando mira con un aire sombrío frente a sí. Después de un rato sólo asiente rápido con su cabeza.

—¿Qué pasó? ¿No estabas con uno de esos traficantes en el camino?

—Sí —murmura Fernando—. Pero el tipo me engañó.

Al escuchar esto, me surge una sospecha.

—¿Y no es, de casualidad, justo esto la cosa que buscas arreglar aquí?

Fernando resopla.

—Carajo, no le ves a cualquiera si es un estafador o no. Fui imprudente. El tipo me cobró y se esfumó cuando estuvimos en la otra orilla. Los fronterizos me agarraron y me metieron en ese miserable bote. Ahí estuve con unos tipos en una celda que te partían la cara, sin tan sólo los mirabas demasiado. Por suerte, no me quedé por mucho tiempo ahí, después me expulsaron.

—¿Y ahora? ¿Te quieres vengar de este tipo?

—Ay, ¿vengarme?, ¿qué quiere decir eso? Sería demasiado honor para ese cerdo. Sólo voy a recuperar lo que me pertenece. Ya no puedo esperar para volver a ver a este tipo.

Jaz no para de moverse inquieta sobre el muro.

—No tengo un buen presentimiento con eso, Fernando —dice.

—Y no tienes por qué tenerlo. Esta cosa no tiene nada que ver con tus sentimientos extraños.

—Aun así. No tengo ganas de que arriesguemos todo justo antes de llegar al destino, sólo porque tú tienes que hacer la guerra privada con algún tipo.

—Hombre, tú simplemente no lo entiendes —Fernando golpea molesto contra el muro—. No se trata de mí, se trata de nosotros. Necesitamos un montón de plata para cruzar la frontera, y ese tipo me debe un montón. ¿Ahora me entiendes?

—¿De cuánto hablamos? —le pregunto—. ¿Cuánto le diste en ese entonces para que te cruce?

—1200 dólares.

—¿1200 dólares? —no sé exactamente cuánto es esto, pero suena bastante impresionante—. ¿De dónde tenías tanto dinero?

—Pues, me lo gané.

—¿Cómo?, ¿aquí?

—Claro que aquí, ¿dónde más? Seguramente no en el desierto.

—¿Y haciendo qué?

—Lo vas a descubrir antes de lo que te gustaría —dice Fernando—. Hay muchas posibilidades de ganar dinero en la calle. A quien no se le ocurre nada mejor, limpia los zapatos a la gente, vende dulces, lava coches o hace cosas por el estilo.

—¿Y a quién se le ocurre algo mejor?

Fernando se ríe, luego niega con un gesto.

—No tenemos que hablar de eso ya hoy en la noche.

—Pues, sea lo que sea —dice Jaz—. De todas formas, no lo creo. ¿Cómo podemos lograr ganar tanto dinero para pagar el viaje de los tres hacia el otro lado? ¡Para eso necesitamos años!

Fernando mira un rato en silencio hacia el río y las atalayas en la otra orilla. Después empieza a chiflar con mucha calma una canción.

—Lo vamos a lograr —dice finalmente cuando termina—. Si bien la ciudad es un pueblucho de mala muerte, tiene una cosa buena: hay un montón de dinero en la calle. Y nosotros no somos tontos, ¿verdad?

—No, pero estamos exhaustos y hambrientos, y además no conocemos a nadie aquí —dice Jaz—. Y aunque logremos juntar tanto dinero, ¿cómo nos las arreglamos para que no nos pase lo mismo que te pasó a ti?

Fernando levanta la mano.

—Ey, tuviste permiso de decirlo una vez, pero no vuelvas a decirlo de nuevo, ¿sí? —mira a Jaz—. Ya cometí muchos errores en mi vida. Pero una cosa queda clara: nunca cometo el mismo error dos veces, eso solamente lo hacen los tontos. Esta vez sólo nos mezclamos con uno de esos coyotes, cuando estemos seguros de que podemos confiar en él. Esta vez no vamos a caer en la trampa de un estafador, apuesto mi cabeza.

Tratamos de sacar más de él, sobre todo acerca de lo que le pasó en su primera estancia en esta ciudad y sobre las *verdaderas* posibilidades de ganar dinero aquí. Pero no quiere revelar nada más.

Así que sólo seguimos sentados ahí y observamos el bullicio del otro lado del río.

—Bueno, ya estoy harta de esto —dice Jaz finalmente—. Sólo me voy a afligir si sigo observando. Además, estoy cansada. Mejor regresemos al albergue.

—Está bien, larguémonos —dice Fernando—. No quiero que me reproches que por mi culpa no conseguiste tu sueño reparador.

Nos volteamos, saltamos del muro y atravesamos la calle. Cuando estamos del otro lado, Fernando vuelve a echar una mirada al río.

—Cuídate —dice—. Nos volveremos a ver, en la noche, cuando llegue la hora.

Las primeras tres noches que pasamos en la ciudad, dormimos en el albergue. Durante el día nos dejamos llevar por las calles y tratamos de averiguar qué se les ocurre a los otros para conseguir dinero.

Afortunadamente, no tenemos que tener miedo exagerado de la chota, esto lo notamos muy rápido. En realidad, parece haber sólo cuatro tipos de gente en esta ciudad. Primero, los narcos, que circulan por las calles en carros ostentosos y enjoyados con cadenas de oro. Muchos apenas son un poco mayores que Fernando. Segundo, los soldados, que en realidad deberían de combatir a los narcos, pero prefieren evitarlos y procurar que la vida en la ciudad siga de alguna manera. Tercero, la gente de los trenes que quiere cruzar la frontera. Y cuarto, los gringos, que están aquí para divertirse de verdad en los burdeles, bares y tabernuchas de droga. A la gente normal, casi no se la ve, parece que todos escaparon de la ciudad.

El primer día estamos todavía los tres juntos en la calle, pero al día siguiente Fernando se escapa de Jaz y de mí, y nos deja vagabundear solos. En la noche lo esperamos en vano y en la mañana sigue desaparecido. Después del desayuno tenemos que irnos del albergue. Estamos bastante desorientados sin él, pero cuando salimos a la calle, lo vemos enfrente en la sombra, recargado contra el muro de una casa.

En cuanto nos notó, nos hace señas para que le sigamos. Vamos a un parque donde nadie nos estorba. Todo el tiempo puedo notar que le sucedió algo especial; en sus ojos hay como una mirada salvaje y triunfante. Pero no dice nada, nos tiene en vilo. Apenas cuando estamos en una parte solitaria del parque, donde nadie nos puede observar, destapa un secreto.

—A veces sí hay noches que valen la pena —dice y saca un fajo de dólares del bolsillo del pantalón, pero enseguida lo vuelve a guardar.

Jaz y yo ponemos los ojos como platos. Nos miramos con una cara mitad de asombro y mitad de espanto. Enseguida me queda claro qué es lo que pasó.

—¿Entonces encontraste a ese tipo?

—Por supuesto. Es que supe dónde buscarlo. Sólo tuve que esperar el momento oportuno. Entonces le hice pagármelas.

—¿Qué hiciste con él?

Fernando se recarga en uno de los árboles y evita mirarme a los ojos.

—Eso no lo quieres saber.

Por un buen rato nos quedamos en silencio. Jaz está parada ahí con los hombros encogidos, las manos en los bolsillos del pantalón.

—No lo habrás... —empieza.

—No, no lo hice —dice Fernando—. Pero le dejé muy claro que lo haría, si no recuperaba el pisto que me había estafado. Se lo dejé tan claro, que nunca lo olvidará. Un pequeño recuerdo que conservará toda la vida.

—Mejor no lo digas —murmura Jaz—. No quiero saber los detalles.

Fernando niega con un gesto.

—Eso no viene al caso. Sea como sea, cumplió con su objetivo.

—¿Y el dinero? —pregunto—. Seguramente no traía consigo tanto como te debía.

—No. Pero lo aceché delante de su departamento. Una verdadera ratonera, por todas las ranuras había algo escondido. No quiero saber a cuántas personas denunció a cambio de eso. Bueno, no importa. Como sea, recuperé mi lana.

—¿Los 1200?

—Sí. Y después lo convencí amablemente, de que sería más sano para él si pone algo de pilón. Los intereses e indemnización por daño personal, por así decirlo. Es más que justo, si me preguntan.

—¿No tienes miedo de que en algún momento se pare delante de ti con unos tipos? —pregunta Jaz.

Fernando se encoge de hombros.

—Pues él no sabe dónde me puede encontrar. A fin de cuentas, por lo menos hay una ventaja en no tener una casa —sonríe, luego se pone serio—. Afortunadamente, el tipo no tiene nada que ver con los cárteles, de lo contrario mi vida no valdría ni un cacahuate. Pero tampoco hubiera empezado esta movida.

—De todas formas —dice Jaz—. No aceptará así de fácil este asunto.

—No, pero es un riesgo que para mí vale correr. Claro, seguramente va a reunir unas personas e intentar echármelas encima. Pero primero tendrán que encontrarme. A partir de ahora, tengo ojos detrás, pueden estar ustedes seguros. Y ésta es solamente otra razón por la cual debemos de apurarnos.

Golpea su bolsillo del pantalón.

—Por lo menos ya comenzamos. Ahora solamente tenemos que conseguir el resto… y encontrar a uno que nos cruce.

—Tú ya podrías irte solo —le digo—. Para ti el dinero alcanzaría sin problemas.

—Sí, es cierto —Fernando asiente con la cabeza—. Podría hacerlo. Pero no sería capaz de dejar a ustedes dos mocosos solos aquí. Además, esto sería una denegación de auxilio, y eso se castiga.

—Sólo lo pensé… por lo que dijiste allá abajo, en Chiapas.

—¿Ah, sí? ¿Y qué fue lo que dije?

—Pues, que al final cada quien tiene que ver por sí mismo y no puede esperar ayuda. Es lo que dijiste.

—¡Ah, eso! ¿Y ahora no captas como esto encaja, cierto?

—No, de alguna manera no.

—Bueno —Fernando se encoje de hombros—. Al parecer tendrá que ver con que no captas varias cosas.

—Esto no importa —nos interrumpe Jaz—. Cada quien dice algo en algún momento y en realidad no lo piensa así. Lo que a mí más me interesa, es ¿dónde vamos a dormir a partir de ahora?

Fernando suspira.

—¿Ves?, ahí va de nuevo. A ustedes simplemente no se les puede dejar solos. Ustedes morirían cada día por lo menos diez veces, si alguien no les dice por dónde van a salir los tiros. Y cada noche por lo menos veinte veces.

—Ahórrate tu largo discurso —dice Jaz—. Así como te conozco, seguramente ya algo se te habrá ocurrido.

—¡Falso! No era necesario que se me ocurriera algo, porque sé que es lo que hay que hacer. Así que voy y lo arreglo.

Fernando se pone en marcha y actúa como si ya no nos tuviera en cuenta. Pero entonces voltea una vez más.

—Así que muevan sus culos flojos y procuren conseguir algo de pisto también —grita—, y hoy mismo. A fin de cuentas, ¡no quiero hacer *todo* solo!

Algunos son menores que yo, tal vez no tanto como Ángel, pero la mayoría son de mi edad. Se paran en la calle y esperan. Algunos inmediatamente después del borde de piedras, desafiantes, con las piernas abiertas, las manos en las bolsas de los pantalones de tal manera que sólo se ve el pulgar. Otros se apoyan en la sombra del muro, los brazos cruzados sobre el cuerpo para protegerse, como animales miedosos y tímidos que apenas se atreven a alzar la cabeza. Cada uno juega su papel. Y la mayoría lo juega jodidamente bien.

De vez en cuando pasa un coche a lo largo de la calle. Muchos gringos están interesados en chicos mexicanos, nos contó Fernando. Sobre todo cuando son pobres y sucios. Algunos coches pasan sin que ocurra nada. Algunos se detienen, a veces se abre la puerta del copiloto y uno de los chicos se sube y el coche sigue su camino.

Algunos de los tipos también llegan a pie. Se quedan parados al otro lado de la calle. En algunos casos se deciden rápido; con otros, dura una eternidad. Miran de arriba a abajo a los muchachos hasta que su mirada se detiene en uno de ellos. El chico se marcha, el tipo lo sigue hacia el otro lado de la calle. Después se desaparecen en la oscuridad.

—Tú les vas a encantar —susurra Fernando mientras ambos somos observados. —Conozco a los tipos. Eres justamente lo que les gusta, dulzura.

Nos ponemos en cuclillas un tramo más adelante, en una entrada sombría, y observamos el movimiento en la calle. Desde hace una buena hora estamos aquí, poco a poco hemos visto suficiente.

—Como excepción, puedes ahorrarte tus tontas sentencias —le susurro.

No tengo ganas de eso. Tengo la sensación de que, para lo que tenemos planeado, la parte más desagradable dependerá claramente de mí.

—Muy bien, a hacer negocios —dice Fernando—. ¿Te aprendiste el camino?

—¿Pues qué piensas? ¿Crees que haría esto si no me supiera el camino? No tengo ganas de dejarme seducir por uno de esos cerdos perversos.

—Bien, entonces ya todo está arreglado. Me marcho y me coloco en mi puesto. Y piensa en esto. Colócate delante de mí de tal manera que me des la espalda.

—Sí, entendido, hombre. ¡Ahora vete!

Fernando me da un golpe reconfortante en el hombro y después se desaparece. Me quedo atrás, sólo con la desagradable sensación en el estómago que me acompaña desde hace algún tiempo. ¿En verdad fue lo correcto meterme en esto? No lo sé. Pero sea como sea, ahora es demasiado tarde para pensar en ello. Además, yo mismo lo quise así.

Llevamos diez días en Nuevo Ladero. Fernando nos encontró alojamiento en un campamento a las puertas de la ciudad en donde viven cientos de personas que quieren cruzar la frontera. Por supuesto que alojamiento no es del todo la palabra correcta. Es una choza diminuta de cartón y chapas onduladas con colchones adentro, desgastados y manchados, junto a la que hay cientos de chozas diminutas. Eso es todo. Por lo menos tenemos un techo sobre nuestras cabezas.

Jaz y yo no queríamos tragarnos lo que nos dijo Fernando. Así que el día que tuvimos que dejar el refugio de migrantes empezamos a ganar dinero nosotros mismos. Primero tuve un trabajo miserable con mala paga en un almacén de productos. Luego, con el pago, compré algunas cosas de limpieza para lavar los cristales de los coches que esperaban en los cruces. Con eso puedes ganar más, pero es más peligroso. Tienes que tener cuidado de que no te atropellen y cuando eres tonto, dejarte pillar por los soldados, pues en un segundo todo se puede acabar.

Jaz empezó a vender dulces y chicles en la calle. Consigue las cosas de un chico mugriento del campamento que hace trabajar a un montón de personas y que le tienen que pagar la mitad de lo ganado, a veces incluso más cuando así se ha fijado entre ellos. Por eso no es tanto lo que nos queda en la noche, después de todo tenemos que pagar nuestra comida y la choza. A Fernando lo vemos rara vez. Generalmente, sale en la noche y duerme durante el día. Nos cuenta poco sobre lo que hace. Por las insinuaciones que hace, podemos percibir que intenta desvalijar a los gringos que se pasean por los callejones, con el inicio de la oscuridad. Me gustaría saber qué tan lejos llega pero mejor no le pregunto.

En cualquier caso, parece que la cosa vale la pena. Ayer, cuando juntamos todo lo que cada uno ha ganado, mi parte era tan pobre en comparación con la de Fernando que me avergoncé mucho. También Jaz se sentó cabizbaja en la esquina. Fernando me miró a los ojos y entonces soltó la propuesta de que podíamos montar algo juntos y justo aquí.

Me despego de la entrada y cruzo la calle. Los muchachos sobre el borde me observan con desconfianza. Me coloco sobre un lugar que se ha desocupado y me apoyo sobre el muro.

—¿Oye, qué quieres? —me echa bronca uno de ellos.

Él pertenece a aquellos que se paran frente al borde.

—Ése es el lugar de Marcos.

—Sí, ¿y? Ése ya no está aquí.

—Pero va a regresar, limpiaparabrisas.

—Hasta entonces me iré.

Él da algunos pasos amenazantes hacia mí.

—Al parecer no entiendes. Debemos de explicarte que nada se te perdió aquí.

—Ah, tranquilízate y date la vuelta. Creo que el seboso de allá atrás quiere algo contigo.

Del otro lado de la calle hay un tipo con camisa hawaiana que nos mira. Tengo la impresión de que está interesado especialmente en el broncudo. Éste me lanza una mirada malvada, después se da la vuelta y poco después se desaparece con el gordo.

Los otros se acostumbraron a mí después de algunos minutos. Ninguno de ellos se veía exageradamente amigable, pero por lo menos me dejaron tranquilo. Por si las dudas, al principio me quedé en la parte de atrás, después caminé hacia delante y empecé a concentrarme en los tipos que pasaban.

Sus miradas son repugnantes. Mientras más los miro, peor me siento. Lo único que me permite soportar esto es la idea de que no estoy aquí para que me cachondeen, sino para engañarlos a ellos.

El primero que se interesa por mí está sentado en un coche con ventanas polarizadas. Se pasea a lo largo de la calle, se detiene frente a mí y baja el vidrio del copiloto. Pero a ese tipo yo no lo puedo utilizar. Niego con la cabeza y le hago una seña negativa. Me lanza una mirada fulminante, saca el dedo de en medio por la ventana y continúa manejando.

El siguiente es uno de esos del otro lado de la calle. Me mira, yo le regreso la mirada. Después él asiente. Intento calcular cuánta plata podría traer consigo. Fernando es experto en eso, puede oler algo así y casi nunca se equivoca. Yo no puedo, no tengo idea de lo que puedo esperar del tipo. Pero entonces le doy la espalda y camino. Finalmente, uno es tan bueno como el otro. Y no tengo ganas de pasarme media vida aquí.

De reojo veo que me sigue desde el otro lado de la calle. Cuando ya estamos lo suficientemente lejos, cruza la calle y trota detrás de mí sobre este lado. Camino más lentamente y dejo que se acerque un trecho. Me sonríe con ironía; yo me esfuerzo por sonreírle.

Después doy vuelta en una calle paralela. Es el camino que Fernando ideó y que hace una hora caminamos juntos. ¡No hay que cometer errores ahora! Por lo demás tengo al tipo en los talones y debo ver cómo acabo yo solo con él. Bien, en caso de necesidad simplemente me largo; de cualquier forma soy más rápido que él.

En la calle lateral sigue un callejón, después algunas esquinas y, finalmente, otro callejoncito más pequeño y oscuro. Ahora ya no queda muy lejos el lugar en el que Fernando espera. Continúo caminando, pero siento que el tipo ya no me sigue. Cuando me doy la vuelta, está ahí parado y mira desconfiado el callejón oscuro en el que no se ve ni una sola alma.

—*Where are you going?* —me pregunta.

—*To my room.*

Rasco algunos trozos de inglés de los que me he hecho durante el tiempo aquí.

—*My room is small. And dirty.*

Me agarro entre las piernas con la mano derecha.

Él sonríe como un idiota. Ahora lo tengo. Cuando me pongo nuevamente en movimiento, él ya no reflexiona, sino que me sigue. Ahora está justo detrás de mí, puedo olerlo y puedo sentir su respiración. Sin quererlo, camino más rápido y busco con los ojos en ambos lados del callejoncito. ¡Finalmente, está allá adelante! Ahí están los botes de basura detrás de los cuales Fernando está en cuclillas y nos espera.

Me detengo enfrente de ellos. Después, señalo la ventana de una casa sobre el otro lado del callejoncito. Es una ruina vieja y abandonada.

—*My room.*

El tipo mira hacia arriba a la ventana. Él está tan cerca que, a pesar de la oscuridad, puedo ver su cara por primera vez. De hecho se ve bastante normal, en cualquier caso no como un pervertido, pero antes de que pueda seguir pensando en eso, aparece Fernando detrás de él. Se acerca por detrás de los botes de basura, silencioso como una sombra y levanta sobre la cabeza una especie de garrote con el que está armado.

Pero antes de que pueda golpearlo, el hombre se da la vuelta de pronto. Tal vez mi mirada delató que algo pasaba detrás de él.

Levanta el brazo y con eso, el golpe de Fernando se desvía y no da en la cabeza, sino sólo en el hombro. Por un momento queda aturdido y tiembla, pero se recupera inmediatamente y golpea a Fernando con el puño en la cara con una fuerza de la que no lo creía capaz.

Fernando se tambalea hacia atrás y cae sobre los botes de basura. El tipo quiere precipitarse sobre él pero yo salto por atrás y lo sostengo tan fuerte como puedo. Por suerte Fernando se levanta de nuevo. Le lanza una mirada enfurecida al hombre y lo golpea con el garrote en la boca del estómago.

El gringo suelta un fuerte silbido y se dobla hacia delante, después se entrega. Sólo vomita sobre el suelo, al parecer había tomado. Lo suelto, se hunde sobre sus rodillas. Fernando lo golpea. El hombre cae hacia delante y se queda acostado sin moverse.

Respirando pesadamente, Fernando deja caer el garrote y se tienta la cara.

—¡Mierda! —ruge—. ¿Tenías que mirarme así? La próxima vez puedes señalarme con el dedo.

—Tranquilízate, no pasó nada.

—Sí, genial. Total, no son tus dientes.

Al decir eso, al final del callejoncito atraviesan voces sordas hacia nosotros. Se enciende la luz en una ventana cerca de nosotros. El ruido que Fernando hizo al caer sobre los botes de basura no podía pasar por alto.

—¡Vamos, levántate! —susurro—. Hay que irnos de aquí.

Fernando se arrodilla frente al hombre y saca la cartera de la bolsa de su pantalón. La examina, saca los billetes y le avienta el resto de las cosas encima.

—¿Cuánto es?

—No sé exactamente; 500 o algo así.

Se levanta y se ríe irónicamente.

—No está mal para la primera vez. Eres un talento natural de verdad. ¿En serio le meneaste el trasero?

—Ya te había dicho que no me gustan los chistes para este tipo de cosas. ¡Vamos, larguémonos de aquí!

Procuramos desaparecer del callejoncito. Caminamos por algunas calles apartadas de regreso hacia el campamento. No debemos acordar nada, los dos sabemos que es suficiente por esta noche. Fernando camina a mi lado y cuenta el dinero que le quitamos al hombre.

—¿Qué loco, no?

—¿Qué es loco? —pregunta sin dejar que lo moleste mientras cuenta.

—Bueno, todo lo que hicimos por algunos pedazos de papel impreso.

Fernando se ríe.

—El mundo está loco. ¿Por qué tendríamos que ser la excepción?

—¿Qué está haciendo esta ciudad enferma con nosotros, Fernando?

Fernando guarda el dinero y mete sus manos en las bolsas de sus pantalones.

—¿Te da pena el tipo?

—No sé. Tal vez sólo sea un pobre marrano que no puede ser de otra manera.

Fernando abre un par de veces la boca y la cierra de nuevo, como si quisiera probar que todo está bien con su quijada.

—Sólo sé una cosa —dice—. El pisto que le quitamos es para nosotros un boleto hacia la libertad. Para él no es nada. Cuando se recupere de su dolor de cabeza cruzará de nuevo la frontera, se detendrá en el primer banco y sacará el triple. De verdad que por él no tienes que preocuparte, hombre.

Tal vez tenga razón; no le respondo nada. Sólo estoy completamente seguro de algo: no debemos dejar que pase mucho tiempo antes de que crucemos la frontera. De alguna manera esta ciudad saca a la luz lo peor de nosotros. Y no tengo ganas de ver más de eso.

De hecho ya no quiero hacerlo, pero es como una necesidad. Como una adicción después de que funcionó una vez. Así que la siguiente noche estoy de vuelta en el camino con Fernando; y después cada noche. Al principio todo va bien. Es cierto que los otros chicos son cada vez más hostiles; mientras más me aparezco entre ellos intentan perseguirme y me lanzan amenazas, pero de momento no pasa nada más.

Al parecer, después descubren lo que hacemos con los gringos y tienen miedo de que podamos echarles a perder el negocio. La siguiente vez que me paro a su lado, aparecen de repente dos hombres y antes de que me dé cuenta de lo que está pasando, me agarran, desaparecen conmigo en una esquina oscura y me dan de golpes. Como despedida me propinan unos puntapiés y me amenazan con que no sobreviviré si vuelven a verme por ahí.

Me quedo tendido durante mucho tiempo, me levanto mientras me lamento y me deslizo hacia Fernando que, como siempre, me espera en callejoncito detrás de los botes de basura. Cuando me ve, no hace ninguna pregunta, él también sabe lo que pasó. No tenemos que hablar mucho al respecto. Está claro que la cosa ya se acabó.

Fernando se va de caza a otro lugar y yo me arrastro de regreso hacia el campamento. Me alegra ver a Jaz, pero cuando llego a nuestra choza, no está ahí. La espero, sin embargo, no aparece. Se va haciendo tarde y de a poco siento pánico y temo lo que pudo haberle pasado.

Finalmente me voy, primero por el campamento, luego a la ciudad; camino por las calles y la busco en todos los lugares posibles e imposibles en los que ya hemos estado juntos y en los que pienso que podría estar.

Pero parece como si se la hubiera tragado la tierra. Durante un buen rato estoy en camino, medio enfermo de preocupación, pues ya no sé en dónde debo buscar y regreso al campamento. Cuando estoy de nuevo en nuestra choza, sigue sin estar allí. Me imagino todo lo que pudo ocurrirle en la ciudad y estoy completamente desesperado.

Pero de repente está parada frente a mí. Entra, inclinándose, por la diminuta puerta y se estremece cuando me ve.

—¡Jaz, gracias a Dios! —digo—. ¿En dónde estabas?

—Estaba afuera, si no, en dónde. ¿Y tú? ¿Qué haces aquí? Pensé que te habías ido con Fernando.

—No, eso ya se terminó. Había algunas personas que tenían algo en contra de eso.

Se sienta conmigo. No hay electricidad en la choza pero puede ver a la débil luz de la luna lo que los hombres me hicieron.

—¡Miguel!

Me toca las mejillas hinchadas.

—¿Quién te hizo eso?

—Da lo mismo.

Rechazo su mano.

—¿Qué quieres decir con que estabas afuera? ¿En dónde pues?

—Tenía que… bueno… tenía que ir por cosas nuevas para mañana y así.

No puede mentir. Cuando lo intenta se pone roja de inmediato y empieza a balbucear. Eso me gusta de ella, de alguna manera es dulce. Pero ahora intenta mentir y no sé por qué. La miro a los ojos. Ella mira hacia otro lado. Y de golpe me resulta claro en dónde estaba y lo que hizo.

—¡Jaz!

Me siento verdaderamente mal.

—Dime que no es cierto.

No reacciona.

—¡Dime inmediatamente que eso no es verdad!

Primero se queja, molesta, después se quita los zapatos y los lanza hacia la esquina.

—Tú empezaste con esto —lanza—. Tú y Fernando.

—¡Jaz! Pero nosotros no nos acostamos con ellos, sólo les robamos.

—Sí, ¿y? No es mejor.

—Claro que es mejor. Los tipos se lo han ganado. Pero que te vendas…

Jaz jala las rodillas hacia el cuerpo y las abraza con los brazos. De repente se ve tan frágil y desprotegida; duele verla así.

—No lo hice —dice en voz baja.

—¿Cómo? ¿No lo hiciste? ¿Entonces qué ahora?

—Quería hacerlo. Pero cuando… Bien, da lo mismo. En cualquier caso no pude hacerlo.

Ahora ya no sé lo que debo pensar. Durante largo tiempo la veo de lado.

—¿Cómo se te ocurrió una idea tan loca?

—Pues, ¿cómo? Es bastante claro, ¿no? No tengo ganas de simplemente dejarme acarrear por ustedes sin que yo misma haga algo al respecto.

—¡Pero no así! Diablos, Jaz, ¿crees que quiero cruzar así la frontera? Prefiero regresar, y esta misma noche. ¡De inmediato!

—No lo hagas.

—Lo voy a hacer. Si no me prometes ahora y aquí que no harás algo tan estúpido, me iré. Puedes creerme.

Jaz mira hacia un lado, después un poco a mí, finalmente hacia el suelo. Sus manos tiemblan.

—¿Y bien? ¿Qué pasa? ¿Lo prometes?

Primero titubea, después asiente lentamente. Sentada así, con los brazos rodeando sus rodillas, la veo a la cara que de alguna manera se ve obstinada pero también desamparada. Me siento infinitamente triste pero enfurecido a la vez.

—¿Qué tipo de mierda te metió esa idea en la cabeza? Quiero decir, ¿quién te dijo en dónde…?

Primero no dice nada, después se aparta de mí.

—No tiene importancia.

—¡Que no tiene importancia! Tiene, de hecho, mucha maldita importancia.

De repente tengo la sospecha.

—No me digas que fue Fernando.

—Ah, deja eso. Te prometí lo que querías. Así que ya déjalo en paz.

—¡No lo puedo creer!

Ahora sólo siento ira, me pongo de pie de un salto.

—Me las va a pagar.

—¡Miguel! —me grita Jaz por atrás cuando ya estoy en la puerta—. ¡Quédate aquí!

No le hago caso. Ya estoy afuera y camino por el almacén hacia la ciudad. De pronto siento un odio desenfrenado contra Fernando. ¿Cómo pudo hacerle eso a Jaz? Después de todas las cosas que hemos vivido, que hemos sobrevivido juntos, todo eso que ha hecho por nosotros, nada de eso vale ahora.

Conozco los lugares en los que podría estar; él me los mostró. Busco en cada uno de ellos. Cuando pienso en que nosotros, él y yo, fuimos los que le metimos la idea en la cabeza a Jaz de juntar el dinero para los coyotes de esta manera sucia, me siento mal. Pero el consejo de dónde y cómo podía hacerlo ella, sólo él se lo dio. Y por eso debe pagármelas.

Finalmente, lo encuentro. Enfrente de un bar del otro lado de la calle en el que los gringos se divierten; en donde no cae la luz de las farolas, está parado en la oscuridad y espera a que un borracho se tambaleé por la calle. Uno que aún tenga que caminar algunas esquinas hasta su coche. Paso a su lado y lo empujo.

—¡Vamos, ven conmigo!

—Oye, ¿qué pasa contigo? —pregunta y levanta las cejas—. ¿No has tenido suficientes disgustos esta noche?

—¡Debes venir conmigo!

Sólo sigo caminando. Lanza una pequeña risa, pero hace lo que le digo y me sigue. Caminamos silenciosamente uno detrás del otro, finalmente llegamos al pasillo sombrío que da hacia un patio trasero. Hay un bidón de hojalata en el camino; le doy una patada. Después me quedo parado y me volteo hacia Fernando.

—¿Tú le dijiste a Jaz en dónde podía ir a prostituirse?

Me mira. Después suspira, voltea la cabeza hacia un lado y coloca las manos sobre los muslos.

—Sí, pero…

Me abalanzo sobre él en el siguiente momento. Casi lo golpeo en la cara pero no lo hago, no soy el tipo para eso. Simplemente le doy un fuerte empujón que hace que se tambaleé hacia atrás, se tropieza con sus propios pies y cae sobre la espalda. Después me quedo parado sobre él con las manos en puños. Siento cómo las lágrimas me corren por la cara.

Él se estremece un poco, como si quisiera brincar sobre mí y tirarme. Pero después, simplemente se queda tendido como se cayó y sólo se apoya en los codos.

—Miguel, ella vino a mí —dice con voz cansada—. Justo como tú. Como tú también viniste y querías hacer esta mierda.

—Eso es mentira. Tú me lo propusiste.

—Tú sabes que eso no es cierto. Tenías mala conciencia y me preguntaste si había algo con lo que pudieras ganar más dinero. Hasta entonces te conté sobre eso. Y tú quisiste hacerlo.

—Sí, ¿y?

Tal vez él tenga razón, ya no lo sé.

—Eso no tiene nada que ver con Jaz.

—Puede ser, pero lo mismo pasó con ella. Fue su idea. Intenté convencerla de lo contrario, pero no pude hacer nada, ella lo quiso así. Es testaruda cuando algo se le mete en la cabeza, bien lo sabes. Hace algunos días le dije a dónde podía ir. Así que —se levanta pesadamente—, si aún piensas que me lo he ganado, puedes darme un puñetazo en la cara. No me voy a defender.

Claro que no puedo hacerlo. Todo el enojo que se había juntado dentro de mí se ha ido de un golpe. Sólo me siento vacío y sin fuerza.

Fernando me coloca una mano sobre el hombro.

—Nadie sale de aquí sin ser lastimado —dice Fernando después de un rato—. Y tampoco puedes salir de aquí como un santo. Si preferías permanecer como un pequeño santo, como el que quizás eras aún en el río Suchiate, te hubieras tenido que quedar en casa.

Me coloca una mano sobre el hombro.

—Sigues siendo mejor persona que la mayoría de las de aquí, y me incluyo. Y Jaz también. Sin importar lo que haya hecho en las últimas noches.

Lo miro de paso e intento atrapar un pensamiento claro.

—Pero tenemos que acabar con esto —digo finalmente—. Desaparezcamos, Fernando. Antes de que la ciudad nos eche a perder.

Reflexiona un poco, después asiente.

—Está bien, quizás el dinero sea suficiente. Regresa al campamento y cuida que Jaz no haga tonterías. Lo mejor será que se queden tranquilos y me esperen.

—¿Qué planeas hacer?

—Pues, ¿qué crees? —sonríe irónicamente—. Es hora de aullar con los coyotes.

Los caminos son como líneas angostas y blancas, hacia el infinito, como arroyitos llenos de leche. Corren desde el sur, se unen y terminan en Nuevo Laredo. Al norte ya no hay arroyos, sólo puntos blancos. Son diminutos y están terriblemente alejados los unos de los otros.

—Aquí fue en donde aventaron a Emilio del tren —dice Jaz y señala un punto sobre el mapa.

Estamos en la iglesia de San José en la que a veces hay algo gratis para comer para gente como nosotros, y estamos parados frente al mapa del país a la entrada de la sala de la parroquia. Miles de personas han seguido con el dedo el camino que los trae hasta aquí de tal manera que los colores de las líneas del ferrocarril están desgastadas. Otros han tocado las ciudades del norte, como si ya quisieran hacer amistad con ellas. Por todas partes, ahí en donde los dedos se han posado, hay manchas blancas.

—Sí, y aquí está Tierra Blanca —digo—. En algún de ahí, está el padre. Y aquí, en San Luis Potosí, está la Santa.

Nos quedamos parados ahí durante algunos minutos y recordamos las vivencias de nuestro viaje. Junto a nosotros se empuja hacia adentro la gente que quiere ir al mostrador de comida.

—Hemos llegado bastante lejos —dice Jaz.

Su dedo camina hacia arriba. Busca Chicago y Los Ángeles. La distancia entre ellas es casi tan grande como el camino a través de

México. Después de seguir el tramo con el dedo deja que su cabeza se hunda, abatida.

—Lo vamos a lograr.

Coloco mi brazo sobre su hombro y la jalo hacia mí.

—No nos separaremos. De alguna manera encontraremos estar juntos allá arriba, créeme.

—Sí, ojalá —dice— ¡Vamos! Veamos si Fernando ya está aquí.

Nos metemos. Desde aquella noche en la que esa cosa horrible pasó y en la que casi agarro a golpes a Fernando, Jaz y yo no hemos dejado el campamento porque hemos preferido ya nunca más tener nada que ver con la ciudad. Hasta ese momento nos dimos cuenta de la miseria que domina en las chozas. Hasta ahora sólo habíamos estado allí para dormir y apenas lo habíamos notado, ahora nos ha resultado bastante claro.

Es un nido sucio y apestoso, lleno de gente sin patria que ya no sabe a dónde ir. Muchos están metidos en drogas que compran en cada esquina. Ya no tienen fuerzas para cruzar el río, pero tampoco quieren regresar. Así que han encallado en el campamento, dormitan y se convierten poco a poco en fantasmas, más muertos que vivos. Algunos están tan destrozados que parece como si fueran translúcidos, apenas están presentes.

Cuando vimos eso, entendimos que teníamos que irnos de ahí, tan pronto como fuera posible, para que no nos pasara lo mismo. Fernando comenzó a buscar a coyotes adecuados y quedamos de verlo a mediodía en la iglesia para escuchar lo que ha descubierto.

La sala está llena hasta el tope. Casi todos los lugares están ocupados, los cubiertos golpetean y las conversaciones zumban como en un panal de abejas. Fernando ya está ahí, sentado en una esquina y se mete la comida de un bocado. Hay sopa, además, todos pueden tomar tanto pan como quieran.

Agarramos nuestras porciones y nos apretujamos hacia Fernando. Cuando nos ve, mira un poco hacia arriba y hace una señal con la cuchara, después sigue metiéndose la comida. Al parecer ha tenido una noche larga.

—Ah, eso estuvo bueno —suspira cuando su plato está vacío y lo empuja.

Después saluda hacia la pared que está del otro lado. Ahí hay una imagen grande de Jesús que extiende las manos como si quisiera bendecir a la gente de la sala.

—¡Gracias, hombre!

—Te ves cansado —dice Jaz—. ¿Estuviste toda la noche fuera?

—Claro.

—¿Y?

Parece que Fernando aún no está satisfecho. Arranca un pedazo de mi pan, lo moja en la sopa de Jaz y se lo mete a la boca.

—Ahora soy el experto en coyotes más grande del mundo —dice mientras hace ruido al comer.

—¿Qué has descubierto? —le pregunto.

Se traga el pan, se inclina hacia delante y baja la voz.

—Bien, hay alrededor de diez o quince bandas de coyotes en la ciudad y algunas docenas de tipos forman parte de cada una de ellas. Sobornan a la chota y así les sacan cuál es el mejor momento para la maniobra. Además, le pagan una cuota de protección a los ladrones debajo del río para que no haya ningún peligro. En teoría, los que pertenecen a las bandas están bien. Es cierto que son usureros frente al señor, pero por lo menos, te llevan del otro lado y no te estafan, como el tipo con el que tuve que ver la vez anterior.

—¿Y cómo nos acercamos a ellos?

—Ya nos acercamos. Hice contacto con uno de los tipos. Su nombre es el Anfibio.

—¿El Anfibio? ¡Wow! De verdad que se escucha de confianza —opina Jaz.

—Ay, cierra la boca y come tu sopa —responde Fernando—. Si ya les dije que está bien. En cualquier caso, lo veré hoy en la noche para negociar el precio.

—¿Qué hay que negociar?

—Muchas cosas. Por supuesto, en un primer intento tratará de sacarnos tanta plata como sea posible. Y no debemos dejar que haga eso.

—¿Te refieres como con el gordo en el río Suchiate? —digo.

—Sí, algo por el estilo. Sólo que aquí se trata de más y los tipos son más refinados. Debemos intentar bajar el precio tanto como sea posible. Pero sin hacer enojar al tipo, después de todo, lo necesitamos.

—¿Y crees que lo lograrás?

Fernando se ríe con un aire de ironía.

—Por suerte me he hecho de un nombre en la ciudad. Divulgaron lo que hice con el coyote que me timó esa vez. Eso ayudará, creo.

Se recarga hacia atrás, cruza los brazos detrás de la cabeza y se estira gozoso. Después se inclina nuevamente hacia nosotros y coloca una mano sobre la mesa, con la palma hacia arriba.

—Lo lograremos —dice y nos mira exhortativo.

Vacilo durante un momento y me pongo a pensar en lo que ha pasado en los últimos días. Pero cuando lo veo a los ojos, que como siempre son medio burlones y medio sinceros, lo olvido todo.

—Lo lograremos —repito y le doy la mano.

Jaz ríe.

—Hombre, ustedes dos locos están chiflados —dice y coloca su mano sobre las nuestras.

—Pero bien, si ustedes creen que eso ayuda… ¡Lo lograremos!

En la noche, Jaz y yo estamos acostados en nuestra choza, despiertos. Fernando se marchó para ver al misterioso Anfibio y nos imaginamos que tal vez justo ahora los dos están sentados en una esquina sombría e intentan aprovecharse el uno del otro. Estamos demasiado inquietos como para dormir.

—Fernando lo logrará —digo y jalo a Jaz hacia mí que se ha deslizado debajo de mi cobija.

—Sí, probablemente.

Se ríe.

—De hecho debería hacerse bancario o algo así cuando esté con su papá. Podría hacer una carrera muy poderosa.

—¿Y sabes en qué ciudad vive su papá? A mí sólo me ha dicho que en algún lugar en Texas.

—No, yo tampoco lo sé. Solamente me ha contado una vez sobre su vida.

—¿Y qué te contó?

—Ah —Jaz suspira, —cosas muy tristes. Su madre murió cuando él nació.

—*Shit.*

—Sí. Por eso creció con su papá. Pero en algún momento él se fue a EUA. No sé muy bien por qué, parecía como si hubiera tenido que huir. En cualquier caso, Fernando terminó en una casa hogar. Pero ha estado desde hace mucho en el camino.

Me pongo a pensar en nuestro viaje. Cuántas veces he estado allí sentado, escuchando a Fernando y sus historias. A veces a media noche. Cientos de historias no llegaban a ningún final. Pero sobre estas cosas, jamás habló ni una palabra conmigo.

Jaz se recarga sobre los codos, coloca su barbilla en las manos y me mira.

—¿Sabes? Es curioso. A veces tengo la sensación de que Fernando sólo dice que quiere ir con su papá, pero en realidad, en lo más profundo de él, no quiere hacerlo.

—¿Qué te hace pensar eso? —también me enderezo—. ¿Porque siempre tiene que emprender el viaje desde el principio?

—No lo sé, es sólo un presentimiento. Pero, quizás, sólo quiere estar en el camino. ¿Entiendes? Porque así siempre se puede convencer de que ahí hacia donde va es mejor que de donde viene. Una vez que has llegado, eso se terminó. Entonces, te das cuenta de que no es ni tantito mejor. De hecho en ningún lugar es mejor. Pero mientras estés en el camino, por lo menos te puedes engañar.

—Jaz, eso no es cierto. Son tonterías. Obviamente es mejor en otro lugar. ¿Por qué eres tan mala leche? Deberías alegrarte de que pronto nos iremos de aquí.

—No estoy siendo mala leche. Últimamente me pasan muchas cosas por la cabeza.

Me mira pensativa.

—¿Sabes qué estaba pensando hoy a la hora de la comida? Cuando los vi a ti y a Fernando.

—¿Qué?

—Que cada vez eres más como él. También hablas como él. Tan despreocupado de alguna manera, como si no hubiera nada que te hiciera temblar. Algo como del estilo de Fernando.

—Eso no es en lo absoluto cierto.

—Es cierto. Cuando nos conocimos, en el río Suchiate, todavía mirabas al mundo con ojos grandes y curiosos. Realmente dulce. En este tiempo se han convertido en hendiduras desconfiadas, como los de Fernando.

—Ya deja eso. ¡Estás loca!

—¿Ves? —me mira con tristeza—, así no hubieras hablado en Chiapas.

—¡Ay Jaz! Aquel que no haya cambiado durante el viaje, es un robot, y no es una persona. Y cuando pase todo esto volveremos a cambiar. Tal vez de regreso, tal vez en una dirección completamente nueva.

Titubea, después se aprieta más hacia mí.

—¿Crees que recuperarás tus viejos ojos de nuevo?

—Claro que los recuperaré. Eso será lo primero que recuperaré. Ya mismo me doy cuenta de cómo están cambiando.

—Ah, deja de tomarme el pelo. Lo digo en serio.

—Yo también. Yo mismo no sé qué ha pasado con nosotros. Sólo sé una cosa: todo esto valió la pena por ti. Sin importar lo que venga ahora.

Me mira, después se deja hundir de nuevo en el colchón.

—Qué bueno que lo digas. Todo está bien.

Yo también me doy vuelta sobre la espalda y veo arriba, hacia el techo. ¿Es cierto lo que dice? No me parece en lo absoluto que yo hubiera cambiado. Sigo siendo el mismo de antes. Pienso igual y siento igual, y en general…

Aunque… estuvo el matorral de La Arrocera, la chota que nos robó, los bandidos en el tren, los Zetas en la casa maldita y aquí, esta ciudad. Tantas cosas de las que antes no tenía idea. Han pasado tantas cosas y nada se puede dejar simplemente. Tal vez Jaz tenga razón. Pero no está mal ser un poco como Fernando, ¿o sí? No me molesta cuando lo dice. Un poco como él, eso está bien.

Me pregunto en dónde está él. Lleva una eternidad afuera. No puede tardar tanto en ponerse de acuerdo con este tipo. Y además, él tiene todo nuestro dinero. Si le pasa algo… podría en algún momento terminar en las manos de unos soldados o podrían asaltarlo en alguno de los callejones oscuros, o este coyote podría engañarlo… entonces estaríamos perdidos los tres. Todo se acabaría.

Jaz se lamenta en voz baja. Se voltea hacia mí, coloca su cabeza sobre mi hombro y coloca su brazo a mi alrededor. Puedo escuchar su respiración regular, al parecer se ha quedado dormida. Apenas me atrevo a moverme para no despertarla y la abrazo con cuidado. Es lindo sentirla así, se siente bien después de todo lo que ha pasado.

Luego me pregunto si realmente aún quiero cruzar la frontera. Pues ahí, del otro lado, nos tendremos que separar. Tendremos que ir a dos ciudades que están tan miserablemente separadas la una de la otra que nadie sabe si nos volveremos a ver. Y la idea es simplemente aterradora.

Durante un momento reflexiono cómo sería si nos quedáramos aquí, no en esta ciudad, pero en algún lugar de México para salir adelante juntos. Podríamos lograrlo después de todo lo que hemos aprendido en el viaje. Pero obviamente son tonterías. Yo mismo lo sé, no se puede.

Desde algún lugar unas voces llegan hasta nosotros, un murmullo apagado. Primero son dos, luego una tercera. Creo que sé de quién son: de los chicos de al lado de nuestra choza que parece como si llevaran una eternidad aquí. No los conozco especialmente bien, los he visto un par de veces, cómo se tambalean a través del campamento para proveerse de polvo. Tal vez el camino de su choza hacia su *dealer* es el único que aún pueden caminar.

Mientras los escucho, lentamente me siento cansado. De vez en cuando se eleva el murmullo, es más claro; puedo entender algunas palabras. Pero no tienen sentido, por lo menos no para mí. Son cosas incoherentes, parloteo revuelto, como alucinaciones en el desierto. Al parecer los tres ya están muy lejos, en algún lugar, en su propio mundo colorido en el que ya no hay fronteras.

Las imágenes coloridas, hay algo extraño en ellas. Son bonitas, tan embriagadoras en el tiempo en el que las conociste. Si te son familiares, de repente parecen inquietantes. Y tan pronto como caes en ellas, muestran su verdadero y horrible rostro. Las conozco bien. Las conozco desde el tiempo en el que mi confusión y tristeza por la separación, se transformaron en furia y desprecio por la traición. Desde entonces es obvio que ya no siento alegría por los regalos que me envía mi mamá. Y mucho menos por el dinero. Yace frente a mí como una mala disculpa, como un soborno que no me lleva a pensar en las verdaderas razones por las que ella nos abandonó a Juana y a mí.

Comienzo a hacer cosas tontas con el dinero. Es mi forma de vengarme por su traición. Me da buenos consejos sobre lo que debería hacer con él. Pero no tiene derecho a darme consejos… ya no. No tengo la obligación de seguirlos.

Primero, tiro el dinero por la ventana, tan rápido como se pueda, para que se vaya y ya no me recuerde a ella. Lo ocupo para dulces, cigarros, cualquier tontería. Si no me deshago lo suficientemente rápido de él, le doy a Juana el resto. Me da lo mismo lo que haga con él.

Después conozco a algunos tipos nuevos. Me hago amigo de ellos porque sé cuánto odiaría mi mamá verme con ellos. Nos la pasamos en la calle, el día entero, desde la mañana hasta la tarde y a veces en la noche. Como nos aburrimos hacemos una tontería después de la otra, sobre todo cuando llega dinero nuevo.

Compramos polvo y lo inhalamos. De alguna manera, no hay nada más que hacer. Los colores son más coloridos, el sol es más cálido y los chistes más divertidos cuando surte efecto. Molestamos a la gente y cuando empieza a ponerse negra de coraje, nos sentimos bien. Realmente los puedes hacer pagar por cosas de las que no tienen idea.

Después llega la carta de mi mamá. Prometió por lo más sagrado que por fin nos recogerá este verano, nada la podría detener. Pero ahora escribe, y ya es la tercera vez, que alguien la engañó con el dinero. Siempre son las mismas frases. No deben perder la esperanza. Debe tener un poco más de dinero, después nos llevará con ella. Y al final:

«Lo haré, Miguel. En algún momento, debes creerme. Algún día lo haré».

Ahora todo me da lo mismo. La noche siguiente inhalo sin pausa hasta que tengo tantas fantasías que apenas puedo encontrar las imágenes coloridas. Pero cuando regreso a mí, la siguiente mañana estoy acostado en mi propio vómito en algún lugar de la calle. Un hombre se arrastra como un perro a algunos metros de mí a través del polvo, medio ciego, medio lento. Siento asco por mí mismo.

Ya he tenido un par de veces planes locos en mi cabeza de ir al norte. Si ella no logra reunirnos, yo mismo debo hacerlo. Es mi tarea, nadie me la puede quitar. Desde hace mucho tiempo la he retrasado y no he tenido el valor.

Ahora ya no hay disculpas. Me iré mañana en la noche.

—¡Miguel! ¡Jaz!

Una mano me sacude. Me asusto. Fernando está acuclillado frente a nosotros e intenta despertarnos preocupadamente.

—Vamos ya, maldición. No tengo mucho tiempo.

Jaz levanta la cabeza de mi hombro y se frota el sueño de los ojos.

—¿Qué pasó? —murmura.

—Está preparado —dice Fernando—. Mañana en la noche nos vamos. El tipo nos cruzará. Por tres mil dólares.

—¿Tenemos tanto? —pregunta Jaz, aún suena adormilada.

—Sí, lo tenemos. Incluso un poco más. Lo que también es necesario. Después de todo, del otro lado también necesitamos algo.

—¿Cómo salió todo?

Me siento.

—Cuéntanos.

Fernando hace una seña negativa.

—No hay tiempo para explicaciones. Debo irme de nuevo, aún tengo algunas cosas que hacer. Sólo quería decírselos para que mañana… bueno, puedan hacer todo lo que aún tengan que hacer. Después los recojo.

Se pone de pie y ya está en la puerta. Cuando se inclina para salir, nos vuelve a ver y nos sonríe con un aire de ironía.

—Les dije que lo lograríamos.

Después desaparece.

Nos quedamos sentados en el colchón, pasmados. De pronto todo va muy rápido. No sé en lo absoluto si debo alegrarme o sentir miedo por la noticia sobre lo que nos espera mañana en la noche.

Miro a a Jaz. La misma duda está en sus ojos. La abrazo y la aprieto contra mí.

—Una noche y un día más. Después continuamos.

—¿Miguel?

—Fernando tiene razón. Tenemos que preparar todo para mañana para…

—¡Miguel!

Aguzo el oído. Su voz tiene un sonido extraño que nunca antes le he escuchado.

—¿Sí?

En vez de decir algo, se alza la playera por encima de la cabeza. Al momento siguiente extiende la cobija sobre nosotros.

—¿Qué… qué haces?

—Quién sabe cuánto tiempo pasará antes de que nos veamos —susurra y se recuesta contra mí—. Y si nos volveremos a ver.

No me cae bien este tipo. Me pareció antipático desde la primera vez que lo vi. Un tipo mugriento, bajito y flaco, con la barba sucia y ojos pícaros que todo el tiempo están en movimiento, pero en realidad nunca te miran. Ni idea de qué edad tiene, tal vez apenas treinta, tal vez ya cincuenta. Apesta a pescado, y si un anfibio se convirtiera en ser humano, probablemente se vería exactamente como él. Éste es entonces: el Anfibio, el coyote del cual habló Fernando.

—¡Qué jóvenes son ustedes! —nos dice a Jaz y a mí, cuando estamos parados frente a él, con una voz ronca y aduladora que parece estar susurrando, a pesar de que habla a un volumen normal—. Y a pesar de esto, ya han corrido mucho mundo. Y ganaron todo este dinero. ¡Un buen de dinero!

Se ríe entre dientes.

—Así de jóvenes —dice otra vez—, ¡y ya con tanta experiencia! Le echa una mirada lujuriosa a Jaz. Tan sólo por eso podría pegarle un puñetazo en la cara.

—¿Preparaste todo? —pregunta Fernando con impaciencia. Parece que también a él le están dando lata estas habladurías.

—El Anfibio siempre prepara todo —contesta el tipo, sonriendo autocomplacientemente—. Con él están tan seguros como en el regazo de la madre. Quien está bajo protección del Anfibio, no tiene que temer nada ni a nadie.

—Está bien —le interrumpe Fernando—. Entonces vámonos ya. No tengo ganas de malgastar mi tiempo con tu discurso.

—Tus palabras son órdenes para mí —dice el Anfibio—. Pero tal vez deberíamos arreglar de una vez el asunto financiero. Así, no tendremos que detenernos por esto después.

Fernando titubea por un momento, luego lo mira amenazante.

—Haremos tal como acordamos —murmura—. Te vamos a dar la mitad abajo en el río. Y la otra, cuando crucemos y estemos seguros. Así quedará.

El Anfibio se encoge de hombros, suspirando.

—Como quieras —contesta—. Tú eres el jefe, y yo soy solamente un pobre, pequeño anfibio.

—Sí, que no se te olvide —dice Fernando—. Y no intentes timarnos. Sabes lo que le pasó a ese tipo que intentó hacerlo conmigo hace poco.

El anfibio lo mira ofendido.

—Tal vez no debería llevarlos al otro lado, si me van a tratar así —dice—. Si mis servicios no son requeridos…

Fernando gime molesto. Pero antes de que pueda contestarle, se entromete Jaz.

—Estoy segura de que haces tus cosas bien —le dice al Anfibio—. Yo confío en ti.

Ya la conozco bastante bien como para saber que no lo dijo en serio, pero parece que al Anfibio le gusta.

—Ése es el lenguaje que el Anfibio entiende —dice y sonríe a Jaz—. Gracias, señorita.

Le echa una mirada asesina a Fernando, luego voltea y se pone en marcha.

Todo el día estuvimos muy emocionados, Jaz y yo. Vaciamos la choza y nos despedimos de la gente que conocimos en el campamento; lo que no nos resultó muy difícil. En la tarde dimos la última vuelta por la ciudad y en la noche Fernando nos recogió. Fuimos a hurtadillas a ese lugar de reunión, donde quedaba de verse con el Anfibio, en la mitad del trayecto del campamento al río; y ahora caminamos detrás de este tipo y nos preguntamos si podemos confiar en él.

Vamos a través de un barrio periférico de la ciudad, no hay mucha actividad por aquí. A la orilla de la calle hay unos miserables puestos de tacos, de vez en cuando un gimnasio, alguien vende pollos rostizados. Una vez, vemos una patrulla salir de una calle lateral y dirigirse hacia nosotros. Fernando, Jaz y yo no necesitamos ni tres segundos para hacernos invisibles. El Anfibio sigue caminando como si nada. Saluda a la chota, cuando pasan a su lado, y lo saludan con dignidad asintiendo con las cabezas.

Cuando el coche desaparece en la siguiente esquina y corremos hacia el Anfibio, nos mira con sorpresa.

—¿Por qué se esconden? —nos reprocha—. ¿Para qué creen ustedes, entonces, que me pagaron? —sacudiendo la cabeza, vuelve a caminar.

Miro a Fernando, quien arquea las cejas y asiente aprobatoriamente con la cabeza. Jaz sonríe y le da un ligero codazo en las costillas. Los dos siguen caminando y los sigo.

Pocos minutos más tarde, después de haber atravesado algunas calles, trepado una cerca y deslizado a través de un declive, otra vez estamos parados en la misma muralla donde estuvimos sentados en nuestra primera noche en esta ciudad. Tal como nos lo propusimos, no volvimos a venir aquí desde ese entonces, ni siquiera nos acercamos al río. Ahora estamos de vuelta y delante de nosotros yace «la franja de la muerte», como Fernando llamó en ese entonces a la orilla del río, de este lado.

En realidad, es una noche hermosa. Hace un calor agradable, y por primera vez después de tanto tiempo en la ciudad y el campamento, olemos otra vez el dulce aroma de los árboles y los arbustos que crecen a lo largo de la orilla. La luna está en el cielo y todo parece pacífico y quieto.

Pero, por supuesto, es sólo una ilusión. La realidad es diferente. La realidad son estos tipos que aparecen desde la oscuridad, se quedan parados un poco alejados y nos acechan. El Anfibio los saluda con la mano, parece que los conoce. Algunos de ellos desaparecen inmediatamente después, otros se quedan a la expectativa y parecen no estar seguros de qué es lo que deberían hacer.

El Anfibio sonríe burlonamente.

—Si estuvieran ahora solos aquí, tendrían que luchar contra ellos —dice y esta vez de verdad susurra—. Ni siquiera lograrían llegar hasta la orilla —diciendo esto, mira a Fernando—. A lo mejor tú sí. Pero no estarías bien estando allá. ¡Oh no! Para nada bien.

Fernando entiende la advertencia. Saca de la bolsa la primera mitad del acordado pago y se la entrega, a escondidas y secretamente, para que los tipos que nos observan no se enteren de nada. El Anfibio agarra el dinero y lo esconde con un movimiento de mano relámpago.

—Lo que pasa es que éste lugar es muy popular —dice entonces y señala hacia el río—. ¿Lo alcanzan a ver?

Casi exactamente en medio del río, puedo reconocer una angosta y alargada isla. Se alza sobre el agua en forma de una sombra oscura. A la luz de los reflectores que de vez en cuando pasan por el agua se dibujan unos arbustos.

Antes de que podamos preguntar de qué se trata esta isla, empieza el ruido. El helicóptero, que ya vimos en nuestra primera noche aquí, se acerca al río. Un rato se queda parado sobre la isla, después se va.

—Viene cada diez minutos —cuchichea el Anfibio, mientras el petardeo se pierde en la lejanía—. ¡Vamos, ahora!

Le seguimos y caminamos, agachados, hacia el río. Cuando llegamos a la orilla, el Anfibio se queda parado, mira a su alrededor buscando algo y jala unas ramas que, como por casualidad, se encuentran un poco más adelante, de un lado. Debajo aparecen cuatro llantas de carro, infladas hasta el tope.

—Cada uno agarra una —ordena el Anfibio—. Y al agua, todos tienen que quedarse cerquita de mí, si aman su vida. ¡Sólo el Anfibio conoce todos los remolinos! —se ríe entre dientes, mientras levanta una llanta con ímpetu, la arrastra hacia la orilla y la avienta al agua.

Nosotros hacemos lo mismo. Por lo visto, entramos a propósito al río un poco antes de la isla para que podamos dejarnos llevar por la corriente hacia ella. El agua está bastante fría. Caminamos un poco, nos recostamos sobre las llantas y nos alejamos. Inmediatamente después nos dejamos llevar por el río.

—¡Remen! —grita el Anfibio desde adelante—. Todo el tiempo hacia la otra orilla. Y golpeen el agua: esto ahuyenta las serpientes.

Apenas lo dijo, un golpe de viento sopla sobre el río y me azota un aluvión de agua en la cara. Por un instante me quedo sin aire, después empiezo a avanzar ayudándome con las manos y los pies. A mi izquierda, río arriba, Jaz y Fernando hacen lo mismo, del otro lado se ensortija algo, en lo cual prefiero no pensar.

Es muy difícil atravesar el río de esta manera. Tenemos que luchar contra la corriente y evitar los remolinos; y todo el tiempo estoy rezando para que mi llanta aguante y no se estropee de repente. Cuando por fin llegamos a la isla, estoy totalmente exhausto y completamente helado.

Apenas nos da tiempo de arrastrar las llantas debajo de un matorral sobresaliente, cuando volvemos a escuchar el ruido del helicóptero. Todavía suena quedo, pero rápidamente se escucha más fuerte.

—¡Sumérjanse! —grita el Anfibio con su voz ronca—. ¡Lo más que puedan!

Jalo a Jaz hacia mí y entonces el helicóptero ya está ahí. Respiramos hondo y desaparecemos en el río. Inmediatamente después, la luz del reflector de búsqueda cae sobre nosotros, los rotores agitan el agua, así que borbotea fuerte en nuestros oídos. Con una mano sostengo a Jaz, con la otra, encuentro una raíz y me agarro para que no nos vayamos a la deriva.

Nos quedamos tanto tiempo abajo que casi me revientan los pulmones. Por fin, la luz de los reflectores se aleja de nosotros y el burbujeo del agua disminuye. Salgo a la superficie y respiro trabajosamente, a mi lado sale disparada hacia arriba Jaz. El helicóptero da la vuelta y vuela río arriba.

—¡Rápido, apúrense! —jadea Fernando desde algún lugar—. Tenemos que cruzar antes de que regrese.

Sacamos rápidamente las llantas del arbusto y corremos por la isla, que no es nada más que un banco de arena cubierto de plantas. Cuando llegamos al otro extremo, la orilla del aquel lado ya parece estar a nuestro alcance. Mi respeto por el Anfibio crece. Eligió este lugar de tal manera, que estamos exactamente en el medio entre las dos grandes atalayas. Una se encuentra a algunos cien metros río arriba; y la otra, exactamente a la misma distancia río abajo. La luz de sus reflectores camina sin pausa por el agua, pero hacia nosotros penetra solamente una luz tenue.

El Anfibio señala a un lugar de la orilla del otro lado, un poco río abajo. No se puede reconocer nada allá, por lo menos no desde la isla.

—Tenemos que llegar allí —susurra—. A diferencia de nosotros, no está para nada sin aliento, parece como si el agua de verdad fuera su casa.

—¿Y por qué justo allí? —pregunta Fernando.

—Ya van a ver. ¡Ahora sí, vamos a bañarnos! Pero cuidado con la corriente, aquí está más fuerte que del otro lado de la isla. Tienen que remar río arriba, de lo contario se van a ir a la deriva.

Serpentea hacia el río, avienta su llanta a las olas y se trepa a ella. Jaz le sigue. En el primer intento de acostarse en el agua, se resbala y se hunde. Pero inmediatamente después está ahí, logra agarrar su llanta y se trepa en ella.

—Quédate cerca de ella —Fernando me susurra—. Así le puedes ayudar cuando ya no tenga fuerza —sonríe rápido—. Pero no le digas que yo te lo dije, de lo contrario va a acabar conmigo otra vez.

—Ya entendí. ¡Suerte!

Entramos al río y también nos trepamos a las llantas. Apenas nos alejamos de la orilla, veo a lo que se refería el Anfibio. Parece que la corriente principal del río está de este lado de la isla. Un fuerte remolino me agarra y amenaza con arrastrarme. Empiezo a remar como loco. Jaz, que está sólo a unos pocos metros de mí, hace lo mismo. Puedo escuchar cómo jadea, por lo visto tiene suficiente fuerza para luchar contra la corriente.

Todo el tiempo traté de olvidar, con más o menos éxito, que no sé nadar. Ahora, en medio del río, cuando el agua corre por todos lados alrededor de mí, se acabó. Por un momento me paraliza el pensamiento de qué pasaría si me resbalara de la llanta. Nadie me podría ayudar, todos tienen suficiente que hacer consigo mismos. Entonces, Fernando me grita algo. Automáticamente, vuelvo a mover los brazos.

Cuando por fin llego a la orilla, todo en mí está entumecido. Apenas logro, con mucha dificultad, salir del agua, mis piernas se resbalan y me desmayo. A pocos metros de mí está sentada Jaz. ¡Gracias a Dios, lo logró! Tose, por lo visto tragó agua. El Anfibio y Fernando también están ahí. Jalan las llantas hacia la orilla y las esconden.

—Estamos demasiado abajo —susurra El Anfibio cuando terminan—. ¡Vámonos, rápido, antes de que regrese el mosquito! Por lo visto, se refiere al helicóptero—. ¡Y ni un ruido!

Fernando se ocupa de Jaz y la ayuda a levantarse. También yo, de alguna manera, logro levantarme. Después caminamos tropezando a lo largo de la orilla, río arriba. Afortunadamente, está oscuro y estamos en el ángulo muerto de los reflectores. Tampoco los soldados fronterizos que sobrevuelan patrullando nuestro camino nos pueden ver.

Poco después, el Anfibio se queda parado. De la oscuridad aparecen los contornos de un conducto de aguas residuales del que gotea agua apestosa al río. El extremo del conducto está asegurado con una malla, de la cual cuelga una llave. Antes de que me dé cuenta de qué se trata, el Anfibio sostiene una llave en la mano y abre la malla. La malla abre cimbrando.

—Oye, hombre —dice Fernando—. ¿No esperarás en serio que entremos allí?

—Efectivamente, tienen que hacerlo —contesta el Anfibio y de alguna manera tengo la sensación de que esta parte del asunto realmente lo está divirtiendo—. Si no lo hacen, los pescará el mosquito. O los fronterizos que están allá arriba. Y entonces, se acabará para ustedes.

Nos miramos. Aquí estamos entonces y no podemos regresar, pero tampoco nadie quiere entrar a este asqueroso tubo. Fernando piensa por un momento, luego agarra con ambas manos al Anfibio de su playera empapada.

—¡Pero tú vas con nosotros! —dice amenazante.

El Anfibio parece no haberse dado cuenta del agarre.

—Por supuesto que voy con ustedes —dice—. El Anfibio irá a todos lados. El Anfibio no los dejará solos.

Por un momento hay silencio. Sólo se alcanza a escuchar la corriente del río, que después se ve opacado por el ruido del helicóptero que vuelve a resonar en la lejanía.

Jaz pone su mano en el brazo de Fernando.

—Suéltalo —dice—. Todo irá bien. ¿Te acuerdas de cuando estuvimos sentados del otro lado y pensamos cómo cruzaríamos la frontera? Esto aquí es la respuesta. En esta cosa seguramente no nos espera la chota.

Fernando titubea. Mira hacia adentro del conducto, luego en la dirección del helicóptero que se pone cada vez más ruidoso. Finalmente afloja el agarre.

—Bueno —le dice al Anfibio—. Ve tú primero. Y más te vale que no nos tomes el pelo.

El Anfibio se agacha y se mete al conducto, e inmediatamente después desaparece. Fernando me hace una seña con la mano.

—¡Vamos, rápido! —dice—. Y cuidado con que el tipo se nos esfume. Yo voy en la retaguardia.

Mientras tanto, el helicóptero ya casi está a la altura de nosotros. Respiro profundamente, me meto con la cabeza al conducto y avanzo, ayudándome con las manos y las rodillas. Después de unos metros choco con el Anfibio que nos está esperando. Detrás de mí siguen Jaz y Fernando. Apenas logran entrar al conducto, el helicóptero ya está ahí. Se detiene encima de la isla y el petardeo de las palas de rotor resuenan en el angosto conducto tan fuerte, que casi me vuelvo sordo.

Por fin se va. El ruido disminuye y todo está quieto. Al parecer, nadie se dio cuenta de nosotros.

—¡Sigamos! —dice el Anfibio con su voz ronca, que de alguna manera se oye fantasmal.

Sigue arrastrándose por el tubo, nosotros también nos volvemos a poner en marcha. Está muy oscuro y el hedor es insoportable. El conducto es tan estrecho que tenemos que ir a gatas, agachando la cabeza. Mis manos, rodillas y pies se hunden en un líquido indefinible; estoy feliz de no poderlo ver. Huele a una mezcla de agua de lavado, petróleo y meadas. Las paredes del conducto están cubiertas de algo viscoso y escurridizo que, al tocarlo, se siente como la piel mojada de un animal.

Tengo ganas de vomitar. El Anfibio, a quien no alcanzo a ver y sólo lo puedo escuchar, parece no tener ningún problema con esto. Está silbando una canción, mientras nosotros tratamos de abrirnos paso a través de esta agua sucia. No me extrañaría si tuviera su lugar para dormir en uno de esos conductos, o incluso si hubiera nacido en él.

El camino parece no tener fin. De repente el Anfibio camina más lento, luego se detiene por completo. Un poco delante de nosotros se alcanza a ver un reflejo de luz, viene de arriba, de un pozo. Nos metemos en él. Travesaños de hierro guían hacia arriba, al final se ve un círculo luminoso. La salida. ¡Y detrás, la luz!

De golpe, olvidamos el hedor y los peligros. Juntamos las cabezas, hasta que todos podemos ver la luz al final del pozo.

—¿No se los dije? —susurra el Anfibio, señalando hacia arriba—. Allí está.

—¿Qué? —pregunta Jaz.

—Pues, el país —dice el Anfibio—. El país a donde quieren llegar.

El Anfibio quiere subir los travesaños, pero Fernando lo detiene y lo empuja a un lado. Por lo visto todavía no confía en él.

—No, tú te quedas aquí —dice Fernando—. Yo voy primero.

El Anfibio frunce el ceño, ofendido.

—No te estás ganando amigos, jefe. Para nada. Provocarás tu propia ruina, si vas solo.

Fernando niega con un gesto. Nos indica con señas que debemos esperarlo, después sube el pozo. Lo seguimos con la mirada, conteniendo la respiración, cuando va subiendo travesaño por travesaño. Cuando llega hasta arriba, con cuidado asoma la cabeza hacia el exterior. Pero inmediatamente después la retira y se esconde, se agazapa y baja a toda mecha hacia nosotros. Agarra al Anfibio, lo arrastra un poco a través del conducto y lo empuja hacia el agua apestosa.

—¡Cabrón! —le dice entre dientes—. Nos quieres denunciar.

El Anfibio se queda tan perplejo, que ni siquiera se defiende.

—¿De qué... de qué hablas? El Anfibio nunca haría...

—¡El Anfibio, el Anfibio! Tus habladurías de Anfibio me sacan de quicio. Allí arriba está la chota, al lado de la salida. Como si nos hubieran esperado.

El Anfibio chilla, cuando Fernando casi le sumerge la cabeza.

—Te lo juro, no tengo idea de eso. ¡Espera! ¡Aquí, toma!

Saca el montón de dinero que le dimos en la otra orilla y lo sostiene arriba. Fernando titubea, pero lo sigue sujetando.

—Hasta ayer el camino era seguro —lamenta el Anfibio—. Alguien habrá sido descubierto y lo reveló. Suéltame, jefe, tengo que ir a ver qué pasó.

Fernando piensa. Luego suelta a El Anfibio, pero en el mismo momento le arranca el dinero de la mano.

—Bueno pues. Ve arriba. Pero yo me quedo con el pisto mientras.

El Anfibio se aparta de él y se arrastra hacia Jaz y hacia mí. Se sacude e inmediatamente después sube el pozo. Pero no tarda mucho, y ya está regresando. Cuando llega con nosotros, se ve bastante afligido.

—Se los juro, no tengo nada que ver con esto —dice con voz llorosa.

—¿Pero qué está pasando? —pregunta Jaz—. ¿Tal vez podrían explicarnos?

—El pozo guía hacia el descubierto—dice Fernando—. Pero unos policías vigilan la salida. Están parados encima de sus coches, un poco alejados, así que no nos alcanzan a oír. Pero si salimos, nos tropezaremos con ellos.

Mira sombrío hacia arriba, luego voltea hacia el Anfibio.

—¿No los puedes sobornar?

—¿Cómo crees, jefe? No es la chota mexicana, con ellos este plan no va a funcionar. Ganan demasiado como para necesitar un negocio adicional.

—¿Y por lo menos hay otro camino para salir de aquí?

—Ninguno que fuera tan bonito como este aquí. A menos que… —el Anfibio señala de dónde venimos.

—Olvídalo —dice Fernando—. A través de este tubo lleno de caca nadie de nosotros va a regresar.

Por un buen rato estamos sentados en el extremo inferior del pozo y nos rompemos la cabeza pensando en qué deberíamos hacer. Pero a nadie se le ocurre nada. Estamos presos en la tierra de nadie y no podemos avanzar ni adelante, ni atrás. De un lado está la chota; del otro, el río con sus remolinos y serpientes, y el helicóptero. No hay salida.

Finalmente, Fernando se mueve.

—Pues, bueno —dice, más a sí mismo que a alguien de nosotros—. Entonces tendrá que ser así.

Mete la mano en la bolsa, saca las dos partes del pago acordado y se lo ofrece al Anfibio.

—Aquí, toma —dice y señala con la cabeza hacia Jaz y hacia mí—. Los llevas seguros a los carros. Si me entero de que algo les pasó, en algún momento estaré parado detrás de ti, cuando menos lo esperes. Y qué pasará entonces, ya lo sabes.

El Anfibio toma el dinero y lo guarda.

—Puedes confiar en mí, jefe —dice—. El Anfibio no está cansado de la vida. Pondrá a tus amigos a salvo.

—Oye, un momento —dice Jaz y mira a Fernando sin entender—. ¿Qué quiere decir esto? ¿Por qué nos llevará solo a nosotros dos? ¿Y qué pasará contigo?

—Yo voy a desviar la atención de la chota. Si todo va bien, el camino estará libre para ustedes.

Jaz quiere protestar, pero la interrumpo.

—Olvídate de este plan —digo a Fernando, en lugar de Jaz—. Nosotros tenemos que estar juntos. Y vamos a ir juntos. Sin ti, Jaz y yo nunca hubiéramos llegado tan lejos. Sin ti, ni siquiera hubiéramos llegado a Chiapas.

—Por eso —dice Fernando—. Y sin mí, tal vez no lo lograrían nunca más. Piénsenlo. Incluso si me pescan y llevan de vuelta, ¿y qué? A más tardar en unas semanas volveré. Ustedes dos a lo mejor nunca más volverán a tener esta oportunidad. Créanme: es la única oportunidad que nos queda. Y juntos no vamos a poder pasar.

—Entonces buscaremos otro camino. Y si no ahora, entonces en la noche que viene. O pasado mañana. ¡Fernando! —lo agarro del hombro—. Allí afuera está Texas. En algún lugar allí está tu padre. ¡No lo eches a perder!

Me mira pensativamente. Luego hace mi mano a un lado y señala hacia arriba.

—Ven conmigo.

Él sube a los travesaños. Yo pesco una mirada extrañada de Jaz, luego lo sigo. Más o menos a medio camino se detiene y espera, hasta que lo alcanzo. Estamos parados uno al lado de otro sobre estos angostos escalones de hierro, apenas cabemos los dos.

Fernando sigue con la cabeza abajo. No dice nada, pero siento que algo está pensando. Finalmente, alza la vista.

—No es así como les dije. Mi padre no está en Texas.

—¿No? Pero… ¿dónde entonces?

—En ningún lugar —dice Fernando—. No está en ningún lugar.

Lo miro a los ojos. Entonces me queda claro qué es lo que quiere decir.

—No quieres decir…

Fernando asiente con la cabeza.

—Él quiso ir a Texas, pero nunca llegó. El tren lo… —señala en la dirección, donde está México—. Ya sabes.

¿Atropelló?, quiero decir, pero no logro pronunciarlo.

—¿Cuándo? —solo pregunto—. ¿Cuándo fue eso?

—No importa.

—Pero… —no lo puedo entender—. ¿Por qué haces todo eso entonces? ¡Esto no tiene sentido!

—¿Sentido? —Fernando ríe amargamente—. Como si algo aquí tuviera sentido. Mira a tu alrededor, entonces ya tú mismo sabrás.

Tiene razón. No importa a dónde uno gira o voltea: nada tiene sentido aquí. Tampoco lo que estamos haciendo Jaz y yo, lo sentí en los últimos días en mi propia carne. De alguna manera, todo lo que sucede aquí, está completamente loco.

—Lo que tu padre no logró… lo quieres lograr tú ahora, ¿no? Una y otra vez.

—Ah, no sé. No pienso mucho en esto, sólo lo hago. Y me imagino que algún día habrá muchas historias y van a tratar de mí. Esto es, en realidad, lo más bonito que uno puede lograr, ¿no?

—Ni idea. Tal vez en algún lugar haya algo diferente, Fernando. Niega con la cabeza.

—No para gente como nosotros —después parece acordarse de algo. Su rostro se alegra, lo alcanzo a notar incluso en la oscuridad—. ¿Te acuerdas de la puesta del sol en el lago en Chiapas?

—Claro que sí.

—¿Y... como la gente en la iglesia se levantó y todos se pararon delante de nosotros?

—Nunca lo voy a olvidar.

—¿Y... como timamos a ese gordo en el río Suchiate?

—Eso lo voy a recordar por siempre.

Fernando asiente con la cabeza.

—Sí, yo también —ríe y en el siguiente instante no lo puedo explicar, simplemente es así, se ve totalmente feliz.

—No nos vamos a volver a ver, ¿verdad? —le pregunto.

—Da igual. Ahora ve por los demás y cuida a Jaz. Ella se lo merece de verdad. Se lo merece todo. Incluso a ti.

Dicho esto, desaparece hacia arriba. En realidad no lo quiero dejar ir, todo en mí se opone, pero... ¿cómo podría detener a alguien como él? Bajo con los demás. Jaz quiere saber de qué estábamos hablando, pero tenemos que posponer la conversación. Se lo voy a contar en otra ocasión, cuando llegue el momento oportuno.

—¿De verdad lo quiere intentar? —pregunta.

—Ah, déjalo Jaz. Él ya sabe qué está haciendo.

—Sí, pero... ¿crees que logrará llegar al otro lado?

—Si alguien lo logra, ése será él —pero obviamente no lo digo en serio. Él ni siquiera lo quiere lograr.

Subimos hasta llegar con Fernando. Todavía intercambia cuatro palabras en voz baja con el Anfibio, suena como si le diera instrucciones. Luego voltea hacia nosotros.

—Abran los oídos de par en par —dice y sonríe con aire irónico—. Ahorita se pone fuerte —dicho esto, da un salto hacia afuera.

Por un momento hay silencio, sólo escucho sus pasos, pero inmediatamente después empieza el ruido. Gritos, ruido de pisadas de botas, órdenes que alguien está dando en algún lugar. Con cuidado escalo los últimos travesaños y asomo la cabeza al descubierto, sólo lo suficiente como para poder reconocer algo.

El pozo termina en una plaza, por lo visto, el estacionamiento de un supermercado o algo por el estilo, donde ahora en la noche sólo hay unos pocos carros estacionados. Hay unos faroles que brillan, no directamente al lado de nosotros, más bien en el centro de la plaza. Unos pocos metros adelante hay una tapa del sumidero con la cual normalmente está cerrado el pozo.

Fernando corre a través de la plaza y hace todo lo posible para que lo vean. Dos tipos en uniformes corren desde un lado hacia él, un tercero trata de interponerse en su camino. Cerca de los faroles hay otros dos. Uno grita en su radio, el otro saca su arma y la sostiene en el aire. Parece que quiere efectuar un tiro al aire.

El Anfibio aparece a mi lado.

—¡Vámonos de aquí! —susurra y sale del pozo.

Hago lo mismo que él, Jaz me está pisando los talones. Corremos hacia un carro estacionado en la penumbra y nos arrojamos detrás de él. El momento es oportuno. Al parecer, los fronterizos están tan sorprendidos por la presencia de Fernando, que no se preguntan si alguien más podría haber venido con él.

Me tiendo en el suelo y, desde abajo del carro, miro a nuestro alrededor.

La plaza está rodeada de tres lados por muros, sólo del cuarto lado, frente a nosotros, está abierta hacia la calle, y exactamente allí es donde Fernando intenta abrirse paso. En realidad es inútil, los cuatro fronterizos están entre él y la calle. El quinto, aquel con el arma, le grita algo y luego dispara al aire.

Fernando no se deja desconcertar y sigue corriendo. Parece estar seguro de que nadie aquí le va a disparar. Como una liebre huye en zigzag, para pasar entre los fronterizos, y metro por metro se abre paso hacia la calle. A pesar de eso, la red se cierra alrededor de él, pronto parece ya no haber salida. En el último momento, logra dejar atrás a uno de los hombres, que está a punto de agarrarlo, esquiva al segundo, empuja al tercero hacia un lado… y de repente el camino hacia la calle está libre.

Pero justo en este momento se acerca a toda velocidad otra patrulla. Frena con las ruedas rechinando, las puertas abren rápidamente. Fernando se detiene, mira ajetreado a su alrededor y corre hacia uno de los muros. Ahora está perseguido por siete fronterizos.

El Anfibio me jala del brazo.

—¡Vámonos! —susurra—. ¡Ahora o nunca!

Nos echamos a correr. Para llegar a la calle, tenemos que atravesar una parte de la plaza que está bien iluminada y no ofrece ninguna defensa. Pero Fernando logró, entretanto, irritar a los fronterizos tanto, que sólo tienen ojos para él. Además, los guía exactamente en la dirección opuesta. Sin que nadie nos vea, llegamos a la calle.

Cuando estamos ahí, volteo una vez más. Fernando está intentando subir al muro. En realidad, es demasiado alto, pero de alguna manera logra apoyarse sobre una saliente y alcanzar con las manos el borde superior. Cuando trata de treparse al muro, uno de los fronterizos le pesca el pie y lo agarra. Fernando toma impulso y le patea en la cara. Pero inmediatamente después, los demás están ahí, lo arrastran hacia abajo y empiezan a darle una paliza con sus macanas.

En el primer instante, quiero correr hacia él y ayudarlo, pero el Anfibio me detiene.

—No puedes cambiar nada —me cuchichea a la oreja—. Si no nos largamos ahora, todo lo que hizo por ustedes, será en vano.

Casi me destroza el alma. Sé que el tipo tiene razón, pero no puedo simplemente dejar a Fernando. Estoy paralizado y parece que a Jaz, que está a mi lado, le pasa igual. Probablemente nos hubiéramos quedado parados hasta el fin de nuestros días, si el Anfibio no nos hubiera agarrado y arrastrado consigo.

No me acuerdo mucho del camino que tomamos. Caminamos a través de unos callejones, cercos, debajo de un puente, pero apenas lo percibo. Todo está borroso, no lo comprendo. De repente parece como si Fernando hubiera sido todo ese tiempo un fantasma, y apenas ahora, cuando nos miramos por última vez a los ojos, me mostró quién era de verdad. Finalmente, descansamos un poco debajo de un puente. Le pregunto al Anfibio que harán ahora con Fernando.

—Lo van a meter a la prisión de Liberty —dice—. Un bote de la fregada. ¡Sí que de la fregada! Pero su amigo estará bien. Conozco a tipos como él. En unas semanas aparecerá frente a mí y ni siquiera me asombraré —ríe entre dientes—. Y entonces, el Anfibio le tendrá que contar que entregó a ustedes dos tan seguros como si fueran unos bebés, porque de lo contrario, su amigo se pondrá jodidamente enfurecido. Oh sí, ¡jodidamente enfurecido! Entonces, ¡vamos! Los carros nos están esperando.

Seguimos caminando. Mientras tanto, ya casi salimos de la ciudad que yace de este lado del río. No sé cómo se llama, y Fernando ya no está para decírmelo. El Anfibio nos guía, parece conocer cada rincón aquí. No nos tropezamos con una sola alma. Miro a Jaz. Tiene los ojos húmedos; no sé si es por Fernando o porque ella también ahora, igual que yo, se pone a pensar en que por mucho tiempo será el último camino que tomemos juntos.

Finalmente, la ciudad queda detrás de nosotros y llegamos a un terreno sombrío y escabroso, que se ve como una vieja cantera. Dos carros están parados en la oscuridad. Cuando nos acercamos, abren las puertas, y bajan dos hombres; sólo puedo ver sus siluetas.

El Anfibio se queda parado.

—Aquí se separan nuestros caminos —dice—. Los dos los van a llevar a Los Ángeles y a Chicago.

—¿Dónde está el carro para Fernando? —pregunta Jaz.

—Oh, él no quiso ninguno. Me dijo desde el principio que no necesitaba ninguno —el Anfibio hace un movimiento sutil con la mano—. Esperen aquí.

Va hacia los hombres y habla con ellos. A pesar de la oscuridad, puedo reconocer cómo les está dando una parte del dinero que recibió de Fernando.

Me volteo hacia Jaz. Ella titubea, después da un paso hacia mí. Le doy un estrujón. Me abraza como si no quisiera nunca más soltarme.

—Éste es el momento del cual he tenido un miedo enorme desde hace unos días —dice.

—Yo también. Pero no hay de otra, Jaz. Tenemos que finalizar el asunto, de lo contrario no nos lo perdonaríamos.

—Sí, lo sé —gime—. De alguna manera, te volviste tan tremendamente adulto.

—Ah, habrá que verlo. Ya se me pasará.

Levanta la cabeza y me mira.

—¿Cuánto tiempo tardará?

—No sé. Ojalá que no mucho. Pero en algún momento, cuando ya no estés pensando en eso… un día, cuando estés de verdad de mal humor, ya sabes, está lloviendo y todo está de la fregada. Caminas por la calle y de repente tienes la sensación de que alguien te está observando. Volteas y ahí estaré, simplemente estaré parado ahí. En medio de la lluvia, del otro lado de la calle. ¿Entiendes?

Sonríe.

—Ojalá llueva mucho. Ojalá llueva diario fuerte.

Quiere decir algo más, pero el Anfibio regresa y la interrumpe.

—Tienen que irse ahora —dice con impaciencia—. No pueden quedarse más tiempo aquí.

Vamos hacia los carros. El Anfibio dirige a Jaz a uno de ellos. El tipo que va a manejar, abre la cajuela. Jaz me saluda con una seña, luego se mete. Lo último que veo de ella es cómo agacha la cabeza. En el siguiente instante, se cierra la tapa, el tipo va hacia adelante y arranca.

Gimo y voy hacia el carro que me está esperando. El Anfibio se apoya al lado de la cajuela y hace una seña de invitación con la mano.

—Ella lo logrará —dice—. No te preocupes por ella.

Casi empieza a caerme bien.

—¿Y tú? —pregunto—. ¿Qué vas a hacer ahora?

Se ríe con tono burlón.

—Voy al río, regreso las llantas y antes que nada, dormiré suficiente. Mañana esperan las siguientes pequeñas ratas de alcantarilla a que los ayude el Anfibio.

Por última vez escucho como se ríe entre dientes, luego desaparece en la oscuridad.

Subo a la cajuela. Es suficientemente grande para mí y está acolchada con una cobija, sobre la cual hay una botella de agua y algo de comer. Apenas estoy dentro, la tapa cierra de golpe. El tipo que me va a llevar, no dijo hasta ahora ni una sola palabra; creo que ni siquiera me miró de verdad. Alcanzo a escuchar cómo va hacia adelante y sube. Inmediatamente después, el coche arranca.

Al principio, el camino está lleno de baches, soy arrojado de aquí para allá y tengo que agarrarme para no chocar con la cabeza. Pero en algún momento la cantera queda atrás y vamos en una carretera. Tal vez una de esas anchas *highways* que se conocen de la tele. El coche avanza con un zumbido, casi no noto que se mueve.

Por un buen rato, tiemblo de excitación bajo la impresión de todas las cosas locas que sucedieron. Todo me viene a la memoria: el río con los remolinos y las serpientes, el helicóptero que nos obliga a sumergirnos en el agua, el asqueroso y apestoso conducto, y por supuesto, los fronterizos y la paliza que le dieron a Fernando. Apenas ahora me doy cuenta de qué tan peligroso e incierto era todo y que todos pudimos haber muerto.

Tengo un mal presentimiento en esta oscura y angosta cajuela.

—¿Podrá todavía pasar algo? Claro, podríamos tropezar con un control policial. O el tipo podría tener un accidente. O entregarme en algún lugar, donde no quiero ir. A gente que, quién sabe que me harán. Un mil de cosas pueden pasar. ¿Y qué? Así es desde hace semanas. No sirve de nada preocuparse, eso es lo que aprendí de Fernando.

El zumbido del motor y el balanceo del coche tienen algo tranquilizador. Escucho atentamente los ruidos de la calle y miro hacia la oscuridad. Y entonces, me doy cuenta de que de verdad lo logré. Si alguien en Tajumulco me hubiera dicho todo lo que me esperaba, probablemente no hubiera tenido el coraje para emprender el viaje. Pero afortunadamente, nadie me lo dijo y ahora lo logré, contra todas las probabilidades.

En unas horas, cuando sea, en algún momento en el trascurso del día, no lo sé, llegará la hora. El tipo va a parar, me hará salir de la cajuela y partirá. Voy a estar ahí en una ciudad desconocida, me dirigiré hacia una casa desconocida, tocaré en una puerta desconocida, subiré una escalera desconocida y entonces ahí estará, este único, diminuto momento en el cual todo se decidirá. Vamos a estar parados uno frente a otro, ella no va a poder disimular, y en sus ojos voy a leer si el viaje valió la pena… o todo fue en vano.

Trato mejor de no imaginármelo. Pienso en los demás y en cómo les irá ahora. Por tanto tiempo aguantamos todo juntos, ahora de nuevo estamos esparcidos por todos lados. Emilio: nadie sabe dónde quedó, simplemente se fue, sin decir una palabra, tal como es su manera de ser. Ángel: ojalá esté de regreso en su casa, con sus abuelos, donde tal vez encuentre algo como un hogar. Fernando: probablemente está en camino hacia la cárcel, reponiéndose de la golpiza. Pronto lo llevarán de regreso, a través de México y, como lo conozco, pescará en el río Suchiate unos mocosos nuevos, a los cuales podrá contarles historias y de los cuales podrá reírse. Y Jaz: ella también está en una cajuela, tal como yo. Mientras yo me dirijo hacia el oeste, ella va exactamente en la dirección opuesta. Con cada minuto, la distancia entre nosotros aumenta. Pero a pesar de eso, es como si estuviera aquí conmigo. Creo que a partir de ahora, siempre será así, como si estuviera conmigo.

Me pongo a pensar en cómo nos conocimos. El desayuno en el albergue para migrantes de Tecún Umán. Cómo estaba buscando una mesa libre y cómo los demás llegaron, uno tras otro. Todavía me acuerdo bien: en la sala de desayuno me fui a la izquierda, así nomás, no pensé en nada particular. ¿Qué hubiera pasado, si me hubiera dirigido hacia la derecha? ¿Si hubiera conocido a otra gente? ¿Nada de Fernando, nada de Jaz? ¿También hubiera estado ahora aquí?

Es bastante extraño. De alguna manera, el destino pende de unos hilitos muy delgados; casi no existen.

Me volteo y me enrollo sobre la cobija. Es mejor no pensar en esto. Si uno piensa demasiado en esto, sólo le da miedo.

Querida Juanita:

Cuando te escribí la última vez, todavía estaba en México, en el alber-
gue de la Santa. Delante de nosotros yacía el desierto y, sobre todo, la
frontera en el norte. Cuando la vi por primera vez, casi me acobardé.
Está vigilada por soldados, torres y helicópteros. Tardó mucho hasta
que encontramos un camino hacia el otro lado. Desafortunadamente,
no todos lo logramos. Sólo Jaz y yo. ¿Cómo exactamente?, bueno, esto
te lo contaré en otra ocasión.

Como sea, llegué a la ciudad donde vive mamá. Hace unos días, en la
madrugada, en la cajuela de un coche. Los Ángeles es increíblemente
grande, con edificios altísimos, ni siquiera te lo puedes imaginar. La
dirección en la planta de mi pie pertenece a uno de los edificios. En la
entrada había cientos de placas de timbre. Recorrí todas con el dedo,
una tras otra. Y entonces encontré su nombre.

No sé por cuánto tiempo pero simplemente me quedé parado, sin atre-
verme a tocar el timbre. De repente me dio un miedo terrible entrar
a esa casa. Miedo de encontrarme con alguien a quien ya no conozco.
Miedo de mí mismo. Una y otra vez colocaba mi dedo en el timbre, y
cada vez lo quitaba. Un par de veces estaba a punto de irme simple-

mente. Luego pensaba en todo por lo que pasé, en Jaz y Fernando... y sobre todo en ti. Y entonces toqué.

El departamento estaba en el sexto piso. Dentro del edificio, había un elevador, pero tomé la escalera para que tardara más. Olía raro en la escalera, y cuando llegué arriba, me dieron náuseas. Ya no estoy acostumbrado a las casas, de alguna manera me sentí raro y fuera de lugar. Afortunadamente no me encontré a nadie, seguramente me veía horrible después de ese largo viaje.

Cuando salí de la escalera, ella estaba en la puerta del departamento. En el primer instante no me reconoció. ¡Tenía ocho años, cuando me vio por última vez! Quiso desaparecer de nuevo en el departamento, probablemente pensó que era alguien que la venía a desvalijar. Pero entonces se quedó parada y volteó muy lentamente. Se tapó la boca con las manos, y cuando la miré a los ojos, en ese diminuto momento en el cual me reconoció, entonces supe que estuvo bien.

En los últimos días tuvimos mucho para contarnos. Es extraño: a veces me parece como si tuviéramos que conocernos absolutamente de nuevo, y luego por el contrario, como si nunca nos hubiéramos separado. A veces no nos entendemos, a veces incluso discutimos. En el viaje me acostumbré a algunas cosas, que no puede soportar. Pero no importa, que grite si quiere, así por lo menos sé que le importo. Y me di cuenta de una cosa: no nos había olvidado. Sobre todo no a ti. En todo ese tiempo ha pensado cada día en ti, puedes estar segura de ello.

Ayer encontré un trabajo. No es fácil, en realidad no tengo permiso de trabajar aquí... no tengo permiso ni siquiera de estar aquí. Tengo que tener mucho cuidado de que nadie me pille. Pero me las arreglaré, finalmente, en el viaje no me volví más estúpido; tuve un buen maestro. Estoy acomodando mercancía en un supermercado. No es nada increíble, pero está bien para el inicio.

Todo lo que gano, lo voy a ahorrar, Juanita, y cuando tenga suficiente, te voy a traer. Pero no por el camino que yo atravesé, para eso eres demasiado joven. Buscaré otro, uno que sea más seguro. Antes tengo que hacer una cosa, algo muy importante, que significa mucho para mí. Pero en cuanto lo haya hecho y haya ganado suficiente dinero, te voy a traer y estaremos de nuevo todos juntos. Va a tardar un buen rato, no pierdas la paciencia. Pero lo voy a hacer, Juanita. En algún momento, tienes que creérmelo.

En algún momento lo voy a hacer,

Miguel

Epílogo

—No vayas allí —dice Felipe y señala a un grupo de hombres—. Son peligrosos. Son ladrones.

Nos sentamos debajo de los vagones de carga en la estación de trenes de Arriaga. Desde que el huracán «Stan» destruyó la mayoría de los puentes de la región hace algunos años, los trenes comienzan su recorrido hacia el norte, y hasta más lejos, desde aquí. Cientos de migrantes se esconden en la estación. También Felipe, Catarina, José y León forman parte de ellos y se cuentan entre los más jóvenes. Les invité algo de comer, ahora me cuentan sobre las aventuras que han vivido estando en camino y me advierten sobre las personas equivocadas para conversar.

Alrededor de 300 000 migrantes cruzan ilegalmente año con año la frontera del sur de México para cruzar el país y llegar a EUA. Con esto realizan un viaje que, según la perspectiva de Amnistía Internacional, es de los más «peligrosos» del mundo. Sólo una fracción de ellos alcanzará el objetivo. Deben de contar con que serán perseguidos, golpeados, asaltados, violados o atropellados por los trenes. Muchos de ellos no sobrevivirán.

¿Por qué lo hacen?

Los países de los que provienen –Guatemala, Honduras, El Salvador, Nicaragua–, son parte de los más pobres del mundo. Un pequeño grupo de terratenientes, empresarios, políticos y militares se reparten los recursos entre sí, mientras que el grueso de la población vive en amarga pobreza. En Guatemala, por ejemplo, el 60% vive en pobreza; en el resto del país, alrededor del 80%.

Para la mayoría, una plaza de trabajo bien pagada sólo es un sueño. Como los niños deben contribuir a los gastos del hogar, muchos no van a la escuela o la dejan a muy temprana edad. Por consiguiente, es alta la cantidad de analfabetas. Y la escasa educación significa de nuevo que las familias no tienen expectativas de que algún día su situación pueda cambiar.

Los migrantes se sientan debajo del vagón en la estación de tren de Arriaga y esperan un tren que se dirija al norte.

No es de sorprenderse que muchos se hagan a la idea de abandonar su patria. No muy lejos, sólo separados por México de Centroamérica, está EUA, uno de los países más ricos del mundo. Se cuentan maravillas sobre lo rápido que se puede ganar dinero ahí para regresar y de ahí en adelante llevar una vida libre de preocupaciones, construirse una casita, mandar a los niños a la escuela…

Al principio son sobre todo los hombres los que se van. Abandonan a sus familias, trabajan en el extranjero, intentan mandar dinero con regularidad. Pero, entre tanto, hay cada vez más familias rotas en Centroamérica y la situación para madres solteras es especialmente dura. Los pocos trabajos que hay son tan mal pagados que lo que se gana apenas alcanza para lo necesario. Incluso cuando los niños trabajan, el dinero ni siquiera es suficiente para la renta o la comida.

El viaje empieza: balseros llevan en secreto a los migrantes sobre el río Suchiate en balsas construidas por ellos mismos.

Así que muchas madres tienen una decisión difícil: pueden continuar viviendo igual, pero con el precio de heredar la miseria y la pobreza a la siguiente generación, o pueden intentar ganar dinero en algún otro lugar para posibilitarle a sus hijos una vida mejor y que terminen la escuela, sin embargo para eso, deben abandonarlos.

Muchas de ellas se deciden finalmente a marcharse, pues en EUA las mujeres de Latinoamérica son muy solicitadas como sirvientas y niñeras. Se les considera personas trabajadoras y modestas, además, no pueden pelear por sus derechos, pues con frecuencia son ilegales en el país. La mayoría abandonan a sus hijos con la fuerte creencia de que en uno o dos años habrán ganado lo suficiente en la «tierra prometida» para poder regresar, pero casi siempre eso es un error. En realidad, se quedan muchos años.

Los niños sufren la separación. Sólo mantienen contacto con sus madres por medio de cartas y llamadas telefónicas ocasionales. Se sienten repudiados, traicionados y desorientados. Así que muchos de ellos se ponen en camino, cuando son lo suficientemente mayores, para encontrar a sus madres y preguntarles por qué los dejaron solos durante tanto tiempo.

Alrededor de 50 000 de ellos se encuentran en México, permanentemente en el camino. Como las calles son controladas, intentan —como los migrantes adultos— cruzar el país en los vagones de carga. Y así, las vías del tren se convierten en su hogar durante un tiempo. Sólo los más afortunados logran llegar a la frontera en el norte al primer intento, esto quiere decir, más o menos en un mes. Algunos de estos niños con los que me he encontrado, llevan un año en el camino, lo intentan por decimosegunda o decimoquinta vez. Hasta que lo logren... o finalmente se rindan.

Los peligros que los esperan son grandes, y más mientras son más jóvenes. Bandidos acechan en las vías para robarles, pues llevan consigo todo lo que han podido ahorrar durante un año para el viaje. En lugares particularmente peligrosos como La Arrocera, con frecuencia hay incidentes que se desarrollan sangrientamente o que incluso terminan con la muerte.

El crimen organizado también ha descubierto en los migrantes una fuente de ingresos. En el sur de México están, sobre todo, los Maras, bandas de jóvenes de Centroamérica que controlan el «negocio de los trenes» y que ganan sumas considerables, en parte, con dinero para protección. En el norte proceden de forma más brutal los cárteles de drogas, sobre todo los Zetas. Secuestran a las víctimas directamente de los trenes para extorsionarlos con dinero de rescate. De no resultar esto, matan a los secuestrados; como el 24 de agosto de 2010, cuando 72 migrantes fueron asesinados en una hacienda de México.

Tumbas en el cementerio de Tapachula en las que se enterraron a los migrantes cuyo origen no pudo ser esclarecido.

Apenas se puede esperar ayuda de las autoridades. Al contrario, muchos policías se encargan de inspeccionar los trenes. Mejoran su escaso salario quitándole dinero a los migrantes, como «recompensa» por no detenerlos. Para intimidarlos, los golpean continuamente. Amnistía Internacional ha documentado muchos de estos casos. Pero, por lo general, no hay consecuencias graves para los policías participantes.

La autoridad mexicana de migración, «Instituto Nacional de Migración», la Migra, es responsable de detectar y de regresar a su patria a las personas que se encuentran en el país. Con frecuencia, la frontera de lo legalmente permitido es atravesada con frecuencia. Sólo los llamados «Grupos Beta» se ocupan de los migrantes, por misión humanitaria. Pero de momento sólo cuentan con 144 colaboradores en todo México: las conocidas gotas de agua sobre piedras calientes.

La protección es ofrecida por instituciones eclesiásticas dedicadas a esto en asilos y refugios para migrantes. Éstos reciben ahí algo de comer y un lugar para dormir, pueden lavar su ropa, respirar profundo y pensar en otras cosas, por lo menos por tres días y tres noches; después tienen que dejar nuevamente las instituciones.

El buen ángel de los migrantes: padre Flor María Rigoni, director de la Casa del migrante Scalabrini, en Tapachula

Naturalmente esta forma de migración no existe sólo en México. Millones de personas huyen de la pobreza, violencia, guerra o persecución e intentan llegar a países con mejores condiciones de vida; casi la mitad son niños y adolescentes. Para la mayoría de los migrantes de África y Asia, Europa es el objetivo de sus sueños y, así, en el Mar Mediterráneo, sobre todo frente a las costas de España, Italia y Grecia, se desarrollan escenas parecidas a las descritas aquí.

Pero en ningún lugar la situación es tan extrema como en Centroamérica, en donde la pobreza y la riqueza conviven tan de cerca. Los pequeños países centroamericanos son de los más pobres del mundo; EUA es de los más ricos. Y entre estos está México, un típico país emergente en el que el problema aparece en su forma más aguda. Justo aquí, a lo largo de las vías del tren, se pueden observar las consecuencias de la migración mundial en muchos destinos individuales.

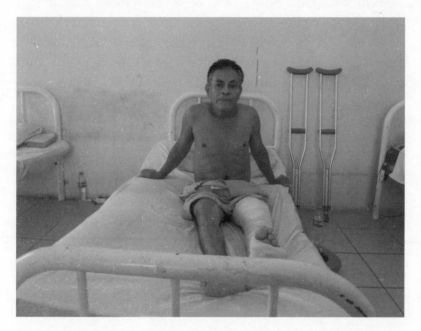

Cuando los sueños estallan: viejo migrante que fue lastimado por un tren, en el Albergue Jesús el Buen Pastor, en Tapachula

En cierta forma, EUA comparte responsabilidad de la afluencia de migrantes, pues ha apoyado en las últimas décadas regímenes dictatoriales en Centroamérica y ha ganado bastante bien con eso. De esta manera, se obstaculizaron reformas políticas y se mantuvo la injusticia social. La pobreza resultante de esto lleva a tantas personas al norte.

Si realmente se quiere hacer algo para luchar contra este problema, la solución no puede consistir en bloquear las fronteras y perseguir a los migrantes. A largo plazo tiene más sentido reforzar la economía en países centroamericanos y combatir la pobreza. Por ejemplo, al revocar la discriminación del comercio de productos de la región y, especialmente, al contribuir a la educación. Si el dinero que se utiliza hoy para detener la migración fuera utilizado para tales propósitos, ya se hubiera logrado algo.

Felipe, Catarina, José y León no conocen dicha relación y no tienen tiempo de reflexionar sobre eso. Sólo intentan sacar lo mejor de su situación. Lo cual significa que me han contado innumerables historias. En ese día, en Arriaga, finalmente pasó un tren ya tarde en la noche y se subieron en él. Algunos vagones más atrás se subieron también los «ladrones» de los que me había advertido Felipe.

Nunca más volví a ver a ninguno de los cuatro. Ya no sabré lo que fue de ellos. Pero sus historias y las de los otros migrantes que he conocido, permanecen. Y muchas de ellas se encuentran, de alguna u otra forma, en este libro.

DIRK REINHARDT

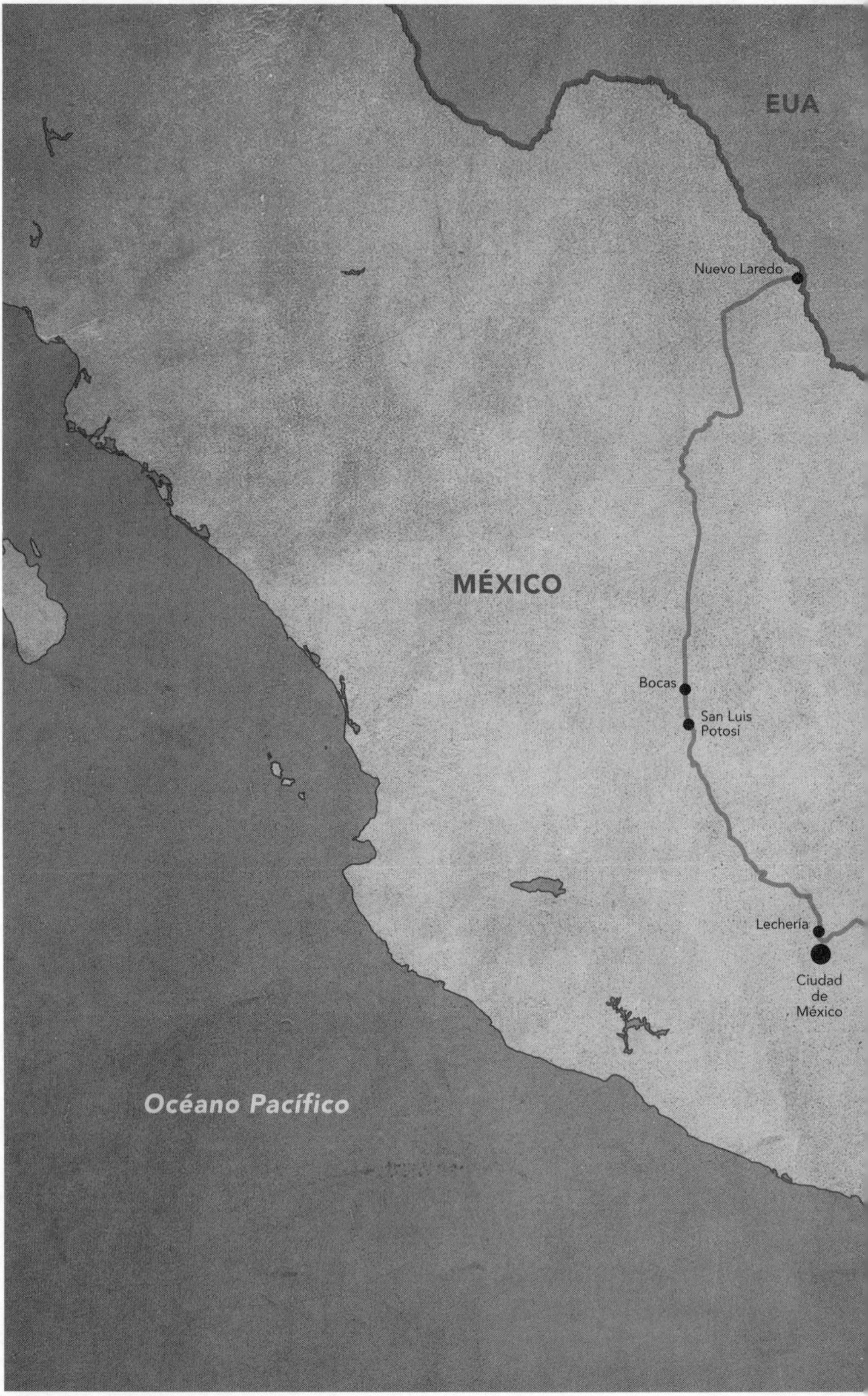
EUA
Nuevo Laredo
MÉXICO
Bocas
San Luis Potosí
Lechería
Ciudad de México
Océano Pacífico

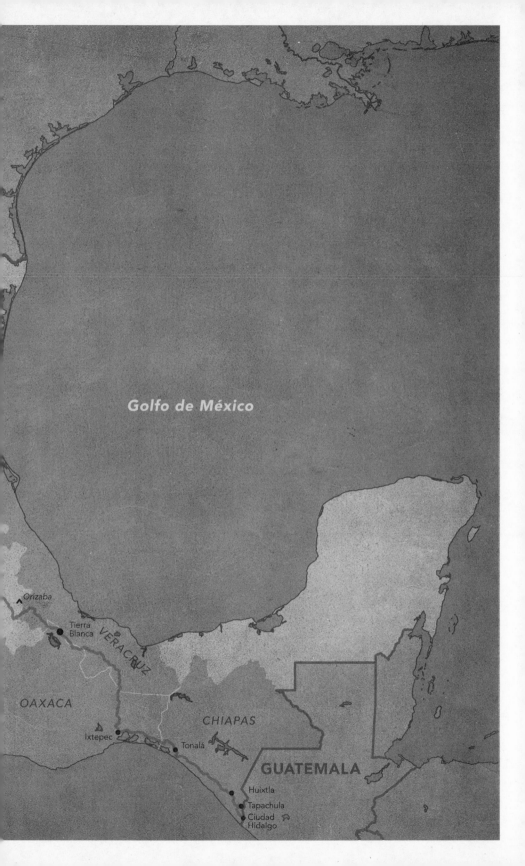

Los niños del tren, de Dirk Reinhardt
se terminó de imprimir y encuadernar en octubre de 2016
en Programas Educativos, S. A. de C. V.
Calzada Chabacano 65 A,
Asturias CX-06850, México

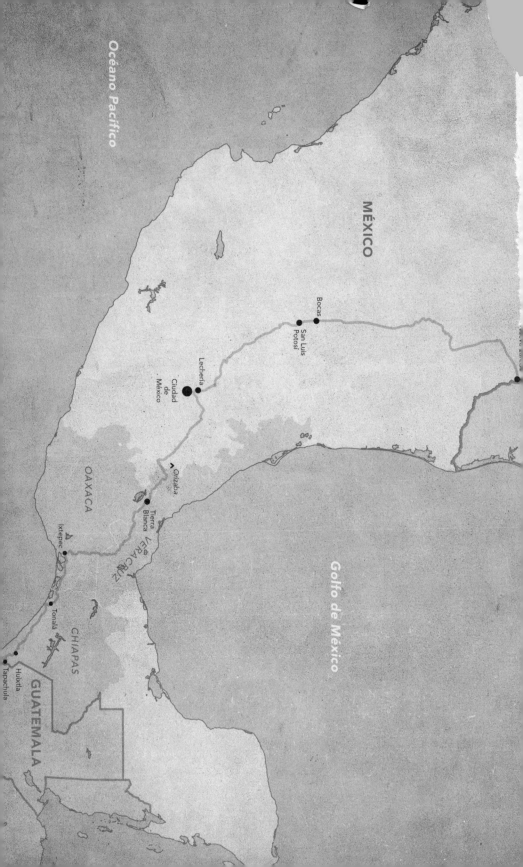